올 페 는 죽 을   때
나 의 직 업 은 시 라 고 하 였 다

올페는 죽을 때
나의 직업은 시라고 하였다

남진우 문학수첩

문학동네

지상에 머물다 간 존재가
이 땅에 남기는 삶의 흔적, 그리고 그 흔적의 연쇄
바로 그것이 책이다

차례

1 : 시, 불사조의 언어

2 : 소설, 타락한 시대의 초상화

3 : 산문의 향기, 산문의 매혹

4 : 세계의 작가들

1
시, 불사조의 언어

마력의 시인, 주술의 언어

—서정주, 20세기 한국 시의 지존

서정주의 시는 마력적이다. 서정주의 시가 읽는 사람에게 행사하는 강렬한 감응력을 형용하는 데는 마력적이란 표현 외에 달리 적절한 말이 없다. 그의 시는 한편 한편이 다 자석이다. 끌어당기고 놓아주지 않는다. 그의 시가 지닌 자성(磁性)은 그 둘레에 풍부한 의미와 다양한 해석의 동심원을 형성한다. 한국 현대시는 서정주라는 희귀한 시적 천재에 이르러 비로소 세계적 수준을 운위할 수 있는 단계에 도달했다.

서정주를 이처럼 우리 시의 지존의 위치에 올려놓은 것은 무엇보다 그의 감칠맛나는 언어 구사에서 기인한다. 우리말을 다루고 부리는 데 있어 그보다 탁월한 시인을 찾기란 적어도 아직까진 없으며 앞으로도 상당 기간 무망한 노릇이라고 여겨진다. 그만큼 그의 언어는 그 밀도와 유연성에 있어 타의 추종을 불허한다.

그의 초기시는 한마디로 프랑스 상징주의와 우리 고유의 전통 서정이 극적으로 만나서 피워낸 충돌의 불꽃이자 그것이 서로에게 침투해 들어가 만들어낸 합금이라 할 수 있다. 그는 가장 외래적인 것과 가장 토착적인 것을, 그리고 현대적인 것과 원시적인 것을 한 용광로에 집어

넣고 가열하여 눈부신 시를 제련해내었다.『화사집』의 신열(身熱)에 들
뜬 '몸의 언어'는 그렇게 해서 탄생된 것이다. 시인의 몸속을 흐르고 있
는 피의 뜨거움과 숨을 들이쉬고 내쉴 때마다의 폐활량이 그대로 각인
된 거칠고 생생하면서도 관능적인 언어의 율동.

　　애비는 종이었다. 밤이기퍼도 오지않았다.

—「자화상」에서

　이 한 줄을 낳기 위하여 일제 36년의 폭압이 소요됐다고 말한다면 아
마도 역사의식의 희박이라는 비난을 면하기 어려우리라. 그러나 정치
사가 아니라 문학사라는 관점에서 본다면 이런 단정은 타당할 수도 있
다. 이 구절은 곧장 읽는 사람의 정수리를 빠개고 들어와 뇌수 깊숙이
꽂힌다. 이 구절은 모든 인간의 피 속에 섞여 흐르는 노예의 피에 불을
당긴다. 너는, 나는, 그리하여 우리는 모두 종의 자식이다. 그렇지 않은
가. 그것을 부정할 수 있는가. 이 더럽고 비천한 출신 성분의 캄캄한 어
둠을 의식하지 않을 수 있는가. 그것을 뛰어넘고자 몸부림치는 젊음의
끓는 숨결을 외면할 수 있는가. 이 도저한 리얼리티를 무시하고 발설되
는 모든 고상한 언어는 한낱 췌언이거나 수사에 불과하다.
　시인이 "어찌하야 나는 사랑하는자의 피가 먹고싶습니까"(「웅계(雄
鷄 下)」)라고 외칠 때 읽는 사람도 그 무엇인가에 대한 타는 듯한 갈증을
느끼며, 시인이 "애비를 잊어버려/에미를 잊어버려/형제와 친척과 동
모를 잊어버려,/마지막 네 계집을 잊어버려"(「바다」)라고 울부짖을 때
읽는 사람도 자신이 흡사 무슨 장엄한 몰락의 드라마에 참여해 있는 듯
한 전율을 느끼게 되는 것이다. 그의 초기시를 채색하고 있는 정신병과
징역의 시간들, 광기와 반항과 일탈의 정서는 우리 시에 그 유례가 없
는 '혼의 울림'을 가져다주었다. 시인은 자신이 당당하게 카인의 후예

16

임을, 죄와 퇴폐와 착란으로 빚어진 악의 화신임을 선언한다.

> 푸른 나무그늘의 네거름길우에서
> 내가 붉으스럼한 얼굴을하고
> 앞을볼때는 앞을볼때는
>
> 내 나체의 에레미야서(書)
> 곤로봉상의 강간사건들.
>
> 미친하눌에서는
> 미친 오이리아의 노래소리 들리고
>
> 원수여. 너를 찾어 가는길의
> 죄그만 이 휴식.

——「도화도화(桃花桃花)」에서

　물론 젊음이 영원할 수 없듯 이러한 시세계가 평생에 걸쳐 유지될 수
는 없을 것이다. 시인은 점차 『화사집』을 관류하고 있는 피와 땀, 폭력
과 환각의 세계에서 벗어난다. 미친 오필리아의 노랫소리 대신 원수를
찾아가는 길의 잠시간의 휴식에 대한 명상이 더 오래 지속되기 시작한
다. 현대의 심연과 대결하던 그는 돌연 고향과 해후하고 자신의 원초적
삶의 근거였던 자리로 회귀하고자 한다. 이제 그의 언어는 계곡의 급류
처럼 내리닫는 단계에서 벗어나 깊은 장강과 광활한 대해를 향해 서서
히 흘러가기 시작한다. 그러나 이러한 시적 선회에도 불구하고 그의 시
엔 근본적으로 달라지지 않은 점이 있다. 바로 삶에 대한, 생명력에 대

한 끝없는 동경과 예찬은 여전히 계속되고 있다는 점이다.

　　소녀여. 비가 개인날은 하늘이 왜 이리도 푸른가. 어데서 쉬는 숨ㅅ소
리기에 이리도 똑똑히 들리이는가.
　　무슨 꽃으로 문지르는 가슴이기에 나는 이리도 살고싶은가.
　　―「무슨 꽃으로 문지르는 가슴이기에 나는 이리도 살고 싶은가」에서

　삶에 대한 목마름을 위 시의 제목보다 더 압축해서 드러낼 수 있을
까. 종의 자식이 자신의 저주받은 가계(家系)를 원망하면서 토해낸 외
침은 시간의 흐름과 함께 잦아들었지만 그의 몸속에서 꿈틀거리고 있
던 피는 여전히 분출과 점화의 기회를 엿보고 있다. 시인이 아무리 거
북이의 느릿느릿한 행보와 물 흐르듯한 학의 날갯짓을 닮고자 하여도
그의 내면 깊은 곳엔 "윙윙그리는 불벌의 떼"(「正午의 언덕에서」)가 소
용돌이치고 있는 것이다.
　그가 작열하는 젊음의 열사(熱砂)를 건너 신라와 질마재라는 영원으
로 통하는 가상의 시공간에 이른 뒤에도 그의 시가 일깨우는 삶에 대한
열렬한 애모는 변함이 없다. 그의 시세계의 중심을 차지하고 있는 꽃과
여인은 바로 시인이 추구하는 궁극의 대상, 삶을 삶답게 해주는 가장
아름답고 가장 가치 있는 증거물이다. 삶, 그 자체를 위한 삶―여기에
서정주 시의 토대와 성과와 한계가 자리잡고 있다. 삶은 그보다 더 가
치 있고 고귀한 그 무엇을 위해 희생해야 할 대상이 아니라는 것, 오직
삶을 진작시키고 그 지평을 확장시키는 데 삶의 모든 순간을 바쳐야 한
다는 것, 이것이 서정주 시의 한결같은 전언이다. 아무리 그가 신라를
이상화하고 풍류와 영원을 읊조리더라도―시인이 실제 현실에서 노정
한 정치적 오류와 일상에서의 주책스러운 면모까지 포함해서―그는
어디까지나 소박한 현실주의자요 쾌락주의자의 틀에서 한 번도 벗어나

본 적이 없었던 것이다.

서정주의 시에서 고도의 형이상학이나 윤리적 강건함을 찾으려드는 것은 부질없는 일이다. 그의 시는 언어로 이루어진 미학적 구조물이라는 점에 충실할 뿐이다. 그러나 그것만이라도 이토록 완벽에 가깝게 달성될 수 있다는 게 어디 쉬운 일이겠는가. 시라는 주술을 통해 우리 모두의 상처를 어루만지고 삶의 열락에 젖게 만드는 게 어디 아무나 할 수 있는 일이겠는가.

20세기 한국 시는 서정주가 있기에 서정주와 더불어 행복할 수 있었다. 21세기의 한국 시는 어떠할 것인가. '시의 위기'가 논의되는 이 시점에 다시 서정주의 시를 펼쳐들고 묵상에 잠겨본다. (2000)

젊음의 격정과 고뇌에 대한 진혼미사
―황동규『비가』

　오늘날 '문학의 죽음'을 알리는 선지자의 발 앞에는 시의 시신이 담
긴 검은 관이 놓여 있다. 과거의 명성을 뒤로 한 채 입관 절차까지 마친
시는 이제 타오르는 불길 속으로 서서히 사라져갈 운명에 처해 있다.
그러나 시를 사랑하는 사람이라면 그 관이 완전히 소각로 안으로 들어
가기 전에 서둘러 그 관 속에서 몇 권의 시집을 끄집어낼 의무가 있다.
나는 그중 한 권으로 황동규의『비가』(문학동네)를 택한다.

　30여 년이란 세월의 격차에도 불구하고『비가』에 실린 시편들은 여
전히 섬세하면서도 힘찬 언어의 약동을 들려주고 있다. 그것은 이 시집
이 우리 현대시사상 유례가 없을 만큼 젊음의 열정으로 충만해 있기 때
문이다. 이 시집은 20대 중반의 시인이 세계 및 자아와 벌인 격투의 흔
적을 생생히 담고 있다.

　그 격투는 젊음이 껴안을 수밖에 없는 고독과 소외, 불안 같은 정조
로 드러나기도 하고 밀도 높은 형이상학적 고뇌를 동반하기도 한다. 물
론 거기엔 젊은이 특유의 치기나 미숙, 허세 같은 것이 섞여 있기도 하
다. 이 모든 것이 어울려『비가』는 성년의 문턱을 막 통과한 시인의 '혼

(魂)의 상태'를 매우 극적으로 강렬하게 펼쳐 보여준다.

이 시집에서 화자의 입장은 "바람 한점 없는 들판/벌거벗은 땅 위에/그림자처럼 오래 참으며/무릎 꿇고 앉아 있었노라"라는 구절에 집약돼 있다. 폐허로서의 세계상과 인고하는 영웅적 자아상은 이 시편을 관통하고 있는 핵심요소이다. 그는 비극적으로 선택받은 자이며 무거운 세계를 짊어진 아틀라스의 노역을 치르고 있는 자이다. 그는 실존의 중압과 사물의 공허라는 상반되는 삶의 조건 속에 던져져 있다.

그는 자신을 둘러싸고 있는 측량할 길 없는 어둠을 들여다보면서 불길한 예언적 음조로 삶의 몰락과 붕괴를 읊조리기도 하고, 유순할 정도로 서정적인 어조로 낭만적 동경과 마음의 평정에 대한 갈망을 노래하기도 한다. 고요한 봄날 평상 위에서 잠자다 문득 눈을 떴을 때 가볍게 나는 꽃이파리 사이로 비추는 한 줄기 빛을 포착한 「비가 제6가」나, 황혼 무렵 산책을 마치고 빈집에 돌아와 괘종시계 치는 소리에 귀 기울이는 적막한 순간을 그린 「비가 제9가」 등은 시인이 얼마나 주의 깊게 세상과 조우하고 골똘히 자신의 내면을 응시하고 있는지 알려준다. 이 시인은 바로 그 나이가 아니면 쓸 수 없는 시를 바로 그 나이에 썼다. 『비가』는 아직 20대인 시인의 조숙함과 야심만만함이 서정시라는 형식과 한편으로 불화하고 다른 한편으로 밀착해서 이루어진 시적 결과물이 아닐 수 없다.

시인을 가리켜 어둠 속에서 망을 보는 성탑지기라고 한 고전적인 비유가 있다. 황동규의 『비가』를 읽다 보면 시인은 예감하는 자인 동시에 투시하는 자라는 설명이 새삼 절실하게 다가온다. 경험적인 일상과는 거리를 둔 원형적 시공간에서 화자가 치르는 때로는 격정적이고 때로는 고요하기 이를 데 없는 젊음의 통과의례는 우리 현대시사에서 보기 드문 견고한 언어의 성곽으로 남아 보는 사람을 눈부시게 한다. (1996)

시원의 빛을 찾아서

─오규원에 대한 세 편의 글

예리한 칼날 감춘 일상적 시어

어떤 시인은 자신의 시를 읽는 독자를 향해 단단한 마음의 각오와 함께 탐색에 필요한 각종 장비로 중무장을 한 다음 시읽기의 대장정에 나서줄 것을 요망한다. 또 다른 어떤 시인은 독자가 무장해제한 상태에서 마음 가볍게 자신이 축조한 시적 공간을 편력해주기를 바라기도 한다. 4·19세대의 대표적 시인 가운데 한 사람으로서 최근 시선집 『하늘 아래의 생』(문학과비평사)을 펴낸 오규원 시인은 이 두 가지 유형 중 어느 쪽에 더 가깝다고 할 수 있을까.

적어도 독자에게 일정한 격식과 사전 준비를 요구하지는 않는다는 점에서 그는 비교적 후자 쪽에 더 친밀하다고 볼 수 있을 것이다. "노점의 빈 의자를 그냥/시라고 하면 안 되나/노점을 지키는 저 여자를/버스를 타려고 뛰는 저 남자의/엉덩이를/시라고 하면 안 되나"(「버스 정거장에서」)라고 말할 만큼 그는 대단히 일상적인 데서 시를 출발시키고 있으며, "시에는 무슨 근사한 얘기가 있다고 믿는/낡은 사람들이/아직도 살고 있다. 시에는/아무 것도 없다./조금도 근사하지 않은/우리의 생밖에"(「용산에서」)라고 할 정도로 그는 현실주의적인 시각을 견지하고 있는 시인이다.

그러나 그의 이러한 측면만 주시하고 방심한 상태에서 시적 순례를 떠나고자 한 독자가 있다면 그는 시인이 설치한 덫과 함정에 곧 빠져들고 말 것이다. 즉 이 시인이 시의 수면 밖에 드러낸 부분은 실은 빙산의 일각에 불과할 뿐이며 그 밑엔 이 시인 특유의 복합적인 현실인식이 예리한 칼날처럼 숨어 있다는 사실을 눈여겨봐야 한다는 점이다. 오 시인은 항상 '겹의 시선'을 통해 현실을 바라보며 '겹의 언어'를 통해 그것을 작품화한다. 물신의 지배하에 놓인 독점자본주의 사회에 대한 시적 대응은 단선적인 관점과 단선적인 목소리의 재래 서정시로서는 달성될 수 없기 때문이다. 그런 점에서 1980년대 시단을 휩쓴 해체시의 여러 경향이 이미 1970년대에 이 시인에 의해 상당 부분 개척된 바 있다는 사실은 유념해둘 필요가 있다.

현실과 환상의 이중구조를 통해 1970년대 상황의 굴곡을 우화적으로 점검해본 「양평동」 연작이나 미적 생산까지 일반적인 상품생산회로에 통합되어버린 현실 속에서 시인이란 존재의 위상을 묻는 「시인 구보씨의 일일」 연작 및 상업광고를 역이용, 체제가 선전하는 행복의 뒷모습을 발가벗긴 일련의 광고시 등은 오늘도 "어리석은 독자를 배반하는 방법"을 연구하고 있는 시인의 남다른 방법론적 고투 끝에 나온 산물인 것이다.

이처럼 현실과의 긴장된 대치 관계를 포기하지 않고 그것을 시의 구조 속에 포획하려는 시인의 시도는 그의 시를 종종 역설·풍자·반어의 공간으로 몰고 가며 나아가 유희적인 성격을 부여하게 된다. 그의 시가 심각한 주제를 다루고 있음에도 불구하고 즐겁게 읽히는 이유는 바로 거기에 있다.

그런데 『가끔은 주목받는 생이고 싶다』 이후 이 시인이 발표한 시편을 살펴보면 그의 시세계에 모종의 변화가 일어나고 있음을 감지하게 된다. 산업사회의 각종 징후를 예민하게 포착하고 이를 선구적으로 실험적인 양식을 통해 작품화해온 단계에서 벗어나 서서히 일상 저편 문명 저편의 세계를 기웃거리는 모습을 보여주는 것이다. 이번 시선집의 표제작 「하늘 아래의 생」을 비롯, 「나는 아파트를 매일 서너 바퀴씩 돌았다」 「그토록 밝은 나날」 「비디오 가게」 등의 작품엔 규격화된 현실의 지평 너머에 자리한 원시성에 대한 향수가 감돌고 있다. 아마 그 길을 더듬어 가다 보면 정현종, 황동규, 김지하 같은 동세대 시인의 최근 작업 ─ 동양정신에 깊이 침윤된 ─ 과 만날 수 있을지도 모른다.

햇볕이 따스한 어느 겨울 우리 시대 자본주의의 상징인 명동 거리를 걸으며 "선생님 시에 이제 자연이 들어서기 시작하는 것 같군요"라고 물어보자 그는 환한 웃음으로 대답을 대신했다. 그 웃음은 자본주의와는 아무런 상관이 없는 참으로 맑고 깨끗한 웃음이었다. (1990)

저 너머, 그 밑을 향한 삽질

최근 본의 아니게 오규원 시인을 보는 일이 잦아졌다. 점심을 먹고 직장 동료들과 찻집에 들러 이런저런 잡담을 나누다가 이제 슬슬 일터에 들어가 봐야지 하고 카운터 쪽으로 가는데 뒤에서 누군가 내 이름을 부른다. 돌아보면 오 시인이 예의 단정한 모습으로 미모의 여제자와 담소를 나누고 있는 것이 시선에 들어온다. 그의 직장과 내가 밥 빌어먹고 있는 곳이 지척 거리에 있는 연유로 종종 발생하는 불상사가 아닐 수 없다.

그는 항상 가벼운 웃음을 머금고 '멀거니' 나를 바라본다. 나는 그의 시선을 되도록 정면에서 받지 않으려고 주의하면서 기자라는 직업 덕분에 여기저기서 주워들은 정보를 나열한다. 그는 자신의 감정을 거의 노출하지 않으면서 내가 하는 말을 주의 깊게 듣고, 몇몇 의심 나는 사항에 대해 질문하고, 기존의 생각을 재확인한다. 그는 부드러운 동시에 엄격하고 따뜻한 동시에 냉철하다. 부드러움과 엄격함, 따뜻함과 냉철함이라는 쉽게 화합하기 어려운 요소가 그에게는 하나로 자리잡고 있다. 그와 이야기를 나누면서 나는 자주 나 자신의 불성실한 책읽기와 비효율적 사고를 발견하고 짧게 절망한다.

그가 시인에 대한 일반의 통념답지 않게 얼마나 논리적이고 치밀한 사람인가 하는 것은 지난해에 그가 펴낸 『현대시작법』이란 책을 펼쳐보면 금방 확인할 수 있다. 그 책을 한 번 통독하고 난 후 내겐 다시 한번 읽고 싶은 생각이 싹 사라졌는데 이는 단순히 그 책이 흔해빠진 시작법 교과서가 아니라는 이유 때문만이 아니라 대상을 미시적으로 분절시키고 이를 구체적인 사례와 연결시켜 해명함으로써 읽는 사람이 도저히 승복하지 않을 수 없도록 만드는 그 집요함에 기가 질렸기 때문이었다. 마찬가지로 얼핏 장난이 아닌가 오해하기 쉬운 그의 시의 실험적 측면도 실은 고도의 계산을 바탕에 깔고 있는 정교한 시적 장치의 일종이라 할 것이다. 약간 비약하여 말하자면 그 집요함은 그의 생존 방식이기도 하다.

그는 금년중에 신작 시집과 시선집을 각각 한 권씩 펴낼 계획으로 있다. 그가 신경을 쓰는 것은 물론 신작 시집이며 이를 위해 그는 지난해 누구 못지않게 많은 작품을 발표했다. 그의 근작들을 읽고 난 뒤 주위의 평가는 그의 시세계가 상당히 변모하고 있지 않느냐 하는 걸로 모아졌는데 그 변모가 과연 어떤 것인지 시집을 펴내 확인하고 싶다는 것이다. 그의 시를 곁눈질해온 입장에서 말한다면, 그의 시의 변모는 확산 쪽이 아니라 심화 쪽이 아닐까 추측된다.

ⅰ) 언어는 추억에

　　걸려 있는

　　18세기형의 모자다.

　　늘 방황하는 기사

　　아이반호의

　　꿈 많은 말발굽쇠다.

　　　　　　　　　　　　　　　　　　—「현상실험」에서

ⅱ) 책이 몇 권 허리의 뼈를

　　받치고 있다 정다워라 그러나 메마르고

　　가벼운 언어의 땅이여 책이여

　　언어는 물이려니—언어가

　　거기 있을 리가 있느냐 파헤쳐진

　　무덤 곁에 무성한 아카시아 나무여

　　　　　　　　　　　　　　　　　　—「내 무덤」에서

　초기작과 최근작에서 가려 뽑은 위 구절은 당시의 그리고 최근의 그
의 시세계를 함축적으로 드러내주고 있다. ⅰ)의 작품에서 우리는 은밀
한 서구 취향과 은유의 평면적 병치를 감지하게 된다. 아울러 추억·꿈
이라는 단어에게 엿볼 수 있듯 언어(＝시)에 대한 낭만적이면서도 일반
적인 관점을 수용하고 있음을 주목하게 된다. 그러나 시인은 이런 정태
적 정의에 만족하지 않고 거기서 벗어나고자 하는 움직임, 즉 방황에의
지향을 표출하고 있다. 사실 첫 시집 『분명한 사건』 이후 오 시인의 노
력은 시에 대한 고정 관념을 창조적으로 파괴하는—시인 자신의 표현
에 의하면 어리석은 독자를 배반하는—모색과 방황의 도정 바로 그것

이었다. 때로는 그가 너무 멀리 나아간 것이 아닐까 하는 의문이 들 만큼 그의 시는 과격한 면이 없지 않았고 부정의 정신에 충실했다.

그러나 『가끔은 주목받는 생이고 싶다』를 출간한 이후 그가 발표한 시를 보면 수평적인 방황 대신 수직적인 심화에 더 관심을 기울이는 징후를 발견할 수 있다. 그는 아직도 물신의 지배 아래 놓인 현대 도시문명의 여기저기를 기웃거리지만 그러한 현상을 단순히 복제하는 데 만족하지 않고 그 너머 혹은 그 밑에 존재하는 그 무엇인가를 포착하려 한다. 그것은 명동의 번화가를 가르고 달려오는 한 마리 코뿔소(「명동2」)로 표상되기도 하고 야유회 나온 어른들 사이에서 한 아이가 움켜쥐고 뽑아내려 애쓰는 풀(「풀밭 위의 식사」)로 나타나기도 한다. 또는 어둠에 잠긴 아파트 단지를 배회하는 공룡의 무리(「이토록 밝은 나날」)가 환기시키는 그 무엇이기도 하다. 이러한 최근의 작업을 시인은 ii)의 작품에서 무덤을 파내려가는 삽질로 형상화하고 있다. 그렇다면 그가 삽질 끝에 발견한 한 모금의 물이 의미하는 것은 과연 무엇인가. 그 물은 생명의 물인가 아니면 무덤과 연관되는 죽음의 물인가.

지난해 12월 그는 며칠간 짬을 내어 중국을 다녀왔다고 한다. 원래 목적지는 돈황이었지만 기후와 일정 관계로 그곳은 들르지 못한 채 중국의 몇몇 도시를 둘러보는 데 그쳤다. 그는 꽤 오래전부터 돈황에 대해 남다른 관심을 갖고 그곳에 가보고 싶다는 열망을 불태워왔다. 중국과 중앙아시아의 사막을 연결해주는 오아시스 도시 돈황, 그 지명은 그에게 어떤 '경계'를 암시해주는 듯했다. 문명과 폐허, 성(聖)과 속(俗), 삶과 죽음, 기지(旣知)와 미지(未知)의 경계선.

그는 여건이 허락하면 금년 하반기부터 「돈황시편」이란 작품을 연작 형식으로 써보고 싶다고 말하면서 마주 앉은 내 어깨 너머 허공에 아득히 시선을 던졌다. 어쩌면 그도 늙어가고 있는 중일까. (1991)

시간의 밀물 앞에 쌓아올린 언어의 방파제

태초에 한 권의 책이 있었다고 한다. 모든 존재가 거기서 발원했으며 눈부신 이미지와 흥미로운 이야기로 펼쳐졌다가 다시 거기로 귀환하는, 대문자로 씌어진 한 권의 책. 성경은 태초에 말씀이 있었다고 말한다. '말씀'이란 무엇인가. 말씀이 일정한 의미를 담보하고 있는 하나의 언술 행위라면 그것은 바로 책에 다름아닐 것이다. 그것은 무(無)의 어둠을 관통하는 한 줄기 빛이며 깊은 정적의 바다 위를 가로지르는 신생의 소리이다.

그런 의미에서 책은 단순히 활자의 발명 이후에 인류가 양피지나 종이 위에 기록해온 글자들의 집합을 가리키는 것으로 그치지는 않는다. 지상에 머물다 간 존재가 어떤 형식으로든 이 땅에 남기는 삶의 흔적, 그리고 그 흔적의 연쇄, 바로 그것이 책인 것이다. 인간의 역사란 태초의 책에서 흘러나온 무수한 책들의 개별적 축적 과정이며 그 위에 다시 또 다른 책을 한 권 보태기 위해 애쓰는 여정이라 할 수 있다.

그러나 오늘날에 이르러 사람들은 엄청난 양으로 쏟아져 나오는 책들에 둘러싸인 채 길을 잃고 헤매고 있는 것처럼 보인다. 책이, 세상이란 미로에 갇힌 사람들을 출구로 이끄는 표지판 구실을 하기는커녕 오히려 미로의 내부를 더욱 복잡하게 만드는 또 하나의 미로 역할을 하기에 이른 듯하다. 한 권의 책이 사라진 자리를 대신해 무수한 책들이 저마다 현란한 주장과 수사로 무장/치장한 채 스스로를 과시하고 있지만 그것은 듣는 사람의 가슴에 내밀한 속삭임으로 다가서지 못하고 귓전을 스쳐 지나가는 소음으로 여겨지고 있다. 책은 많아도 진정 읽는 사람의 영혼을 뒤흔들고 삶의 나침반이 되어주는 결정적인 단 한 권의 책은 발견하기 힘든 시대. 풍요 속의 궁핍을 강요하는 이런 시대에 우리는, 프랑스의 한 철학자가 책을 앞에 두고 그랬듯 "오늘도 우리에게 일용할 굶주림을 주시옵고"라고 기쁜 마음으로 기도드릴 수만은 없는 심정이다.

아마도 오규원의 최근 에세이집이 우리에게 더없이 반갑게 다가오는 이유 중의 하나는 이 책이야말로 '태초의 말씀'에 대한 목마름을 불러일으키는 진정성과 진지함으로 가득 차 있기 때문일 것이다. 『가슴이 붉은 딱새』(문학동네)는, 우리 시대 산문 문학이 보여줄 수 있는 한 극점을 예시하고 있으며 섬세한 감성과 너그러운 지성이 만나 어떻게 아름다운 글로 결정화될 수 있는지를 모범적으로 구현하고 있다. 이 책을 통해 우리는 삶의 신비가 세계의 처녀성과 어울리는 감동적인 순간 속으로 입장하게 된다.

시에서도 그렇지만 오규원 시인이 젊은 시절 쓴 산문은 번득이는 해학과 기지로 가득 찬 예각적 글쓰기의 전범을 보여주었다. 그렇다면 중진에 다다른 그가 지난 몇 년 사이 폐질환이란 진단을 받고 요양을 위해 서울을 떠나 강원도의 외딴 산골마을에 머물며 쓴 산문들은 어떠한가. 우리나라 대부분의 작가들이 그렇듯이 연륜의 축적과 함께 날카로운 각(角)이 깎여 둥글고 유현한 자기충족의 언어로 탈바꿈하진 않았을까. 이러한 물음에 대해 『가슴이 붉은 딱새』는, 어느 면에선 그렇지만 어느 면에선 그렇지 않다는 점을 일러준다.

예상 그대로 이 산문집은 조용히 침식해 들어오는 시간의 밀물 앞에서 시인이 쌓아올린 언어의 방파제라 할 수 있다. 조금씩 다가오는 죽음의 그림자를 응시하며 시인이 빚어내는 관조와 명상의 언어엔 서구의 한 지성이 '수정의 메아리'라 불렀던 투명한 울림이 어른거리고 있다. 그러나 그 울림은 모든 긴장을 풀어버린 허허로움의 소산이 아니라 팽팽히 당겨진 활처럼 긴장하고 있는 명징한 의식의 소산이라는 점에서 여전히 예전의 내구성과 첨예함을 유지하고 있다. 질환이 초래한 불편한 호흡을 이기고 쓴 산문들을 모은 이 에세이집은 주위의 수려한 자연 풍광에 대한 정밀한 묘사와 함께 불교 경전과 현대문학, 그리고 장욱진이나 세잔 같은 화가의 그림을 자유롭게 넘나들며 시인이 도달한 정신의 정점을 투명한 언어로 드러내보이고 있다.

이 산문을 쓸 당시 시인이 머문 장소는 서산(西山)을 넘으면 도원(桃源)이라는 마을로 이어지는 곳이라는 무릉(武陵). 그 마을 옆으로는 주천(酒泉)이라는 이름의 강이 흐르고 있다. 지명 자체가 고도로 상징적인 의미를 품고 있는 이곳에서 그는 산과 하늘을 바라보며 세상과 나눈 대화를 일기 형식으로 풀어냈다. 따라서 이 책에 실린 산문들은 그야말로 자연과 인문과학, 종교와 예술세계를 자유롭게 넘나드는 사유의 비상을 보여준다. 특히 인상적인 것은 시인이 직접 찍은 풍경사진들이다. 하늘을 가린 앙상한 나뭇가지, 안개에 뒤덮인 산등성이의 부드러운 곡선, 지상에 쌓인다기보다 그 투명한 빛으로 천상을 반사하고 있는 웅혼한 설경 등 자연의 비범한 풍경들을 시적 감수성의 앵글로 포착해낸 그의 사진들은 인간과 자연의 합일을 꿈꾸는 '무릉'의 이상을 현시하고 있는 듯하다.

시인은 이 책의 말미에서 "나는 시간을 지배하지 않고 시간을 살고자 했다"라고 쓰고 있다. 『가슴이 붉은 딱새』는 그런 시간의 흐름 속에서 언어에 자신의 전존재를 건 시인이 혼신의 힘과 명철한 정신으로 쓴 고행과 명상의 글모음집이다. 여기서 시인은 무릉이란 좁은 공간에 시야를 고정시키고 있다. 그러나 그 좁은 공간은 무한히 확장하여 우주를 가득 채우고 시간의 거리를 뛰어넘어 과거와 현재가 직통하게끔 해준다.

사물의 본질과 존재의 가장 깊은 속내를 탐색하는 그의 글쓰기는 시종 초연한 분위기를 자아내고 있다. 그러나 '존재 그 자체'를 지향하는 그의 서늘한 글쓰기 속에 실은 얼마나 많은 회한과 정념이 들끓고 있는 것이랴! (1996)

버림과 떠돎의 시학
―이생진의 시

　　장자(莊子)의 아름다운 비유를 인용하자면 가장 높은 경지에 이른 존재, 즉 전인(全人)은 '빈 배'와 같은 사람을 가리킨다. 우리는 흔히 무엇인가 잔뜩 싣고 있는 가득 찬 배를 쓸모 있다고 보고, 그것을 동경한다. 재산·명성·권력, 이러한 세속적인 것들을 조금이라도 더 많이 더 빨리 획득하고 소유하기 위해 사람들은 싸우고 질투하고 안달한다. 그러나 이 모든 행위는 결국 도로에 지나지 않으며, 더 큰 혼란을 이 세상에 가지고 올 뿐이다. 빈 배는 이처럼 욕망으로 들끓는 현실의 틈바구니를 비집고 어느 날 홀연히 우리 앞에 나타났다가 표표히 사라진다. 비록 그 빈 배가 이 세상의 구조 자체를 바꿀 수는 없을지 몰라도 빈 배의 존재로 말미암아 세상은 조금이나마, 그리고 잠시나마 숨을 쉬고 자신을 돌아볼 여유를 가질 수 있게 된다. 시인 이생진, 그는 이 '빈 배'와 같은 사람이다.

　　누구를 만나러 온 것이 아니다
　　모두 버리러 왔다.

몇 점의 家具와
한쪽으로 기울어진 印章과
내 나이와 이름을 버리고
나도 물처럼 떠 있고 싶어서 왔다.

그가 정식으로 문예지 추천을 마친 후 처음 낸 시집 『바다에 오는 이유』의 표제시인 위 작품은 우리로 하여금 이생진의 시세계로 들어갈 수 있게 인도해주는 자그마한 열쇠와도 같은 시이다. 무엇인가를 얻기 위해서가 아니라 모든 것을 버리기 위해서 바다에 왔다고 고백하는 이 시인의 담담한 목소리엔 현실의 고통과 번뇌, 기쁨과 환희를 넘어선 어떤 초연함이 엿보인다.

그 초연함은 그러나 고고한 높이를 지향한다기보다는 "물처럼 떠 있고 싶"다는, 수평적 흐름에 대한 소망과 이어진다. "물 위에 떠 있는 섬처럼"이 아니라 "물처럼" 떠 있고 싶다는 표현은 무엇을 의미하는 것일까. 그것은 어느 한곳에 뿌리내리고 고정돼 있기보다는 끝없는 떠돎 그 자체를 희원하는 것이 아닐까. 그렇다면 물처럼 "떠 있고" 싶다는 시인의 말을 우리는 물처럼 "떠돌고" 싶다고 읽어도 무방하지 않을까.

장 그르니에는 산문집 『섬』에서 "여행 그 자체 외에는 아무런 목적도 없는 여행"에 대해 우리에게 잔잔한 음성으로 들려준 바 있다. 모든 것을 다 버린 '빈 배'는 이제 바다와 섬, 그리고 산을 찾아 떠돌기 시작한다.

저 세상에 가서도
바다에 가자
바다가 없으면
이 세상 다시오자

―「저 세상」 전문

이런 시를 읽으면 바다에 대한 그의 필사적인 사랑이 거의 끔찍하게까지 느껴질 정도이다. 아울러 그의 뛰어난 시편들을 면밀히 읽어보노라면 천의무봉에 가까운 착상과 활달한 시행의 전개, 자연스러운 어조에 감탄하지 않을 수 없다. 바다나 산 같은 자연을 시적 대상으로 삼고 있는 그의 시는 아예 자연 그 자체를 닮아가는 것처럼 보인다. 인간적 갈등과 욕망이 삭제된 자연의 충만함 속에서 시인은 일체의 가식과 허위를 벗어던지고 새롭게 태어난다. 그래서 그는

성산포에서는
지갑을 풀밭에 던지고
바다가 시키는 대로
옷을 벗는다

—「모두 버려라」에서

처럼 어린아이마냥 옷을 벗고 자연의 품에 안기는가 하면

나는 내 말만 하고
바다는 제 말만 하며
술은 내가 마시는데
취하긴 바다가 취하고

—「술에 취한 바다」에서

처럼 누가 마시고 누가 취했는지 구분이 안 될 정도로 바다와 화자가 혼연일체가 되기도 한다. 이러한 단순함과 평이함이 때로는 단순함과 평이함만으로 끝나 독자로 하여금 미진함을 느끼게 하는 경우도 없지

않지만 ─ 이는 그의 시의 상당수가 스케치풍이라는 데 그 이유가 있을 것이다. 그러나 소품은 소품대로의 담백한 맛이 있다 ─ 다음과 같은 시에서는 삶에 대한 근원적인 관조의 시선을 엿볼 수 있게 해주기도 한다.

구름이 집을 짓는 것을 본다
구름이 그 집에서
행복을 누리는 것을 본다
먹어야 사는 이 세상에
먹지 않고 사는
구름을 본다

구름이 그 집에서 살다가
가는 것을 본다
있고 싶어서 있다가
있기 싫어서 떠나는 구름
구름이 그 집을
허무는 것을 본다

─「山·1─구름의 행복」전문

구름은 스스로 있다가 스스로 떠난다. 구름이 집을 짓고 허무는 것은 아무런 미련도 인과관계도 없는 자족적인 행위일 따름이다. 도가(道家)에서 말하는 무위의 경지와 비슷한 구름의 운행, 그리고 그것을 바라보는 시인의 시선은 참으로 고요하며 아무런 과장이나 장식도 찾아볼 수 없다. 가만히 있음으로써 자신의 존재를 드러내는 자연계의 삼라만상에 시인은 때로는 경외감을 때로는 친근감을 느낀다. 문학평론가 김현은 이생진의 시가 "자신을 최소한도로 줄여 타인의 시선에 잡히지 않게 하려는 욕구"의 소산이라고 지적한 바 있다. 자신을 버리고 줄이고자 하는 이런 자세에서 아마도 이 시인 특유의 '무욕(無慾)의 시'가 태어 났을 것이다.

물론 그의 이러한 시세계는 인간적 활력이 거세된 정태적 현실도피의 세계라는 비판을 받을 소지를 안고 있다. 또한 그가 제시한 섬마을 풍경이 결국 풍경으로 그치고 만다는 점, 시인은 항상 제3자의 입장에서 방관적으로 보고만 있을 뿐 현실 속에 적극적으로 뛰어들지 않고 있다는 점, 그가 토로하고 있는 '외로움과 그리움'도 감상적 자기애에서 완전히 자유롭지 못하다는 점 등을 한계로 지적할 수도 있을 것이다. 그러나 세속적 욕심 없이, 누가 알아주든 알아주지 않든 자신의 시의 밭을 묵묵히 개간해온 이 시인의 성실한 자세만은 읽는 사람을 숙연하게 하기에 충분하다. (1989)

어둠을 꿰뚫는 빛의 언어
—김지하 『빈 산』

　명백히 김지하의 시대는 지나간 것처럼 보인다. 1970년대에서 1980년대까지 '시대의 이단아'로서 이 땅의 젊은 피를 들끓게 하던 시인의 예언적 목소리는 이제 대중매체와 시장의 소음에 묻혀 거의 들리지 않는 지경에 이른 듯하다. 1990년대 들어 시인이 줄기차게 제기한 생명사상이나 율려운동 등은 그 적실성과 중요성에도 불구하고 사회적 파장이 일정한 반경 내에 머물러 있는 상태이다.

　그런 의미에서 김지하는 아마도 시인이면서 동시에 투사요 현자일 수도 있었던 시절의 피날레를 장식하는 시인이라 할 수 있다. 그 이름을 대문자로 표기해야 하는 '위대한 시인들의 시절'은 끝난 것이다. 때문에 김지하의 시가 내뿜는 광휘는 찬탄과 함께 쓸쓸함을 자아내는 면이 있다.

　『빈 산』(솔)은 시인의 첫 시집 『황토』와 그가 출옥 후 펴낸 『애린』 사이에 씌어진 작품들을 집중적으로 수록하고 있다. 그래서 젊은 시절 정치적 박해를 피해 잠행을 거듭하던 시절의 경험과 감수성이 선명히 드러나 있다. 이 시집에서 가장 눈길을 끄는 것은 개인적인 존재 조건을 뛰어넘으려는 의지와 초월적인 전망을 획득하려는 욕망이다.

대부분의 시에서 화자는 자신을 구속하고 있는 안팎의 여건을 일시에 혁파하고 자유롭고 충동적인 새로운 삶의 광장으로 나아갈 수 있기를 꿈꾼다. 그는 매순간 실존적 결단에 직면한다. 한편에 "고여 흐르지 않는 둠벙"(「산정리 일기」)같은 "어중간한 시간"(「새벽 두 시」)의 안일과 나태와 무기력이 있다면 다른 한편엔 "꽃들의 잎새들의 터져나올 그 함성"(「1974년 1월」)이나 "당신의 붉은 피 더운 입김 쟁쟁한 목소리"(「당신의 피」)같은 환희와 충일의 순간이 있다. 화자는 자신을 옥죄고 있는 부정적 상황을 타개해줄 결정적인 전환점을 희구하는 것이다.

죽은 거나 다름없는 유충적(幼蟲的) 상태에서 벗어나 전존재의 영적인 재생을 달성하기 위해서는 견디기 어려운 잔혹한 시련을 통과해야 한다. 바로 여기에 화자가 처한 비극이 있다. 물적 토대가 전혀 마련돼 있지 않은 상황에서 스스로를 제물로 바치는 희생제의를 치러야 하기 때문이다. 시인은 박해를 무릅쓰고 진리를 선포해야 한다는 소명의 불가항력성에 쫓기고 있다.

이 시집에서 시인의 소명은 흔히 '부름'이라는 청각 이미지를 통해 제시되고 있다. 이 시인에게 있어 세계는 반향(反響)하는 소리들로 가득 차 있다. 그것은 "발자국소리 호르라기소리 문 두드리는 소리/외마디 길고 긴 누군가의 비명소리"(「타는 목마름으로」)이기도 하고 "어둠 속에서 누가 나를 부른다"거나 "찢어지는 육신의 모든 외침이 내 피를 부른다"(「어둠 속에서」) 같은 표현으로 나타나기도 한다. 소리는 공간을 인격화한다. 환청을 듣는 사람은 단순히 중립적인 공간에 위치해 있는 것이 아니라 하나의 드라마 속에 참여하고 있는 것이다. 이 시인의 시작 행위는 그 부름에 대한 응답인 셈이다.

이 시인은 자원해서 고통을 받아들임으로써 어둠의 세상에 빛을 가져오는 존재가 되고자 했다. 그리하여 삶과 죽음이 엇갈리는 위기의 정

점에서 우리 현대시사가 기억하지 않으면 안 될 아름다우면서도 장엄
한 몇 편의 '절명(絶命)의 시'를 탄생시키기에 이르렀다.

    빈 산
    아무도 더는
    오르지 않는 저 빈 산

    해와 바람이
    부딪쳐 우는 외로운 벌거숭이 산
    아아 빈 산
    이제는 우리가 죽어
    없어져도 상여로도 떠나지 못할 아득한 산
    빈 산

    너무 길어라
    대낮 몸부림이 너무 고달퍼라
    지금은 숨어
    깊고 깊은 저 흙 속에 저 침묵한 산맥 속에
    숨어 타는 숯이야 내일은 아무도
    불꽃일 줄도 몰라라
                                    ―「빈 산」에서

  김지하의 대다수 초기시가 그렇듯이 위 작품은 반역의 길을 걷는 영
웅적 인간의 행로를 배음으로 깔고 있다. 불의한 세상에 맞선 단독자의
초상을 보여준다는 점에서 그의 시는 비장하고 직선적이며 돌파력이
있다. 시적 화자에게 타협이란 아무런 의미도 없다. 승리 아니면 죽음,

전부 아니면 전무가 있을 뿐이다. 아니 보다 정확히 이야기하자면 그는 죽음으로써만이 승리에 다다를 수 있다. 모든 것을 버리는 과감한 투신을 통해 일순간 모든 것을 얻는 운명의 연금술이 가능해지는 것이다. 때문에 위 시에서 산을 '오르는' 것이 저승으로 '내려가는' 것과 동일시되고 있다. 그 산은 세계의 중심, 우주의 축이라 할 수 있는 산(cosmic mountain)으로서 인간이 역사적 실천을 통해 초역사적 신성을 구현하는 제의적 공간이다. 화자의 비극적 죽음은 산맥 속에 "숨어 타는 숯"이 내일의 "불꽃"으로 되살아나는 재생의 이미지를 불러온다. 이처럼 육체의 장렬한 산화가 점화시킨 불길은 "세차게 자라고 타" "갈기갈기 찢어져도 타" "끌 수 없는 불"(「성장」)로 이 세상을 밝힌다. 그 불은 불인 동시에 꽃이며 피다. 찢기고 터지고 피 흘리는 육체는 곧 꽃피는 육체, 모든 구속을 끊고 날아오르는 육체이다. 역사의 볼모로서의 인간이 해방된 실존으로 거듭나게 되는 것이다.

'비극적 황홀'이라고 부를 수 있는 마음의 상태를 날카롭게 드러내고 있는 이러한 구절들은 우리 시에서 보기 드문 장관을 연출하고 있다. 고경(苦境)에 처해 있는 영혼의 고백을 담고 있는 이들 시편이 내뿜는 광휘는 우리 민족어가 계속되는 한 영속할 것이다. (1998)

무욕을 욕망하는 언어

—최승호에 대한 두 편의 글

정신적 재생을 위한 긴 여정

독특한 개성과 높은 시적 성취로 이미 상당한 문명을 얻은 바 있는 시인 최승호가 전작장편소설 『시인의 사랑』(민음사)을 펴냈다. 여러가지 고심의 결정이자 남다른 노력의 소산임에 분명한 이 작품은 우리로 하여금 이러저러한 많은 생각에 잠기게 한다. 그의 돌연한 소설쓰기가 요즘 젊은 문인들 사이에 유행하고 있는 장르간의 벽 허물기 정도의 규정에 포함될 수 있는 성질의 것이 아니라는 점은 자명하다. 그의 이번 소설을 관통하고 있는 정서는 자신에게 주어진 불행한 운명과 정당하게 맞서 싸우겠다는 의지이며 철저하게 자기 자신을 있는 그대로 드러냄으로써 — 혹은 비움으로써 — 새로운 사람으로 회생하고 싶다는 희원이다. 그 의지와 희원이 이 소설을 단순히 시인이 한번 써본 소설이라거나, 자전적인 이야기의 소설화라는 범주에서 벗어나게 만들고 있다.

최승호는 작가의 실제 삶과 소설 속의 주인공의 삶을 겹쳐서 읽고자 하는 독자들의 일반적이고도 순진한 독법을 굳이 거부하고자 하지 않는다. 어느 면에서는 그것을 조장하기까지 한 부분도 없지 않다고 여겨진다. 중요한 것은 어디까지나 글쓰는 자의 진정성이며 바로 그 진정성이 소설 속의 주인공과 작가 자신을 동시에 구원해주는 발판이 될 수 있다고 믿은 듯하다. 적어도 그 점에서 이 소설은 성공했다고 할 수 있을 것이다. 그러나 그것이 이 소설의 폭을 극도로 제한하고 다성적인 화음이 아닌 일방적인 독백에 의해 주도되게끔 했다는 비판도 가능할 것 같다.

소설의 줄거리는 비교적 단순하다. 아내의 분신자살이란 충격적 사건에 직면한 주인공은 극도의 혼미상태에서 방황하다 가까스로 정신을 수습한다. 요양을 겸해 산중의 외할머니집에 찾아간 그는 주위의 자연경관과 동식물의 생태를 관찰하는 한편, 자신의 지난날을 반성적으로 회고함으로써 점차 안정을 되찾는다.

정신적 재생의 과정의 기록이랄 수 있는 이 작품은 소설 전체가 한 편의 고해문서를 연상시킨다. 그 고해는 내면적 불순물의 정화와 연결되어 때로 이 작품을 인간 조건에 대한 존재론적 성찰의 경지에까지 끌어올린다. 어둠의 수렁에서 허우적거리며 한 걸음씩 깨달음의 빛을 향해 나아가는 주인공의 모습은 자못 감동적이며 설득력을 얻고 있기도 하다.

그러나 문제는 아직 남아 있다. 작가의 진정성만으로 소설의 성공이 보장될 수 있는 것은 아니며 그 진정성에 투철하겠다는 자세 자체가 또 하나의 도식을 낳을 수도 있기 때문이다. 이런 관점에서 보자면 작가는 너무도 쉽게 말미에서 주인공에게 갱생의 기쁨을 허락한 듯하다. 최승호의 다음 작품이 필자의 이러한 소박한 문제 제기에 답변이 되어주기를 바란다. (1993)

텅 빔을 꿈꾸는 이미지스트

최승호는 전형적인 이미지스트 계열의 시인이다. 그의 시는 언어로 그린 그림이라고 해도 될 만큼 철저히 묘사적이다. 가령 그가 데뷔작 「비발디」에서 비발디의 음악을 "목관악기 속에서 새들이 풀려나오고 있다"거나 "가을 하늘 연한 햇살이다"라고 언급했을 때 우리는 불가시적인 것을 공감각적인 이미지로 치환해서 표현하고자 하는 시인의 노력을 엿볼 수 있었다.

초기의 그는 주로 도시 문명의 비정함을 딱딱한 광물성의 이미지와 그로테스크한 정황 묘사를 통해 천착하는 시도를 보여주었다. 그런 그가 점차 불교나 도가 같은 동양 정신에 빠져들면서 그의 시는 변화하기 시작했다. 딱딱한 광물성 대신 물렁물렁한 반죽이나 수렁, 혹은 거대한 입을 벌리고 있는 변기 따위가 그의 시에 자주 출몰하게 된 것이다. 이런 이미지들이 공통적으로 지시하고 있는 것은 자본주의적 일상의 허망함과 욕망의 광포함에 대한 신랄한 야유이자 비판이었다.

이러한 시세계는 그 자체로 참신했을 뿐 아니라 시기적절했다는 점에서 두루 좋은 평가를 받을 수 있었다. 그런데 여기서 한 가지 유의하지 않을 수 없는 것은 그의 시적 지향과 방법 사이엔 보이지 않는 이율배반이 자리잡고 있다는 점이다. 그의 묘사적 언어가 어디까지나 현상 세계에 근거하고 있다면 그가 지향하는 초월적 세계, 즉 불교에서 말하는 공(空)이나 무(無)의 세계는 그런 세계를 완전히 건너뛴 피안의 영역, 다시 말해 언어도단의 경지에 자리잡고 있기 때문이다.

그 결과 최승호의 시는 최근으로 올수록 우화적 수법을 많이 동원하고 있는 것으로 보인다. 짤막한 이야기에 삶의 본질을 꿰뚫는 지혜를 담는 우화는 정신의 양식을 추구하는 사람에게 적절한 방편이 되어줄 수 있다. 시인의 이런 특징은 『여백』(솔)이란 근작 시집에 집중적으로 표출돼 있는 것으로 보인다.

시인은 구체적인 형상을 갖추고 있는 듯하지만 조만간 물로 녹아 내
릴 눈이나 진눈깨비를 흰 종이의 여백과 연결시킴으로써 글쓰기의 무
용성을 부각시키는 한편 모든 언어의 궁극적 귀의처는 침묵이란 점을
설파하고 있다. 그가 "여백의 시학이란 씌어진 적도 없고 씌어진 것도
없는 시학의 텅 빈 여백을 말한다"(「시론에 대하여」)고 한 점은 이런 문
맥에서 탄생한 말이다. 그 여백은 단지 텅 비어 있는 결핍이나 부재의
표상이 아니라 무한한 가능성을 품고 있는 거대한 생명의 자궁을 은유
하고 있기도 한 것이다.

『여백』에 실린 시들은 우리 시대에 흔치 않은 사유의 결정물들이다.
하지만 사유의 깊이가 자동적으로 시적 성과의 풍요로움을 보장해주지
는 않는다. 여백 저편에서 새롭게 모습을 드러낼 새로운 말들을 기대한
다. (1998)

좌절과 희망 사이

— 박노해 『참된 시작』

노동 현장에서 '새벽'을 노래한 시인이 감옥 안에서 '시작'을 이야기한다는 것, 이보다 더 지독한 우리 시대의 역설이 또 있을까. 박노해의 두번째 시집 『참된 시작』(창작과비평사)은 이런 의문을 우리에게 던져준다. 그것은 얼핏, 오직 희망이 없는 자들을 위해 우리에게 희망이 주어진다는, 불우한 삶을 살았던 금세기 한 유태인 철학자의 금언을 생각나게 하기도 한다. 어쩌면 우리 시대 최후의 투사로 기록될지도 모를 박노해 시인의 이번 시집을 읽는 것은 그래서 더욱 착잡한 안타까움을 불러일으킨다.

그가 사노맹의 지도적 인물로서 잠행을 거듭할 당시 쓴 시와 투옥 후 영어의 상태에서 쓴 시들이 함께 묶여 있는 이번 시집은 시인이 처해 있는 판이한 조건처럼 시세계 또한 극에서 극을 달리는 편차를 노정하고 있다. 강한 목적성과 전략성의 소산인 3, 4부의 시들은 문학이 이데올로기에 복무하는 도구여야 한다는 분명한 신념하에 씌어진 것들이고 따라서 그만큼 전투적 정열로 충만해 있다. 선과 악, 적과 동지, 나와 너 사이엔 뛰어넘을 수 없는 단절이 있으며 둘 중 어느 한 편은 반드시 처단죄되어야 할 세력으로 규정된다.

그러나 옥중에 갇힌 채 홀로 무기력한 자신을 성찰하고 추스리며 쓴 1, 2부의 시편들은 이와는 사뭇 다른 시적 공간을 우리 앞에 열어놓는다. 거기서 우리가 보게 되는 것은 자신의 신념과 기대를 배반한 역사의 흐름에 대한 고통스러운 응시와 그럼에도 불구하고 결코 포기할 수 없는 밝은 내일에 대한 희망, 그리고 진지하면서도 겸허한 모색의 편린들이다. 「강철은 따로 없다」의 한 구절을 빌리자면 시인은 이제 "적개심으로 핏발선 투사의 얼굴"로서가 아니라 "부드럽고 넉넉하게 열려진 가슴"으로 "그 누구도 거부할 수 없는 강인한 포옹"을 시도하는 것이다. 그것은 일단 "작아지자 작아지자/아주 작아지자"는 구절처럼 외적 팽창보다는 내적 심화의 방향을 취하고 있다. 「강철 새잎」을 비롯해서 이 시집 여기저기서 만날 수 있는 작고 부드러운 것에 대한 새삼스런 애정의 표시 또한 이와 관련이 있을 것이다.

물론 투옥 후의 박노해에게서 비장하면서도 열정적인 전사의 초상을 기대한 사람에게 이번 시집은 적잖은 불만의 대상일 수도 있을 것이다. 그러나 1980년대의 박노해와 '단절 속의 연속'을 보여주는 1990년대의 박노해의 시들은 여전히 아프고 아름답다. 그런 점에서 '참된 시작'은 박노해만이 아니라 그의 시를 읽는 모든 사람의 시작으로 이어져야 할 것이다. 그가 꿈꾼 '구원으로서의 혁명'은 우리에게서 점점 더 멀어져가고 있지만 그 꿈의 진정성만은 아직도 전혀 손상되지 않은 채 우리 앞에 놓여 있기 때문이다. (1993)

시인의 죽음과 시의 탄생
―기형도『입 속의 검은 잎』

　예기치 않는 죽음은 항상 비극적 울림을 동반하는 법이다. 만 스물아홉의 젊은 나이에 기형도가 죽고 난 다음의 반응도 그러했다. 그의 죽음이 알려진 뒤 여기저기 발표된 조사 성격의 짧은 글들은 물론이려니와 그의 처녀시집이자 유고시집이 되어버린『입 속의 검은 잎』뒤에 실려 있는 김현의 해설조차 시인의 갑작스런 죽음이 가져다준 충격으로부터 자유롭지 못한 듯하다. 그의 죽음은 우리가 딛고 서 있는 땅이 일순간 갈라져 컴컴한 아가리를 드러낼 수도 있다는 실감을 주위 사람들에게 던져주었고, 삶이라는 게 얼마나 연약하고 가볍고 허망한 것인가를 가슴 서늘하게 깨닫게 해주었다.

　돌이킬 수 없이 소모당한 삶…… 일정한 방향도 목적지도 없이 헤매다 길에서 쓰러져 홀로 죽어가야 하는 비극적 실존의 초상…… 기형도의 죽음을 후광처럼 둘러싸고 있는, 나아가 기형도 시의 주요 모티프가 되고 있는 이러한 이미지는 그러나 사실은 과장된 것이리라. 만 스물아홉의 젊은이가 이 세상을 알면 얼마나 알겠는가. 그가 겪어야 했던 가족사적 불행이 남달랐다고 한들 그 비극성이 보통 사람들의 예상을 뛰어넘는 수준의 것은 아닐 터이다. 그의 시에서 종종 지적되곤 하는 유년기의 가난이나 청년기의 실연 체험도 유독 기형도 개인에게만 해당되는 고유의 경험은 아닌 까닭이다. 그런데도 그의 죽음을 앞에 두고 동료 글쟁이들이 목이 멘 것은, 그리하여 이제는 전설이 되어버린, 영안실에서의 집단 난투극을 벌이기까지 한 것은, 기형도의 죽음이 바로 자기 세대의 상징적 죽음인 양 여겨졌기 때문일 것이다.

산 자들은 죽은 자의 최후를 한층 비극적으로 포장함으로써 스스로를 위안하고 싶어한다. 그러나 기형도는 죽었고, 이제 우리는 『입 속의 검은 잎』이라는 시집을 통해서만 그의 존재를 감지할 수 있게 되었다. 그렇다면 혹시 그의 죽음은 그의 시의 끝에 찍힌 마침표라고 볼 수도 있지 않을까. 역설적으로 이야기해서 그의 시세계는 그의 죽음을 통해서 완성된 것이 아닐까.

저녁의 정거장에 검은 구름은 멎는다.
그러나 추억은 황량하다. 군데군데 쓰러져 있던 개들은 황혼이면 처량한 눈을 껌벅일 것이다.
　　　　　　　　　　　　　　—「정거장에서의 충고」에서

……나의 영혼은 검은 페이지가 대부분이다. 그러니 누가 나를 펼쳐볼 것인가.
　　　　　　　　　　　　　　—「오래된 서적」에서

시집 앞부분에 집중적으로 실린, 삶의 덧없음과 실존의 부조리함을 고백하고 있는 시편의 어조는 참으로 음울하고 어둡다. 병상에 누워 임종을 기다리고 있는 늙은이의 독백을 연상시키는 그의 시에 따르면 그 어디에도 희망의 빛은 보이지 않으며 인간은 시간의 물결에 휩쓸려 덧없이 떠내려갈 따름이다. 그가 부른 노래는 "죄다 비극"이었으며 "나의 생은 미친 듯이 사랑을 찾아 헤매었으나/단 한 번도 스스로를 사랑하지 않았노라"는 뼈아픈 탄식을 토하게 만든다. 이 시대를 사는 어떤 시인이건 비극적 세계관이라 이름 붙일 수 있는 경향으로부터 완전히 벗어날 수는 없겠지만 기형도의 경우 그것을 극단적이고 회복 불가능할 정도로 밀고 나갔으며 거기서 그의 시의 진정성이 확보되었다고 할 수 있겠다.

그러나 기형도 시의 특성이 과연 거기서 그친다고 할 수 있을까. 김현이 '그로테스크 리얼리즘'이라 부른, 삶에 대한 비극적 통찰이 이 시인의 작품세계에 가장 빛나는 부분인 것은 틀림없는 사실이고, 또 그의 짧은 생애와 죽음이 가져다준 충격 때문에 평자들은 그러한 측면에 오래 시선을 고정할 가능성이 크다. 그러나 그로테스크 리얼리즘이라는 말로 포괄할 수 없는 다른 영역이 기형도의 시엔 잠재돼 있음을 외면할 수 없다. 「집시의 시집」이나 「숲으로 된 성벽」 같은 비교적 초기에 씌어진 작품이 보여주는 농도 짙은 서정성과 환상성은 결코 무시할 수 없는 요소이며, 「어느 푸른 저녁」 「먼지투성이의 푸른 종이」와 같은 작품이 간직하고 있는 신비적 성향 또한 쉽사리 지나칠 수 없는 아름다움을 내뿜고 있다.

주인은 떠나 없고 여름이 가기도 전에 황폐해버린 그해 가을, 포도밭 등성이로 저녁마다 한 사내의 그림자가 거대한 조명 속에서 잠깐씩 떠오르다 사라지는 풍경 속에서 내 弱視의 산책은 비롯되었네. (……) 목마른 내 발자국마다 검은 포도알은 목적도 없이 떨어지고 그때마다 고개를 들면 어느 틈엔가 낯선 풀잎의 자손들이 날아와 벌판 가득 흰 연기를 피워올리는 것을 나는 한참이나 바라보곤 했네

—「포도밭 묘지·1」에서

삶에 대한 쓰디쓴 회한과 정처없음이 잘 드러나 있는 이 시는 단단하고 적의에 가득 찬 도시를 무대로 한 일련의 작품과 다른 서정성을 짙게 깔고 있다. 그 서정성은 아직도 신비의 세계에 대한 그리움을 완전히 버리지 못한, 그러나 그곳엔 영원히 도달하지 못한다는 것을 알아버린 자의 비애에 다름아니다. 그는 삶의 변방에 밀려나 있는 초라한 자신을 발견하지만 그렇다고 새로운 출구를 기대하지도 않는다. 그러한 기대가 부질없다는 것을 누구보다도 잘 알고 있기 때문이다.

때로는 장중한 예언적 목소리로 때로는 무미건조한 묘사체로 그는 우리 앞에 놓인 삶의 심연을 날카롭게 부각시켜주었다. 유년의 환상에서 출발하여 성년의 환멸을 거친 그가 도달한 지점은 환상도 환멸도 아닌 제3의 무엇이었을 것이다. 그러나 그는 그 도착지점을 언표하지 않은 채 죽었다. 아마도 1990년대 우리 시는 그의 주검이 발견된 자리 — 도심에 위치한 삼류극장의 어둠컴컴한 객석에서부터 출발해야 할지 모른다. 그런 의미에서「오래된 서적」의 마지막 연의 다음 구절은 흡사 그가 우리 시대에 던지는 유언처럼 느껴진다.

나는 기적을 믿지 않는다.

(1989)

젊은 여성 시인의 싱싱한 육성

—김명리 『물 속의 아틀라스』

　최근 우리 문화계의 특징 중 하나는 '우먼 파워'가 상당히 강력해졌다는 점이다. 사회 각 분야에서 여성의 진출이 눈부시게 늘고 있지만 문학 부문에 이르면, 이제 남성들은 문학을 여성들에게 양도하거나 포기한 게 아닌가 하는 착각이 들 만큼 그 정도가 매우 확연하다고 보여진다. 해마다 연말이면 문학 지망생들로 하여금 열병을 앓게 하는 신춘문예 당선자들의 면면만 보더라도 여성의 당선 점유율이 계속 상승폭을 그리며 높아지고 있음을 볼 수 있다. 아직도 봉건적 가부장제의 이데올로기가 그늘을 짙게 드리우고 있는 한국 사회에서 여성들이 음으로 양으로 견제받는 일이 한둘은 아니겠지만, 이제 여성 운동은 바다 건너 잘사는 나라들만의 이야기가 아닌, 바로 지금 이곳 우리의 문제임이 분명하게 되었다.

　문학 부문을 놓고 볼 때 여성 세력의 부상은 단지 그 수나 양에 그치는 문제가 아니라 그 질적인 면에서 전시대와 다른 독특한 개성을 보여주고 있다는 점에서 주목을 요한다. 은어·비어·속어가 거침없이 등장하고, 성적 묘사가 노골적으로 등장하는가 하면 거의 발악에 가까운 비명이 시의 행간을 누비고 있기도 하다. 지난 연대에 최승자, 김혜순, 고정희 등이 개척한 이러한 시세계는 최근에 이르러 또다른 도약을 보여준다. 이제 우리는 이런 다양한 여성 시인의 이름들로 이루어진 명단에 김명리라는 새로운 이름을 추가할 수 있겠다.

그녀의 첫 시집 『물 속의 아틀라스』(고려원)는 우리 시대의 어지럽고 잡스러운 시공간을 신나게 휘젓고 다니는 젊은 여성의 싱싱한 육성을 들려주고 있다.

　　— 아들아 거기서 무얼 하고 있느냐
　　— 예 아버지 여기 이렇게 말의 분뇨가 많으니
　　어딘가 분명히 조랑말이 있을 거예요

　　흑백 티브이에 코를 박고 있었다
　　리즈의 탐스런 고백에 코를 박고 있었다
　　말하자면 말의 분뇨 속에 코를 박고 있었다
　　여전히 불통인 전화기에
　　가버린 남자의 사라진 뒤통수에
　　글러버린 청춘의 막장 울며불며
　　이를테면 아침저녁 절망후라이 한 접시 깨끗이
　　비워내고 있었다. 코를 박고 있었다.

　　— 명리야 거기 무어가 보이느냐
　　— 아아 아버지 숨이 막혀 마 말을 하지 못해요
　　분명……여어기 어딘가에……조랑말이 있을 거예요……말의 분뇨가
　　이렇게……많으니
　　　　　　　　　　　　　　　　— 「조랑말을 찾아서」 전문

그녀의 시 가운데서 비교적 정제된 어휘로 이루어진 이 작품은 삶의 쓰디씀과 시인으로서의 자기 모멸이 유머러스하게 어울린 수작이다. 시의 정황으로 보면 시인은 흑백 티브이에서 리즈가 등장하는 서부극을 보고 있다. 이 시의 첫 연은 드라마 속에 나오는 부자간의 대화일 것이다. "말〔馬〕의 분뇨"를 통해 조랑말의 행방을 추적하는 이 장면은 흑백 티브이에 코를 박고 "글러버린 청춘"의 절망을 잊으려 하는 시인 자신으로 변주된다. 그리고 그것은 다시 티브이로 상징되는 혼탁한 "말〔馬〕의 분뇨", 즉 타락한 언어 속에서 시를 쓰는 자신에 대한 연민과 갈등의 복합 감정으로 이어진다.

　　이처럼 언어를 재치있고 능숙하게 운용하여 우리 시대의 허상을 파헤치는 그녀의 시적 노력은 다른 작품에서도 빛을 발하고 있다. 그녀는 "거대하게 도사린/불발탄의 도시"(「대합실의 비」)를 배회하며 쉴 새 없이 "감자 먹이기"(「혹성탈출 첫 발자욱」)를 감행한다. 때로 "이 늙은 지구를 고물상에 팔아버릴까" 하고 공상하기도 하고 "이제까지 개떡으로 살았으니/이제부터 찰떡으로 살면 돼" 하며 스스로를 달래기도 하지만 이러한 노력은 결국 「그곳」이라는 아름다운 소품에서 보여주는 세계로 나아가기 위한 몸부림이라 볼 수 있다. 때로 불필요한 언어유희와 과장된 포즈가 눈에 거슬림에도 불구하고 그녀의 시가 생기를 잃지 않고 수준을 유지하는 것은 "세상의 쓰레기들을 모조리 불태우"(「서시」)고자 하는 그녀의 치열한 연소 의식 때문일 것이다. (1989)

신서정과 젊은 시인
―안도현의 시를 중심으로

　최근 시를 전망하는 글이나 좌담에서 종종 발견되는 용어 중에 '신서정(新抒情)'이라는 것이 있다. 말 그대로 풀이하면 '새로운 서정'이라는 뜻이 되겠는데, 우리가 통상 시라고 지칭하는 것이 서정시를 의미한다는 사실을 염두에 둔다면 강세는 자연히 '서정'이 아니라 '신'에 주어지게 될 것이다. 그렇다면 신서정은 일반적인 서정시와 비교할 때 어떤 변별성을 함축하고 있는 개념일까. 모든 새로운 용어가 으레 그렇듯이 신서정이라는 말도 쓰는 사람에 따라서 다양한 뉘앙스를 담고 있으며 적용 대상에도 편차를 보이기 때문에 일도양단의 해답이 주어지기는 힘든 측면이 있다. 그러나 어느 정도의 자의성을 무릅쓰고 이야기하자면 이 용어는 서정시로부터의 원심력보다는 서정시로의 구심력에 더 비중을 둔 개념인 것 같다는 점이다.

　이미 통념으로 굳어진 바대로, 1980년대는 서정시에 대한 교과서적 틀의 해체작업이 그 어느 때보다도 활발했던 연대였다고 할 수 있다. 내용과 형식, 주제와 소재 모든 면에서 전통적인 서정시의 위상에 심한 훼손 및 변형의 노력이 가해졌고, 그에 따라 시에 대한 정의 자체를 새롭게 시도해야 할 지경에 이르렀다. 물론 1980년대 시가 이러한 탈바꿈의 진통을 겪을 수밖에 없었던 데에는 현실적인 여러 이유가 존재한다. 예컨대 피폐하기 이를 데 없었던 당시의 정치·사회 상황이 문학의 존재 지반 자체를 위협했으며, 거기에 대한 최소한의 자구책으로서라도 시는 무장을 서두르지 않을 수 없었다는 사후적 해명이 가능할 것이다. 아울러 형태파괴시에서 해체시까지, 민중시에서 노동시에 이르기까지 그야말로 첨예하기 이를 데 없었던 지난 연대의 시의 험난한 도정을 상기해볼 수도 있을 것이다. 그러나 시의 죽음이란 토양 위에 개화한 지난 연대의 시문학의 '꽃시절'은 그렇게 오래 지속될 수는 없는 것이었다. 악마와 싸우다 보니 어느새 자기 자신이 악마를 닮아 있더라는 일화와 비슷한 현상이 우리 시단에서도 발견된 것이다. 거기다 끊임없이 새로움을 상품가치로 전화시켜 이를 소비토록 작용하는 우리 사회의 자본주의적 문화구조가 이런 유형의 시의 수명을 앞당기는 데 이바지했다.

거칠게 살펴본 이러한 전사(前史)를 염두에 둘 때 1990년대 시의 가능성으로 흔히 운위되는 신서정의 의미 지도도 대략 밝혀졌다고 할 수 있을 것이다. 다시 말해서 신서정은 이미 그 태동 자체에서 어느 정도 복고성과 회귀성을 요청받고 있는 셈이며 무분별한 궤도 이탈 대신 원상복구에 더 많은 노력을 경주하는 흐름이라고 할 수 있다.

이처럼 신서정이라는 용어는, 대략적인 윤곽을 논리화할 수는 있지만 실제 시인들의 작품과 관련지어 이야기하기에는 석연치 않은 점이 있다. 그러나 약간의 오차를 염두에 두고 말한다면 신서정은 이미 1980년대 후반에 그 모습을 드러냈다고 할 수 있다. 민중시나 해체시의 대명사처럼 여겨졌던 시인들이 이전의 과격하거나 방만한 몸짓을 지양하고 서정시가 가진 본래의 성격을 점차 회복하는 방향으로 나아가기 시작한 것이다.

이들 부류의 시에서 느껴지는 것은 세계와의 긴장된 대결 의지이기보다는 급박하게 돌아가는 현실의 소용돌이에서 한 걸음 물러선 채 사태를 관망하는 성찰적 시선이다. 한결 정돈되고 정제된 어조로 내면을 깊숙이 응시하는 자세를 취하고 있는 이들 시는 인간과 자연 사이의 소통과 호환을 중시하는 유기체적 세계관에 경도된 모습을 보여준다. 시에 투쟁성이나 선전성이 강요되기보다는 서정시 본래의 순도가 그리워지던 시점에, 그에 부응하는 시세계를 선보여 환영을 받은 시인으로 안도현을 들 수 있다.

어린 눈발들이, 다른 데도 아니고
강물 속으로 뛰어내리는 것이
그리하여 형체도 없이 녹아 사라지는 것이
강은,
안타까웠던 것이다
그래서 눈발이 물 위에 닿기 전에
몸을 바꿔 흐르려고
이리저리 자꾸 뒤척였는데
그때마다 세찬 강물소리가 났던 것이다
그런 줄도 모르고
계속 철없이 철없이 눈은 내려,
강은,
어젯밤부터
눈을 제 몸으로 받으려고
강의 가장자리부터 살얼음을 깔기 시작한 것이었다
　　　　　　　　　　　　　　　　—「겨울 강가에서」 전문

작은 것들에 대한 시인의 애정은 인간의 의식이나 판단과 무관한 자연 현상에서 애틋하고 정감 어린 사랑의 드라마를 발견해낸다. 철부지 눈발을 위해 모성적인 강물이 가장자리부터 살얼음을 깔기 시작한다는 발상은 얼마나 천진난만하면서도 절실한 바가 있는가. 정작 강물에 닿자마자 형체도 없이 녹아 사라지는 눈발을 안타깝게 여긴 이는 시인 자신이었을 것이다. 무르익은 서정성과 우의성의 적절한 결합을 통해 시인은 자연 만물이 내장하고 있는 생명의 온기를 섬세하게 포착해내는 데 성공하고 있다. 아울러 종결어미 '것이다'가 주는 유장함도 이 시가 주는 묘미 가운데 하나임을 놓칠 수 없다. 이 시인의 이러한 미덕은 다음과 같은 소품에서도 여전히 빛을 발하고 있다.

장꾼들이
점심때 좌판 옆에
둘러앉아 밥을 먹으니
그 주변이 둥그렇고
따뜻합니다

—「장날」 전문

위 시가 착상의 평이함과 표현의 소박함을 떨쳐버리지 못했음에도 불구하고 읽는 사람의 마음에 진솔하게 와 닿는 것은 시인이 시에 지나치게 많은 것을 위탁하지 않았기 때문에 얻어진 결과일 것이다. 그것은 단순히 희망한다고 달성될 수 있는 경지는 아니다. 거기엔 지난 시절을 거쳐오면서 직간접적으로 지불해야 했던 다양한 시행착오들이 보이지 않는 밑거름 역할을 해주고 있다고 봐야 할 것이다. 그래서 안도현의 작품을 비롯해서 이들 유형의 시는 충분히 공감과 안도감을 자아내는 면이 있다.

56

하지만 그럼에도 불구하고 이 유형의 작품에 아쉬움이 전혀 없는 것은 아니다. 앞에서도 암시한 바와 같이 1990년대 젊은 시인들은 다들 도전적인 정복자가 되어 제위 찬탈에 나서기보다는 물려받은 영지를 잘 관리하고 가꾸는 제후의 처지에 만족하고 있는 것으로 보인다. 그들은 새로운 시문법을 제시하고자 하는 야심을 불태우기보다는 기존 문법에의 적응 및 숙달에 더 민감한 경향이 있다. 그 결과 상대적으로 개개 시편의 완성도는 더 높아진 편이다. 이처럼 조숙한 젊은 시인들이 많아지는 것은 한편으로 안심을 주면서 다른 한편으로 왠지 맥이 빠지게 만든다. 다들 너무 안전한, 성공이 보장된 길로 가고 있다는 느낌이 드는 것이다. 더욱이 그 성공이란 것이 일정한 높이 이상으로 나아갈 수 없는 것이기도 하다. 이 계열의 시인 가운데 상당수는 종종 따뜻한 감성 탓이기도 하겠지만 낙천적이라 할 만큼 세계와 쉽게 몸 섞는, 그래서 때로 시를 예정된 화해의 공간으로 인도하는 부정적 효과를 산출하기도 하는 것으로 보인다. 그런 의미에서 신서정 또한 이제 해체와 갱신의 역학에 몸을 맡길 시점에 이른 듯하다. 이 시대의 서정은 좀더 사납고 가혹한 언어에 의해 단련될 필요가 있다. (1998)

'존재의 감옥'으로서의 언어
─송찬호의 시

　시는 아직도 가능한가. 1990년대의 개막과 함께 이런 질문을 던져보는 것은 단순히 '시의 시대'라고 불렸던 1980년대적 분위기가 서서히 종말을 고하고 있다는 현상적 차원에서의 판단 때문만은 아니다. 또한 그 시대의 '빵과 포도주'로서 시인이 맡아야 할 막중한 영혼의 과업에 짓눌려 으레 한번씩 내질러보는 비명도 아니다. 금세기가 시작될 무렵 인류가 가지고 있었던 확신과 희망의 언어들은 지금에 이르러선 거의 사어(死語)가 되어버렸고 그에 따라 무책임한 상대주의와 세기말적 가치관의 혼돈이 빠른 전염 속도를 자랑하고 있지만, 이러한 위기감이 오늘날 우리 사회에서 시의 존재를 위협하고 있다고 말하기엔 어딘지 낯간지러운 면이 있다. 프라하에서, 산티아고에서, 그다니스크에서, 광주에서, 천안문에서 고통받는 인간들의 신음소리가 들려올 적마다 모든 지식인들이 주문처럼 되풀이하던 말─아우슈비츠 이후에도 서정시는 존재할 수 있는가, 라는 질문 역시 이젠 차라리 자기위안을 위한 진부한 레토릭이 돼버린 감이 있다.

　그럼에도 불구하고 오늘날 우리 시인들이 '시는 아직도 가능한가'라는 물음으로부터 전적으로 자유롭지 못한 것은 무슨 이유 때문일까. 참으로 많은 시인들이 참으로 많은 지면에 참으로 많은 시를 기고하고 있고 또 그것이 시집으로 묶여져 나오고 있지만 그 대다수가 향기 없는 꽃에 불과하다는 가치판단 때문일까. 범박하게 이야기해서, 독특한 개성과 자기공간을 갖고 있지 못한 판에 박힌 듯한 시와 시인들의 범람이 그 한쪽 저울에 자리잡고 있다면 다른 한쪽엔 시적 자원의 고갈이라는 시대 상황이 버티고 있다고 할 수 있을 것이다. 그런데 문제는 궁핍한 시대와 시의 존재에 대한 이러한 추궁이 어떤 논리적인 서술로서 답변될 성질의 것이라기보다는 새로운 개성, 참신한 목소리의 등장으로 해결될 수밖에 없다는 점이다. 다시 말해서 오늘날 시의 위기는 "시를 쓰기엔 너무 산문적인 시대"라는 낡아빠진 알리바이에 의해 지연될 것이 아니라 삶과 언어의 심연 깊숙이 자맥질해 들어가는 시인의 등장으로 그 물음 자체를 폐기시킬 수 있을 때 그 극복이 가능하다는 것이다.

바로 그런 점에서 지난해 『흙은 사각형의 기억을 갖고 있다』라는 처녀시집을 출간한 바 있는 송찬호의 존재는 귀중하다고 아니할 수 없다. 1980년대 시단을 휩쓴 민중과 해체의 거센 물결이 극점에 달해, 더이상의 발전 가능성을 보여주지 못하고 제자리에서 맴돌기만 하고 있을 무렵 우리 앞에 모습을 드러낸 그의 작품들은 우리 시가 너무 오래 망각해왔던 시의 길 한 갈래를 뚜렷이 상기시켜주었다. 사실 지난 연대에 시단의 양극을 이루었던 민중과 해체는 일반적으로 알려진 바와 같이 전혀 다른 지향점을 갖고 있는 상반된 문학적 조류라기보다는 같은 뿌리에서 나온 두 갈래의 줄기라고 할 수 있는 것이었다. 이 두 흐름은 빠른 속도로 진행되는 자본주의적 질서에 대한 각기 다른 방향에서의 문학적 제동 걸기라고 할 수 있을 터인데, 따라서 외적으론 상호견제의 구도를 이루긴 했지만 내적으로는 동일한 궤도를 더듬어나가는 모습을 보여주었다.

송찬호는 일단 지난 연대의 이러한 경향으로부터 멀리 떨어진 지점에서 자신의 시적 작업을 출발시켰다는 점에서 관심을 모은다. 물론 그의 시에 선배 시인들의 영향이 전혀 부재하다고는 할 수 없겠지만—예컨대 이성복이나 시운동 그룹과의 친화성을 추적해볼 수도 있을 것이다—그러한 영향을 자신의 시적 문법 속에 충분히 용해시켜 제시함으로써 기존 시와 다른 시세계를 열어 보이고 있다. 그가 시집 출간 후 「얼음의 문장」 연작에 이어 발표한 다음 작품에도 그러한 점은 역력히 드러나 있다.

나는 사형 집행인의 손을 갖고 있었다.
불 속 깊이 죽음을 감추었다.
그러나 나는 아주 불완전한 손을 갖고 있었다.
그 불안한 방에서 깨어나고 있는 불 속의 무녀들.

불의 다른 해안에서 매끄러운 악기의 여인들이 탄생하고 있다.
불의 오랜 녹슨 무기로 그들의 혼을 울린다.
음악은 악기들을 상처내며 쉬지 않고 죽어가고 있었다.

난 이제 독약의 시간 속에서 향유를 구하진 않겠다.
불 속에서 단련된 강철 대오, 조합에서 만들어지는 노동자 귀족들
죽은 자의 내장을 꺼내고 향유 대신 노동개량조합을 처넣겠다.

더욱 굳건한 교회를 세우기 위하여 밤새 교회는 불을 회유하였다.
그러나 누추한 부랑자들의 육체 속에서도 하룻밤 천국의 온기는 남아 있다.
저 공장을 가르치는 교사들은 더욱 타락하여야 한다.

가벼운 책들은 더욱 많이 씌어져야 하고
죽은 악기 속에서 욕망의 구근들을 키워내야 한다.

불은 여전히 죽어 있음을 거부하며 방의 소도구들과 싸우고 있다.
난 상처로 신음하는 불을 일으켜 세운다.
나는 불 속에서 솟아오르는 저 새로운 조상들을 숭배한다.

난 악기를 마신다! 나는 온갖 종교를 경험하였다.
나는 활활 타오르는 저 불 속의 무녀를 부른다.
난 무녀를 죽일 것이다.
내 손은 재생의 피로 더렵혀질 것이다.

―「공작도시 · 1」 전문

　인용시만 보더라도 명백히 드러나지만 송찬호의 시는 우선 이해부터
가 쉽지 않다. 그의 시적 발상이나 이미지의 조형은 우리 사회의 직접
적인 현실과는 상당한 거리를 두고 이루어지고 있으며 구문은 일견 단
순하게 축조된 듯 보이지만 그 의미는 매우 불투명하고 난삽한 면이 있
다. 그렇다면 그의 시를 김춘수 시인이 명명한 대로 '형이상학적 시'라
고 규정짓고 안심하는 것은 과연 타당한가. 또는 김정란처럼 그의 시에
서 플라톤의 이데아의 그림자를 찾으려고 하는 것은 과연 설득력이 있
는 것인가. 정치적 억압이나 부의 분배 같은 1차원적 현실을 전면에 내
세우지 않고 언어와 현실 사이의 상호 관련성을 문제 삼고 성찰한다는
점에서 송찬호의 시는 형이상학적 시라고 오해당할 소지가 다분히 있
다. 또 우리 문학에서 그동안 제일 천대받아온 것 가운데 하나가 '관념'
이었다는 점을 생각할 때 시 속에 철학적 깊이를 부여하려는 노력이 소
중한 것도 사실이다. 그러나 잊지 말아야 할 것은 이 시인의 언어관은

"언어는 존재의 집"이라는 하이데거류의 고전적 형이상학과는 어느 정도 거리를 유지하고 있다는 점이다. 하이데거가 '언어는 존재의 집'이라고 말했을 때의 언어관이 다분히 정태적이고 순환론적이고 자기충족적이라면, 그래서 구체적이고 역동적인 현실의 자장에서 한 걸음 벗어나 그것을 사유하고 그것에 침잠하는 태도의 소산이라면, 언어를 '존재의 감옥'으로 보는 송찬호는 현실의 소용돌이 한복판에 자리잡고, 거기서 자신의 시적 작업을 전개해나가고 있다고 할 수 있을 것이다.

　단적으로 말해서 송찬호에게 있어 언어는 존재론적이기보다는 상황적이다. 그의 언어는 현실을 떠나 관념의 미로를 헤매는 대신 현실에 뿌리박은 정치사회적 힘과 갈등을 반영한다. 아니 반영이라는 말은 적절치 않다. 그는 언어를 통해 현실을 압축·변형·생산한다. 현실은 있는 그대로 제시되기보다는 이 시인 특유의 은유 및 환유를 거쳐 전혀 다른 모습으로 나타난다. 인용시에서 우리는 불이라는 다분히 원형적인 이미지가 어떻게 노동조합이나 교회나 공장과 같은 현실 세계의 상(像)과 조우하게 되는가를 묻게 된다. 여기서 불은 정화와 재생의 상징인 동시에 죽음, 광기와 결부되어 있으며 우리 시대의 첨예한 노동문제, 교육문제가 발생하는 현장이라는 중첩된 의미를 갖고 있는 것으로 보이는데, 이 시인은 강렬한 표현주의적 이미지를 통해 우리 사회의 누추하고 타락한 삶을 통렬하게 공격하고 있는 것이다.

　　어둠 속에서 마른 성냥개비 끌려 나온다.
　　잠시 반짝한 불빛 속에서 뛰쳐 나온 하얗게 질린 나뭇잎이
　　재빠르게 지갑 속으로 숨어든다.
　　심야의 공장은 더욱 커져 보인다. 공장 불빛이 두렵다.
　　저 퀭한 도둑고양이
　　빈민들 지붕 위를 걷는다.

오래 기억되어져야 할 기념비, 불이 거꾸로 세워져 있다.

창 밖 도시가 온통 뒤집혀져 보인다.

죽은 자가 떠오른다.

그는 다시 번복되지 않는다.

―「공작도시·2」에서

공포스럽게 묘사된 위 시의 장면들은 우리 사회의 음습하고 어두운 부분에 대한 집중적인 고구 끝에 얻어진 것이기에 박진감을 얻고 있다. 독자들에 따라선 은유와 상징의 중첩으로 이루어진 그의 시가 난해하게 느껴지고 쉽게 공감이 가지 않는 부분도 있겠지만 송찬호의 시에 나타난 이미지가 단순한 겉멋부림이 아닌, 깊은 성찰 끝에 나온 것이라는 점만은 인정할 수 있을 것으로 여겨진다. 다만 그의 시 속에 종종 등장하는 이미지가 지나치게 개인적인 상징에 매몰되어 독자와의 정당한 소통행위를 방해할 수도 있다는 점은 한번쯤 생각해볼 여지가 있는 문제라고 하겠다. (1990)

배회하는 한 젊음의 기록
—원재훈의 시

하늘에서 시집이 떨어지다

한 권의 시집이 뚝 떨어진다 하늘에서
구름에서
질주하는 쓰레기 청소차 위로, 허름한 내 주머니 속으로
어느 날 아침 갑자기 쏟아진 낙엽 위로
시집들이 떨어진다 소리 소문 없이

—「떨어지는 시집」에서

이게 무슨 소리인가? 하늘에서 시집이 떨어지다니. 이 시인은 지금 백일몽을 꾸고 있는 것은 아닌가. 상상력의 권능을 너무 과신한 나머지 현실성이 보장되지 않는 환상의 영역을 헤매고 있는 것은 아닌가. 그러나 시인은 이 당돌하고도 급작스러운 이미지를 제시한 후, 어떤 구체적인 해명이나 암시가 될 만한 덧붙임 없이 다음 단계로 비약해버린다.

한낮에 외국인이 든 호텔문을 노크하는 그녀의 가랑이 사이로
한 권의 시집이 스며든다 성병의 균이 되어
황홀하게 아프지 않게 스며든다
그리곤 조용하다 너무 조용하다
　—내일 어떤 일이 일어나려는 것일까

　시인은 질문한다. 내일 어떤 일이 일어날 것인가. 아마 거기에 대한 대답은 이미 주어져 있을 것이다. 내일이라고 특별한 일이 일어날 확률은 전혀 없다는 것이다. 여기까지 읽고 나면 독자들은 대략 이 시인의 의도를 눈치채게 된다. 아하, 이 시인은 지금 현대 세계에 있어서 시의 무력함을 말하고자 하는 것이구나, 시의 서두의 과감한 도입부는 약간은 진부하기까지 한 이러한 주제를 효과적으로 구현하기 위한 전략적인 장치로구나 하고. 사실 시인의 그러한 의도는 이 시의 3연에서의 화자의 탄식에 가까운 부르짖음 "구름아 어서 내려와 나를 싣고 가라"라는 외침에 의해 일정한 설득력을 획득하고 있기도 하다. 하늘에서 추방당한 고귀한 존재라는, 시와 시인을 둘러싸고 있는 낭만적 신화의 변주를 목격하게 됨과 아울러, 아무리 이 지상에서 벗어나려 해도 시인 역시 "결국 땅 위에서 죽을" 수밖에 없다는 숙명을 되씹게 되는 것이다. 그러나 시인은 자상한 설명을 일체 생략하고 시침을 뚝 떼면서 시를 매듭짓는다.

　드디어 한 명의 시인이 죽었고
　또 한 권의 유고시집이 뚝…… 떨어진다

　이상 한 편의 시를 산문적으로 풀어봄으로써 대략 짐작할 수 있듯이 원재훈의 언어 행마는 단순 명료하면서도 울림의 폭이 크다는 장점을

가지고 있다. 그의 시는 대부분 급작스러운 도입부와 조금은 비현실적으로 여겨지는 이미지의 중첩으로 이어지지만 그것이 순수 공상으로 끝나는 법은 거의 없다. 왜냐하면 그의 시에 등장하는 환상적 이미지들은 현실을 고도로 추상화하거나 뒤집어봄으로써 얻어진 것이기 때문이다. 이 추상화는 시인이 현실과 밀착돼 있기보다는 어느 정도 거리를 유지하고 있음으로 해서 나온 결과일 터인데, 이 추상화가 적절한 시적 형상화를 동반할 때는 생기와 깊이를 얻지만(「떨어지는 시집」「하이웨이 주유소」「사라지는 글들」의 경우), 그렇지 못할 경우 그의 시는 지리멸렬하다는 느낌을 안겨준다(「공룡시대」「20세기가 간다」의 경우). 이 점은 그의 감수성의 질(質)과도 관련이 되는 것으로, 그의 시의 화자는 뚜렷한 지향점을 가지고 일관된 노선을 밟아나가는 모습으로 드러나기보다는 가볍게 현실의 표면을 스쳐 지나가는 모습으로 등장한다. 이러한 시인의 자세는 바람에 휘파람을 날리는 듯한 경쾌함을 동반하기도 하지만 때로는 절제를 잃고 감상에 탐닉하는 바람직하지 못한 모습으로 귀착되기도 하는 것이다.

현재 서정과 현실의 틈바구니에서 위태로운 줄타기를 하고 있는 것으로 보이는 그의 시는 작품 사이에 우열의 편차가 비교적 큰 편이며, 그 점이 그의 앞날을 무한히 낙관할 수만은 없는 요인으로 작용한다. 그러나 출판사의 교정작업 체험을 바탕으로 하고 있는 「력사와 역사」와 같은 시를 보면 이 시인이 단순히 주관적 서정에 매몰되지 않고 역사 현실의 시적 수용이라는 당위적 요청을 긍정적으로 끌어안고 고투하고 있음을 짐작하게 된다.

그건 誤字가 아니야 함부로 손대지 마
력사를 역사로 고치려 하는 나에게 경직된 나에게 나는 쏜다
보고도 못본 척하자 내 앞으로 나뭇잎이 떨어졌다

북쪽을 향하기도 하고 남쪽을 향하기도 하는 평화로운 보도
위로 겨울비 내려 쓸려 내려갈 무엇이 력사인지 역사인지

"로동자와 노동자들의 차이를 근소한 0.5미리를, 자음 하나를" 문제
삼아 우리 민족이 처한 분단의 비극을 도출해내는 시인의 솜씨는 범상
치 않다. 시보다 먼저 시인이 흥분했다가 제풀에 주저앉고 마는 많은
'속류 민중시'에 비해 볼 때 이 작품은 담담한 어조에도 불구하고 잔잔
한 성찰과 감동을 유발하는 수작이 아닐 수 없다.

현재까지 발표된 원재훈의 시를 일독해보면 이 시인이 아직은 자기
만의 개성적인 공간을 확보하지 못하고 있음을 알 수 있다. 시의 주제
와 소재가 다양한 만큼 시인의 관심도 분산돼 있으며 그에 따라 시세계
의 저류를 이루고 있는 일관된 흐름을 읽어내기 힘들다. 그럼에도 불구
하고 그가 이른바 '신서정'이라고 통칭되는, 1990년대 시의 새로운 문
법을 형성해가는 일군의 시인들 가운데 선두주자라는 사실은 부인되지
않는다. 이 시인에게 언어의 치장보다는 보다 호소력 있는 정서와 정제
된 이미지의 조형으로 삶의 본질을 포착해주기를 기대하면서 조용한
음조로 닫혀 있는 현실을 배회하는 젊음의 비애를 드러낸 뛰어난 작품
을 한 편 읽어보기로 한다.

누구나 한번씩은 멈추어야 한다

돌아보면 너무 먼 길, 사람들이 서둘러 떠나도 항상
나는 한걸음씩 늦춘다 버스나 자가용들이 경유나 무연휘발유를
급유시키듯 사람들도 한번씩은 자신의 영혼이
어디서 헤매고 있는지 영영 땅 밑으로 스며들었는지

찾아보아야 한다
꼭 그러란 법은 없지만 비가 오면
슬픈 척하고 거리에서 흘러나오는 유행가를 읊조리면서
하이웨이 주유소를 서성거려도 된다
새마을 중앙본부를 돌아서 강서구청으로 좀 시간이 나면
아예 김포까지 시외버스를 타고 동그란 구름들이 뭉치는 것을
구경하다가, 배가 고프면 버스에서 내려라
하이웨이 주유소에서 급유를 시키듯
허름한 선술집에서 막걸리 한잔을 마시고 안주를 많이
집어 먹어라 사노라면 언젠가는⋯⋯흥얼거리면서 낮게 낮게
그리고 슬프지 않게

어디를 가든 누구나 한번쯤은 꼭 멈추어야 한다

— 「하이웨이 주유소」 전문

(1989)

비극적 세계 인식의 시

한 젊은 시인이 '소돔의 시대'라고 명명했던 1980년대의 터널에서 빠져나와 우린 드디어 새로운 연대 앞에 서게 되었다. 정치적 야만이 지배하던 지난 연대와 진정한 결별의 의식을 치르지 못했음에도 불구하고 엄혹한 세월은 쉬지 않고 우리 등을 떠밀어 결국 여기까지 오게 만든 것이다. 역사가 인간에게 가져다줄 수 있는 것이 별로 없다는 것을 이미 깨달아버린 사람에게도 새로운 시대의 개막은 약간의 가슴 설렘을 동반한다. 기대는 녹슬기 마련이고 희망은 좌절의 벽 앞으로 인도되

기 마련이지만 삶은 종종 인간의 이성이 예측하는 범위를 넘어서 진행되기 때문일 것이다. 그렇다면 문학에 있어서 1990년대는 지난 연대에 비해 어떤 변별성을 드러내게 될 것인가. 뭔가 급격히 변화해나가고 있다는 느낌과 그럼에도 불구하고 실질적인 것은 아무것도 변하지 않았다는 상반된 느낌이 교차하는 가운데 1980년대는 저물었고, 그것은 문화면에도 그대로 이어져 전환기의 불확실성만 작단과 평단의 지배적인 풍조로 정착되는 현상을 보이고 있다. 이런 상황에서 현재 진행중인 문학에 대한 비교적 만족할 만한 청사진을 제시한다는 것은 지난한 일이 아닐 수 없다. 그러나 매해가 '막장'이요 '최전선' 같았던 지난 연대의 숨가쁨이 어느 정도 가신 지금, 우리 문학이 새로운 현실 대응력을 모색해야 할 시점에 이르렀다는 것만은 분명한 사실로 보인다. 그런 점에서 한 젊은 시인이 우울한 목소리에 실어 우리에게 들려주는 다음 전언엔 매우 소중한 씨앗이 깃들어 있다고 보여진다.

누군가를 기다린다는 건 정말 지겨운 일이야
그는 중얼거리며 하품을 한다
그가 누구를 기다리는지는 아무도 몰랐다
아무에게도 이야기하지 않았으므로 아무도 그를 주목해주지 않았으므로
그가 낡은 목조책상 위에 부러진 도루코 칼로 파놓은 글자들이
색바랜 고전적 기풍을 띨 때까지도
아무도 그에게 말을 걸어오지 않았다

그는 한낮의 지붕 위에 고양이를 내려다본다
사뿐사뿐 다가오는 저 고양이를 기다린 것일까
고양이는 지나간다 그는 고양이를 기다린 것이 아니었다

고양이 뒤에 개가 짖고, 비 내리고
고양이는 숨는다

낮술이라도 마실까
6대 일간지와 스포츠 신문까지 탐독한 그는 무표정하게 중얼거린다
아 그날이 오면 신나게 손뼉치며 춤이라도 출 수 있을까
며 하품을 한다 아직 퇴근시간이 되질 않았다

그는 거의 다 마셔버린 빈 물컵을 본다
물 위에 먼지들, 그의 팩 속에 시간은 저렇게 고여 있을 것이다
자꾸만 숨쉬기가 힘들어진다
그의 주치의도 그에게 무관심하다
하품하는 의사, 하품하는 병원, 정신병원
그는 물컵을 떨어뜨린다, 한번 시원하게 던져서 깨뜨려 보고 싶었지만
아직 그럴 용기가 그는 없다

어디로 가지 공허하게 그의 머리 위를 맴도는
생각들을 밟고 어둠이 내려오는데
성경책은 덮여 있는데 어디서 와야 할 사람들은 매장되고 있는 것인
지……
횡설수설하면서 그는 계단을 내려간다

신발 속에 냄새나는 내일이 계단에 이미 찍혀 있고
내려갈수록 지루하게 내려갈수록 멀어져 버린다
싱싱한 아 너무도 싱싱한 한 구절은 왜 내게 오지 않는 것일까
그는 하품을 크게 한다 사무실에 불이 꺼지고

거리엔 잔뜩 굽은 어깨의 그가 걸어간다

                                    —「하품하는 시인」 전문

지나치게 서술적으로 풀어썼다는 약점을 노출시키고 있지만 위 시는 우리 시대의 단조롭고 폐쇄된 삶을 실감나게 전달해주고 있다. 화자를 둘러싸고 있는 제반 조건들은 답답하기 이를 데 없으며 그 어디에도 출구는 보이지 않는다. 기다림마저 헛되고 부질없다는 것을 화자는 선험적으로 깨닫고 있다. "그날이 오면 신나게 손뼉치며 춤이라도 출 수 있을까/며 하품을 한다"라는 구절에서 역력히 드러나는 냉소와 "그는 물컵을 떨어뜨린다 (……) 아직 그럴 용기가 그는 없다"라는 구절에서의 무기력증이 시적 화자의 내면을 구성하고 있는 주요 요소이다. 그가 할 수 있는 일이라곤 쉴 새 없이 하품을 해대며 시간을 죽이는 일일 수밖에 없다.

이 시가 보여주는 이러한 고여 있는 삶은 우리 시대에 있어 특수한 것도 아니고 특정인의 것도 아니다. 이 시대를 살고 있는 익명의 다수가 묵묵히 감내해나가고 있는, 그러면서도 지겨워 어쩔 줄 모르는 삶이기도 하다. 하등 새롭지 않을 내일을 기다리며 지루한 오늘과 씨름해야만 하는 생활—연옥에서의 시쓰기는 일종의 형벌이나 다름없다. 위 시를 지배하는 음조는 분노도 아니고 슬픔도 아니며 한탄이나 경악도 아니다. 화자는 일부러 윤기를 잃어버린 건조하고 중성적인 언어를 사용하여 자신이 처해 있는 정황과 내면을 어눌하게 서술한다. 무의미하게 반복, 지속되는 생활은 화자로 하여금 고통이나 불행을 느낄 수 있는 감각조차 마비시켜버린 것일까. 전망의 부재라는 세계사적 재난을 수락해버린 지점에서 이 시인은 서성거리고 있을 따름이다. 하지만 한 가지 확실한 것은 그 서성거림이 계속되는 한 우리 시의 미래를 향한 암중 모색은 계속될 것이라는 점이다. (1990)

불 앞에서 꿈꾸기
—장석남 『새떼들에게로의 망명』

　말의 깊은 의미에서 장석남은 말의 몽상가이다. 그는 말의 내적인 울림에 귀 기울이고 말의 뿌리까지 더듬어내려가 그것을 어루만지는 노력을 지속해오고 있는, 우리 시대의 몇 안 되는, 젊은 시인 가운데 하나이다. 그는 누구보다 말의 질(質)에 민감하게 반응하며 말을 통해 세계의 원초적 순결성을 회복하고자 하는 시도를 보여주고 있다.

　대개의 사람들에게 있어 말은 너무 오래 사용한 나머지 닳아빠지고 때에 절은 도구에 지나지 않는다. 그러한 말들은 쉽게 만들어지고 소비되고 이윽고 버려진다. 오늘날 대다수 시인들에게도 말은 단지 자신의 작품을 구성하기 위해 동원되는 재료 이상의 의미를 지니지 못하고 있다.

　그러나 장석남은 말을 죽어 있는 무생물처럼 여기지 않고 말 하나하나에 새로운 생명의 숨결을 불어넣어 다시 태어나게 하는 샤먼의 자질을 발휘하고 있다. 말 앞에서 시인은 수줍은 연인처럼 서성거리면서 말이 자신의 은밀한 심부를 드러낼 때까지 즐거이 참고 기다리는 애정에 가득 찬 자세를 견지하고 있다. 시인의 이러한 측면은 후천적으로 습득한 것이기보다는 선척적으로 타고난 것이라는 점에서 값지고 희귀하다고 아니할 수 없다.

　말 속에서 말을 꿈꿀 때 시인의 언어는 종종 수수께끼의 성격을 띠게 된다. 가령 우리는 그의 시 여기저기에서 쉽게 이해가 가지 않는, 산문적인 해석에 저항하는, 그러나 미묘한 환기력과 함축성을 갖고 있어 읽는 사람의 내면에 아스라한 파문을 그리며 번져나가는 시 구절들과 조우하게 된다. 가령 첫 시집 『새떼들에게로의 망명』(문학과지성사)에 실려 있는 다음 시편을 보라.

　내가 반 웃고
　당신이 반 웃고
　아기 낳으면
　돌멩이 같은 아기 낳으면
　그 돌멩이 꽃처럼 피어
　깊고 아득히 골짜기로 올라가리라
　아무도 그곳까지 이르진 못하리라
　가끔 시냇물에 붉은 꽃이 섞여내려
　마을을 환히 적시리라
　사람들, 한잠도 자지 못하리
　　　　　　　　　　　　　　　—「그리운 시냇가」 전문

　인용한 시는 이 시인의 말과의 교감이 얼마나 머나먼 무의식의 심층에서 이루어지고 있는지 짐작하게 해준다. 위 시에 그려진 사랑과 성(性)의 우화는, 마치 어른들의 세계를 몰래 훔쳐보고자 하는 아이의 시선이 그런 것처럼, 동화적 순진무구함과 유쾌한 장난기로 채색돼 있다. 인간의 행위는 인간의 범주를 넘어 자연 만물과 상호 조응하면서 낙원의 풍경을 되살린다. 만일 이 시를 의미 전달이라는 각도에서만 보자면 시인이 너무 멀리 우회하는 우를 범하고 있다는 지적이 나올 수 있다. 그러나 우리는 그의 시를 읽을 때 재빨리 그 의미를 포착하기 위해 조바심하는 대신 그의 시에 푹 잠겨 마음놓고 노닐 필요가 있다. 참으로 느리고 게으르게 우리는 그의 시의 행과 행, 연과 연 사이를 산책해볼 필요가 있다. 그래서 그의 시 속에서 한 고독한 영혼의 조금은 비현실적이고 조금은 퇴행적인 추억과 회한 그리고 방황과 만날 수 있다면 그 시 읽기는 어느 정도 성공했다고 할 수 있을 것이다. 이렇게 해서 그의 시 세계의 심층으로 내려가면 거기 한 소년이 자리잡고 있음을 알게 된다. 깊은 밤 아궁이 앞에 조그맣게 웅크리고 앉아서 타오르는 불을 응시하며 아득히 들려오는 파도소리에 귀 기울이고 있는 소년의 모습이 떠오르는 것이다.

> 군불을 지핀다
> 숨쉬는 집
> 굴뚝 위로 집의 영혼이 날아간다
> 家出하여, 적막을 어루만지는 연기들
> 적막도 연기도 그러나
> 쉬 집을 떠나진 않는 것
> 나는 깜빡 내
> 들숨 소리를 지피기도 한다
>
> ──「군불을 지피며」 전문

소년은 눈을 반쯤 감고서 불 위에 어른거리는 환영이 두 귀를 가득 채운 물결 소리와 섞여 신비스러운 느낌을 자아내는 것을 망연히 즐기고 있다. 사방은 어둡고 고요하며 시간은 흐르지 않고 정지해 있다. 오직 우주의 한 가장자리에서 그가 밝히고 있는 불꽃만이 별들의 운행을 지키고 있다. 소년은 조용히 들이쉬고 내쉬는 자신의 숨을 따라 우주의 리듬이 전해져 오는 것을 느낀다. 이 아름다운 이미지는 우리를 먼 옛날 인간이 세계와 만나는 원초적 순간의 적막과 평화 속으로 인도한다. 시인은 불을 지키는 자이며 우주와 숨을 섞는 자이다. 그런 의미에서 시인을 우주적 몽상가로 본 바슐라르의 명제가 이 시인처럼 잘 들어맞는 경우도 흔치 않을 것이다.

소음과 요설로 가득 찬 시대에 이 시인의 시가 주는 매력은 각별한 바 있다. 그의 시는 인간과 세계의 화해라는 해묵은 과제를 다시 한번 상기시키고 있다. 이 시인과 이 시집이 지닌 그러한 미덕은 충분히 상찬받을 만한 것이다. 그러나 그럼에도 불구하고 아쉬움은 남는다. 그의 시의 저변에 깔린 상실감과 비애감은 시인의 연륜에 비춰볼 때 너무 때이르며 선험적인 것이 아닐까. 그의 시가 지닌 자족적 아름다움과 군더더기 없는 깔끔함은 삶의 많은 부분을 고의로 누락시키거나 축소시켜 얻어진 것은 아닐까. 여백의 미학을 중시하는 그의 시적 방법론이 때로는 그의 시를 일정한 테두리 너머로 나아가지 못하도록 차단하는 것은 아닐까. 그가 예쁘고 아기자기한 시를 쓰는 습벽과 결별할 수 있을 때 아마도 그는 이러한 의문들을 종식시키고 진정 '큰 시인'으로 성장할 수 있을 것이다. (1997)

사랑 잃고 헤매는 자의 내면 고백
─유하『세상의 모든 저녁』

　유하의 세번째 시집『세상의 모든 저녁』(민음사)은 사랑을 잃고 헤매는 자의 내면을 기록한 시집이다. 시적 화자는 사랑의 상실에 괴로워하며 자신의 지친 영혼이 쉴 수 있는 그늘, 혹은 동굴을 찾아 헤매지만 그것은 쉬 발견되지 않는다. 그래서 이 시집에 수록된 시의 대다수는 시집 제목이 나타내고 있는 것처럼 저물 무렵을 배경으로 하고 있으며, 그 어조 또한 비가적인 쓸쓸함이 감돌고 있다. 연인과 자신 사이에 결정적인 균열이 찾아든 순간에서부터 점차 멀어져갈수록 절박함과 애절함의 강도는 줄어들지만 그 대상을 향한 마음의 지극함은 전혀 변하지 않은 채 화자의 내면을 번민과 그리움으로 가득 채운다. 그것은 흡사「사랑의 지옥」에서 꿀벌이 들어가 있는 호박꽃의 입구를 누군가 짓궂게 닫아버렸을 때 꿀벌이 겪어야 하는 운명과 같다. "꿀의 주막이 금세 환멸의 지옥으로 뒤바뀌는" 순간 "나가지도, 더는 들어가지도 못하는 사랑"이 그를 에워싸고 그의 정신을 고문하는 것이다. 그러한 마음의 상태를 가리켜 시인은 "황홀의 캄캄한 감옥"이라고 부르고 있다.
　이처럼 시인은 자신이 자발적으로 선택한 마음의 감옥에 갇힌 채 울면서 조금씩 더듬어 나아가고 있는 중이며 이러한 지난한 영혼의 잠행을 통해 세상살이에 대한 몇 개의 귀중한 깨달음을 이끌어낸다. "산다는 것은 매순간 얼마나 황홀한 몰락인가" "이 지상 가득히/내 사랑의 흔적 아닌 것 없지 않는가" "나는 안다 자기 몸이 결국 자기 덫이었음을" "먼지를 버리고 봄날의 미풍은 불어올 수 있는가/그늘을 버리고 숲은 울창할 수가 있는가"와 같은, 이 시집 여기저기에 깃들어 있는 잠언들은 바로 이러한 성찰의 소산이라 할 수 있다. 그 지혜의 편린들은 새롭다거나 아주 기발하다거나 하진 않지만 단아한 이미지, 적절한 상황 설정과 어울려 읽는 사람의 공감을 자아낸다.

우리는 이미 『무림일기』나 『바람부는 날이면 압구정동에 가야 한다』와 같은 시집을 통해 신세대 감수성을 대표하는 시인 유하의 탄력적이면서도 능란하기 이를 데 없는 언어의 조율과 자유분방한 상상력을 맛본 바 있다. 그의 시의 부챗살은 억압적인 정치체제에 대한 풍자, 후기자본주의 사회의 부황한 삶에 대한 비판, 하나대로 집약되는 유년의 고향에 대한 절절한 그리움 등으로 폭넓게 펼쳐져 있음에도 불구하고, 매 시편이 일정 수준 이상을 유지하는 안정감 또한 동반하고 있었다. 이제 그는 새 시집 『세상의 모든 저녁』을 통해 그가 부단히 삶의 깊이에 다가가고자 애쓰는 성숙의 도정에 있는 시인임을 보여주고자 했다. 그러나 그 성숙은 어느 정도 젊음의 순발력을 유보함으로써 얻어진 것이기도 하다는 점에서 약간의 아쉬움을 자아낸다. (1993)

퇴락한 우리 시대의 풍경화

— 이윤학 『나를 위해 울어주는 버드나무』

이윤학은 뛰어난 풍경화가이다. 그가 일상적인 언어로 그려낸 일상적인 풍경은 돌연 일상에서 벗어나 읽는 사람의 마음을 거세게 두드리곤 한다. 그의 화폭 속엔 아름답고 서정적인 풍경은 거의 등장하지 않는다. 그가 집중적으로 묘사하는 '살풍경한 풍경'은 그 자신의 내면에 들어찬 극도의 우울과 환멸을 반영하고 있다. 내면의 황량한 정서가 외부의 잿빛 풍경과 겹쳐 초점이 잘 맞지 않는 듯한, 이 시인 특유의 흐릿한 풍경화를 탄생하게 만든 것이다.

이 풍경화가의 눈엔 세계의 일그러지고 허물어지고 망가진 모습만 들어온다. 모든 게 초라하기 이를 데 없이 풀죽은 표정을 짓고 시인의 눈앞에 진열돼 있다. 생기를 잃은 그 풍경을 스쳐 지나가며 시인은 이를 아무런 수식 없이 건조한 언어로 옮겨놓는다. 그는 삶이라는 질병을, 세계라는 환부를 짐짓 무심한 시선으로 들여다보고 있는 내과의사이다.

그의 시에서 여성성은 지독하게 병들고 더럽혀진 형상을 하고 있으며 남성성은 처절하리만큼 늙고 쇠약해진 몰골을 하고 있다. 시집 『나를 위해 울어주는 버드나무』(문학동네)에 실린 「진흙탕 속의 말뚝을 위하여」라는 시를 보자.

저 머리들은
망치 자국을 가지고 있다
넓은 손바닥을 펴들고 있다

퉁퉁 불은,
저 말뚝들은 썩어가고 있다

푸르른 이끼들
무수한 망치 자국을 떠받들고 있다

말뚝들은
무너지는 육체와 정신의
경계에서 견디고 있다.

　　　　　　　　　　　　　—「진흙탕 속의 말뚝을 위하여」에서

진흙탕(여성성) 속에 박혀 있는 말뚝(남성성)을 통해 화자는 치욕적인 삶을 견디는 정신의 고통스러움을 형상화하고 있다. 무수히 망치질을 당한 뒤에도, 또 지금 현재 퉁퉁 불은 채 썩어가면서도 "육체와 정신의 경계에서" 혹은 "허물어진 경계에 매달려" 말뚝은 견디고 있다. 이처럼 외부에서 주어지는 고통은 그의 내면에서 독기로 전환된다. 화자는 "언제나 나에게 독기를 불어넣어 주는 고통이여,/나를 비켜가지 말아라"라고 노래한다. 악착 같은 삶에의 의지, 고통과의 정면 승부만이 그의 자아를 지탱해주는 힘이 되고 있다. 이를 그는 「난로 위의 주전자」

라는 시에선 "극에 달한 고통만이,/영혼을 건져올릴 수 있다"라고 잠 언풍으로 이야기하고 있다.

그렇다면 "파헤쳐진 연못" "애를 긁어낸 여자의 자궁"(「처절한 연 못」) 같은 불모의 세계에서 그가 취할 수 있는 태도에는 어떤 것들이 있 을까. "자신의 생을 비틀어 짜"(「고사목」)는 노역을 계속하거나 "나보 다 더 나를 저주하는 인간은/이 세상에 없다"(「거꾸로 도는 환풍기의 날 개」)는 식의 자학을 계속하는 것일 뿐일까. 혹시 화자 자신도 "터지고 쭈그러들고 있"으면서도 "가지를 떠나지 못하고 있"는 홍시처럼 "끝까 지 환상을 버리지 못하고 있"(「겨울에 지일에 갔다3」)는 것은 아닐까.

우울과 환멸의 물감이 두껍게 발라져 있는 이윤학의 풍경화는 아마 도 잉여인간처럼 어느 한곳에 소속되지 못하고 사회 주변부를 떠돌아 야 하는 시인의 자의식이나 소외감과 무관하지 않을 것이다. 그는 내면 의 상처를 응시하며 형벌처럼 주어진 삶을 견디고 있다. 그 자신을 가 두고 있는 삶의 조건 바깥으로 나올 수 있다면 시 역시 달라질 수 있지 않을까. 그러나 어쩌랴. 그는 갇혀 있는 죄수인 동시에 가두고 있는 간 수이기도 한 것을. 애초부터 그에겐 '바깥'이 없었던 것이다. 바깥이 곧 '안'인 그 이상한 감옥에서 시인은 지금도 시를 쓰고 있다. (1997)

2
소설, 타락한 시대의 초상화

우리 시대의 영원한 고전
—김승옥 『소설전집』

    1960년대 초 김승옥이 문단에 출현했을 때 한 선배작가는 "너 하나의 탄생을 위해 전후문학은 10여 년을 기다려야 했다"라는 탄성을 발한 바 있다. 과찬일 수도 있는 그 선배작가의 말이 하등 어색하게 여겨지지 않을 정도로 당시 문학 풍토에서 김승옥의 등장은 신선했고 충격적이었다. 「생명연습」에서 「무진기행」을 거쳐 「서울 1964년 겨울」과 「야행」으로 이어지는 그의 일련의 단편소설들은 전후문학의 음울한 분위기와 허무의식을 일시에 떨쳐버리고 내용과 형식 양면에 걸쳐 우리 문학에 새로운 바람을 몰고 왔다.

    독일문학사를 '괴테 이전'과 '괴테 이후'로 나누는 시각이 허용된다면 전후 한국 문학은 감히 '김승옥 이전'과 '김승옥 이후'로 나눠도 될 만큼 그의 출현은 향후 문학에 중대한 지각변동을 가져온 일종의 문학사적 사건이었다. 물론 그는 그후 기대에 걸맞은 문학적 성과를 내놓지는 못했고 오랜 기간 절필을 계속해옴으로써 풍문의 주인공으로 자신을 은폐시켜왔다. 그런 점에서 최근 『김승옥 소설전집』(문학동네)이 다섯 권으로 묶어져 나온 것은 우리의 주목을 끌기에 족하다.

그동안 그에게 명성을 가져다준 주요 중단편들은 여러 출판사에 의해 다채로운 방식으로 중복 출판돼왔지만 미완성작까지 포함해서 그의 전작품이 한자리에 모인 것은 이번이 처음이라 할 수 있다. 따라서 그의 소설이 내포하고 있는 한계를 비롯해서 그의 문학세계에 대한 보다 균형 잡힌 분석과 서술은 이 전집을 통해서 비로소 가능해졌다는 평가를 내릴 수 있을 듯하다.

이번 전집을 통독하면서 느낀 점은 역시 그의 특징이 가장 잘 발휘된 부문은 단편이며 장편의 경우 발표 지면의 성격도 고려해야겠지만 대부분 통속성의 함정에서 크게 벗어나지 못했다는 점이다. 그의 장편들은 이 장르가 요구하는 총체성의 추구에 근접하지 못한 채 피카레스크식 세태소설에 머물러 있으며 때로는 지나친 선정성을 노출하고 있기도 하다.

그럼에도 불구하고 그의 소설은 일관된 하나의 흐름을 이루고 있는데 그것은 서울과 시골의 대립, 순진성의 상실 및 타락한 세계로의 입문이란 구도로 정리할 수 있다. 그의 소설은 시골 출신의 주인공이 급변하는 근대사회의 자장 속으로 편입되면서 겪는 가치관의 혼란과 심정적 동요를 그리는 데 특히 탁월하다. 그리고 이러한 변화 내지 동요의 한가운데에 당대의 성 풍속이 자리잡고 있다. 그의 소설이 가진 대중적 흡인력은 그가 바로 이러한 성 문제를 정면에서 그리고 충분히 공감할 수 있게 감각적으로 형상화했다는 점에서 찾을 수 있을 듯하다.

김승옥의 소설이 이 땅에 선을 보인 지 30여 년의 세월이 지난 지금에도 여전히 생생한 리얼리티와 다양한 환기력을 갖고 있다면 그것은 무엇을 의미하는 것일까. 적어도 단편소설에 관한 한 우리 문학은 김승옥으로부터 그리 멀리 나아가지 못했다는 사실에 대한 증명일까. 아니면 김승옥 소설이 그만큼 미학적으로 시대를 앞질러갔다는 것일까. 시간의 풍화작용을 견뎌내고 여전히 눈부신 빛을 내뿜고 있는 김승옥의

작품은 한 뛰어난 작가의 중도하차를 새삼 안타까운 마음으로 반추하게 만든다. (1995)

낙오한 인생들의 어느 하루
—서정인 「江」

　서정인의 단편소설 「江」에는 강이 나오지 않는다. 대신 이 작품에 등장하는 것은 1960년대 중후반 우리나라 시골 소읍의 스산하고 후줄근한 풍경이다. 흑백의 단색 화면 같은 그 풍경 속에서 낙오한 인생들의 별다를 것 없는 하루가 펼쳐진다.

　이제는 한국 소설문학의 고전적 명편 가운데 하나로 자리잡은 소설 「江」이 발표된 지도 어언 30년에 달하는 세월이 흘렀다. 그럼에도 지금 다시 이 작품을 읽어보는 내 마음은 어떤 알 수 없는 기대감으로 설렌다. '화랑담배'라든지 '누런 석탄 연기를 뿜어내는 기차' 혹은 '퉁소를 불며 밤거리를 거니는 장님 안마사' 같은 지난 연대의 일상의 기호들이 불러일으키는 처연함 때문일까. '약포' '본전통' '공화당' '남폿불' 같은 지금은 낯설게 되어버린 단어들이 자아내는 아득한 느낌 때문일까. 아니면 작품의 주조음을 이루고 있는 체념과 달관의 정서가 일으키는 강력한 전염력 때문일까. 어쨌든 이 소설은 읽는 사람에게 빛바랜 옛 사진이 주는 향수 이상의 묵직한 감정적 동요를 선사한다.

　소설은 크게 다음 두 개의 삽화로 이루어져 있다. 먼저 출발 시간이 한없이 지연되는 버스 안 풍경. 늙은 대학생, 세무서 직원, 전직 교사 등 세 남자는 창밖에 내리는 진눈깨비를 보며 각기 다른 상념에 젖는다. 버스 차량과의 가벼운 실랑이, 지난 시절에 대한 몇 개의 단편적인 회상들이 제시된다. 군하리라는 마을에서 그들은 하차한다. 다음은 혼삿집 잔치가 끝난 후 그들이 몰려간 술집 풍경. 두 남자의 어지러운 술자리와 혼자 옆집 여인숙에 쓰러져 자는 늙은 대학생이 대비적으로 그려진다. 밤이 깊어가자 대학생이 자는 방에 아까 버스를 같이 타고 왔던 술집 작부가 찾아온다.

세 남자의 성이 김, 이, 박이라는 데서 알 수 있듯이 이들은 우리 주변에서 흔히 볼 수 있는 보통 사람들이다. 술집 작부까지 더해 이처럼 3남 1녀로 구성된 등장인물의 하루 행적을 작가는 무심하게까지 느껴질 정도로 담담하게 따라가고 있다. 작중인물의 대화와 지문에 종종 번득이는 유머와 기지에도 불구하고 이 작품은 일찍이 한 평론가가 '한국적 페시미즘'이라고 불렀던 애잔한 분위기와 상실감으로 가득 차 있다.

그것은 특히 소설 후반에 여인숙에서 늙은 대학생이 만난 훈장을 단 소년에 대한 묘사에서 두드러진다. 자기 반에서 일등이며 반장을 한다는 그 소년을 두고 늙은 대학생은 독백한다. 국민학교에선 천재가 중학교에 가면 수재가 되고 고등학교에선 우등생, 대학에선 보통이다가 열등생이 되어 사회에 나온다고. 이 도저한 비관주의 밑에는 아마도 삶의 불우에 민감하게 반응하는 뿌리 깊은 원한이 깃들어 있을 것이다.

그러나 그 원한에도 불구하고 이 소설엔 따스함이 감돌고 있다. 밤이 깊어져 세상이 눈에 덮이듯 대학생이라는 말에 매혹된 술집 작부는 쓰러져 자는 늙은 대학생을 찾아가 누이나 어머니처럼 포근히 감싸준다. '비굴하고 피곤하고 오만한 낙오자'에게 이만한 위로라도 주어지지 않는다면 그 스산하고 후줄근한 시절을 사람들은 어떻게 견뎠으랴. (1997)

육체를 넘어 나아가기
─박상륭 『죽음의 한 연구』

박상륭을 떠올릴 적마다 생각나는 불경의 한 구절이 있다. "사자가 한번 울부짖으니 여우의 머릿골이 찢어지도다."

박상륭, 그는 1960년대 황무지나 다름없었던 한국 문학계의 평원을 내달리던 한 마리 사자였다. 그 사자가 울 때마다 사람들은 기존의 한국 문학이 감히 접근조차 하지 못했던 광활한 신천지가 돌연 눈앞에 펼쳐짐을 깨닫고 놀라곤 했다.

그런 그는 홀연 1970년대의 개막과 함께 한 마리 대붕(大鵬)으로 변해 이 땅을 떠나 태평양 건너 먼 이국으로 날아가버렸다. 그리고 이어지는 긴 침묵. 많은 사람들이 그를 잊었고 더 많은 사람들이 그를 알고자 하지도 않는 세상이 도래했다.

그러나 사자의 목쉰 울음소리는 끝난 것이 아니었다.『죽음의 한 연구』에서『칠조어론』으로 이어지는 그의 중단 없는 소설 작업은 이 땅에 붙박여 아등바등 살아가기에 바쁜 소심한 여우들의 내면을 뒤흔들기에 충분했다. 그는 여전히 사자였고 대붕이었다. 그의 '대붕문학'에 비하면 이 땅에서 행해진 숱한 글쓰기는 '좁쌀문학'에 지나지 않는다고 해야 될 것이다.

　신화와 종교를 영토로 삼고 있는 그의 소설은 스케일의 거대함이나 사유의 심오함만으로 읽는 사람을 압도하는 것은 아니다. 그의 소설의 독특한 향취 중 하나는 야만성의 적나라한 현현에 있다. 삶의 의미에 대한 뜨거운 추구와 탐색은 그 극한에 이르러 원형적인 벌거벗음의 상태, 동물적 욕망의 폭발과 광란의 상태에 도달한다. 거기선 살인, 방화, 강간 같은 끔찍한 일들이 태연히 저질러지며 몰아의 황홀경과 처참한 살육이 동시적으로 벌어진다. 박상륭이 걷는 구도의 길은 맑고 화사한 탈속의 세계가 아니라 어지럽고 혼탁한 난장의 현실을 가로지른다.

　'유리'라는 가공의 무대를 배경으로 40일이라는 기간에 진행되는 『죽음의 한 연구』는 주인공이 온몸으로 치러내는 삶과 죽음의 드라마를 통해 육체를 입고 이 땅에 태어난 존재들이 겪는 고통과 환희를 압축해서 보여준다. 주인공은 그 육체를 끝까지 살아냄으로써 육체를 넘어 나아갈 수 있는, 다시 말해 불멸에 이를 수 있는 길 하나를 간신히 튼다. 그 과정은 처절하고, 그만큼 아름답기도 하다. (1997)

남루했던 한 시절의 풍속도
— 김주영 『고기잡이는 갈대를 꺾지 않는다』

추억의 달무리에 감싸인 과거는, 그것이 당시에는 아무리 고통스럽고 힘겹게 느껴졌다 하더라도 아름답기 마련이다. 그러나 그 아름다움은 구체적 삶의 세목들에 의해 뒷받침되지 않을 때 공허한 것이 되기 쉽다. 김주영의 장편소설 『고기잡이는 갈대를 꺾지 않는다』(민음사)는 밀도 있는 서정성으로 가득 찬 자전적 성장소설이다. 이미 『객주』『겨울새』『천둥소리』 등으로 우리 시대의 대표적 소설가로 위치를 굳힌 작가답게 그는 이 작품에서도 서둘지 않고 차근차근 우리의 기억 너머로 사라져간 한 시대의 풍속도를 우리 앞에 펼쳐 보인다. 그 풍속도는 그 자체로는 하등 대단할 것도 소중할 것도 없는 것들이지만, 아니 차라리 어서 잊고 싶을 정도로 구질구질하고 어설픈 것들이지만 이 작가의 노련한 펜 끝에서 신비스러운 광휘를 내뿜으며 독자를 사로잡는다.

이 작품은 「거울 위의 여행」「뗏국」「괘종 시계」「고기잡이는 갈대를 꺾지 않는다」라는 네 편의 독립된 중편이 모여 하나의 장편을 이루고 있다. 어떻게 보면 연작소설이라고도 할 수 있겠지만 이야기의 연결이 매우 견고하고 점층적이라는 점에서 '장편'으로 보기에 무리가 없을 듯하다. 1950년대 '그 암울하고 스산했던' 시절에 유년과 소년기를 통과해야 했던 주인공이 겪는 일련의 에피소드들이 작품의 뼈대를 이루고 있다. 가난과 굶주림, 그로 인한 허기, 바로 이것이 이 작품의 서두에서 결말까지 일관되게 지배하고 있는 모티프이다. 아버지의 부재, 억센 어머니, 그리고 두 아들이라는, 1950년대를 다룬 작품에 흔히 등장하는 가족 구도가 이 작품에서도 예외없이 되풀이되면서 어서 빨리 어른이 되고 싶은 두 소년(주인공과 그의 동생)의 애타는 심정이 드러난다.

전쟁이라는 역사적 굴절 때문에 소년의 자아와 주위 세계의 만남은 화해적이라기보다는 왜곡되고 뒤틀려 있다. 일하러 나간 어머니를 기다리며 굶주림에 떠는 두 소년이 할 수 있는 일이라곤 웅크리고 자거나 우는 것밖에 없다. 그 울음과 어머니의 매질이 반복되는 가운데 두 소년은 차츰 '아버지의 부재'가 의미하는 바를 깨닫기 시작한다. 부(父)의 상실은 다만 결손 가정을 초래하는 직접적인 원인일 뿐만 아니라 모든 도덕적 권위의 붕괴, 지난 시대와의 역사적 단절을 의미하는 것이다.

아버지가 담당해야 할 경제적 부담을 어머니가 떠맡음으로써 두 소년은 엄밀한 의미에서 어머니의 사랑을 받지 못하게 된다. 때문에 그들은 항상 어머니와 함께 지내면서도 어머니를 그리워하는 역설적 상황에 처하게 된다. "응석이 통하는 세계에서 현실의 세계로 진입하는 과정"은 단순히 시간적 흐름만 가지고 이루어지는 것이 아니다. 거기엔 어른 세계에 대한 부단한 선망, 그리고 그 선망을 차단하고 희화화하는 갖가지 사건들, 그 사건을 어떻게든 소화해내려는 어린이로서는 힘든 노력의 복합적인 작용이 요구된다.

다시 말해서 이 작품은 어린이가 주인공일 때 자연적으로 취할 수밖에 없는 '양각의 퍼스펙티브'(아래에서 위를 쳐다보는 관점)에 의해 지난 시대의 한 단면을 제시한 작품이다. 밑에서, 밑으로부터의 시선은 정면에서의 응시로는 포착할 수 없는 현실의 이면을 붙잡아 이를 극대화시킨다. 그 결과 기성의 어른들에게는 당연한 것이 아이들에게는 부당하게 느껴지고, 반대로 아이들은 단순히 호기심의 차원에서 한 일이 어른들에게는 금기 영역에 대한 침범으로 느껴진다. 이러한 미묘한 불일치가 극대화될 때 발생한 것이 '이발소 그림 도난' 사건이다. 주인공은 깊은 뜻 없이 한 일이 어른들에게는 '간첩 용의자'로 지목되는 중대한 문제가 되는 것이다.

이처럼 이 작품은 '순진한 무지'의 상태에서 삶의 이면을 알아버린 '경험'의 상태로 이행하는 성장소설이며 지난 시대의 "척박한 삶에 괴어 있는 땟국"에 대한 증언이라는 평가가 가능하다. 아울러 성인이 된 아우의 죽음으로 이 소설을 마감함으로써 우리 시대의 모든 비극은 결국 '분단'과 연관되어 있음을 암시하고 있다. 어떻게 보면 주인공이 "어린날에 겪었던 방황과 스산했던 가난, 그리고 암울한 비애와 고통들"은 이제 어느 정도 역사의 뒤안길로 사라진 것인지도 모른다. 그러나 지금과 같은 '풍요의 시대'에도 우리 모두가 여전히 '정신적 허기'를 떨쳐버리지 못하는 것은 무슨 이유 때문인가. 작가는 이 소설을 통해 담담하게, 그러나 회피할 수 없게 독자에게 묻고 있다. (1989)

삶의 허무와 끝없는 방황

—윤후명 『원숭이는 없다』

윤후명의 소설을 읽는 것은 쓸쓸한 일이다. 그의 소설엔 이제 지상에서 인간이 찾을 수 있는 것은 아무것도 없다는 탄식이 메아리치고 있다. 삶은 모래알처럼 손가락 사이로 덧없이 흘러내려가고 인간은 빈 주먹을 움켜쥔 채 다시 방황의 길에 들어서야 한다.

그의 도저한 허무주의, 끝없는 방랑벽은 하루하루의 잡사에 매달려 허우적거리고 있는 이 시대 소시민의 삶에 지울 수 없는 음영을 드리운다. 나에게 허락된 삶이 그러하므로 나는 그렇게 살 수밖에 없다……라고 그의 소설에 나오는 모든 주인공들은 이구동성으로 말한다. 그렇다면 모든 인간에게 허락된 삶, 보다 익숙한 용어로 표현하자면 '숙명' 저편엔 과연 무엇이 있을까.

『돈황의 사랑』『부활하는 새』에 이어 세번째 창작집이 되는 『원숭이는 없다』(민음사)에서도 윤후명은 한결같은 방식으로 어지럽게 얽혀 있는 삶의 실타래를 더듬어나가는 모습을 보여준다. 그러나 그는 대다수 작가들이 하듯이 만지고 있는 실타래를 엮어서 하나의 새로운 옷감을 완성시키기보다는, 오히려 그것을 풀어헤침으로써 끝내는 텅 빈 손바닥만 우리 앞에 제시할 뿐이다. 자세히 바라보면 그 손바닥에 무슨 상형문자 같은 것이 어른거리는 것 같기도 하다. 어쩌면 그 상형문자는 우리들 삶이 감당해야 하는 지난한 문제들에 대한 최종적 해답인지도 모른다. 그러나 그것은 명확히 드러나지 않고 곧 어둠 저편으로 사라져버린다. 표제작 「원숭이는 없다」에서 원숭이를 찾아나선 두 남자가 찾으려던 원숭이는 찾지 못하고 스스로 원숭이가 된 채 저문 바닷가를 헤매는 모습은 그러한 점을 극명하게 나타내준다.

햇살이 다사로운 봄날 오후 종각에서 만난 그는 소문으로 듣기보다는 건강해 보였다는 점에서 일단 안도의 한숨을 내쉬게 했다. 아울러 자신을 신비주의자로 생각하느냐는 나의 물음에 "내 소설 재미없죠?"라고 엉뚱한 대답을 할 만큼의 탄력성을 유지하고 있었다.

잘 알려져 있다시피 그는 대다수 예술가들이 '자본의 논리'를 충실히 추종하는 이 시대에 남은 몇 안 되는 데카당스 중의 하나이며 메마른 산문에 시적 영감을 불어넣을 줄 아는 천부적 자질을 타고난 사람이다. 지나친 과찬일지도 모를 이러한 판단에 이의가 있는 사람은 이번에 나온 『원숭이는 없다』의 아무 페이지나 펼쳐들고 읽어보기 바란다. 쉴 새 없이 최루탄이 터지고 화염병과 군홧발이 난무하는 거리 한복판을 가로질러 그 무엇인가를 찾아 휘청휘청 걸어가고 있는 한 피폐한 중년 남자의 뒷모습이 보일 것이고, 그 남자와 우연히 만났다가 헤어지는, 관능적 매력은 별로 없으면서도 묘하게 사람의 시선을 끄는 여자가 잠시 나타났다 사라질 것이고, 이윽고 어둠이 내려 세상을 적막하게 덮어버리는 것을 보게 될 것이다. 그의 소설 여기저기에 등장하는 폐도(廢道), 폐역, 폐차장, 버려진 갯벌, 고철더미와 같은 무대배경은 작가의 분신이나 다름없는 작중인물의 우중충한 내면풍경과 조화를 이루면서 한없는 비감을 자아낸다.

그렇다면 그는 언제까지 이처럼 야간항해를 계속하는 인물들만 우리에게 보여줄 것인가. 때로는 순간일망정 어떤 목적지에 도착하는 인물을 보여주는 무모함도 필요하지 않을까. 그러나 이러한 질문은 내 입안에서만 맴돌았을 뿐 그와 악수를 하며 헤어지기까지 끝내 꺼내지 못하고 말았다. 왜냐하면 소설집의 표제작품인 「원숭이는 없다」에 나오는 다음 구절이 이미 대답이 돼주고 있다고 여겨졌기 때문이다.

"원숭이를 찾아서 가다니, 원숭이는 뭐 말라죽을 원숭이란 말인가."

(1989)

고독 속에서 길어올린 예술혼

—호영송 『흐름 속의 집』

    프랑스의 한 철학자는 우리 시대에 더이상의 '토론'은 필요 없다면서 예술가를 비롯해서 창조적 작업에 종사하는 사람들에게 진정 필요한 것은 '고독'이라고 말하고 있다. 중견작가 호영송의 작품세계에 대해 말하고자 할 때 한 가지 확실한 것은 그의 작품이야말로 우리 시대의 흔치 않은 내밀한 고독의 산물이라는 것이다.

    1960년대 초 그가 문단에 모습을 드러낸 이후부터 지금까지 그의 작품은 항상 일반 대중의 관심권 바깥에 머물러왔음은 물론 문단 내의 그 어떤 유파와도 일정한 거리를 유지한 채 독자적인 세계를 일구어왔다. 그럼에도 그의 독특한 작품세계는 몇몇 관심 있는 독자들의 시선을 줄곧 붙잡아왔고 그의 소설이 비록 시대적 유행으로부터는 한 발 물러서 있음에도 불구하고 우리 시대의 심장부를 겨냥한 중요한 고언을 담고 있다는 확신을 주어왔다. 작가가 지난 1970년대 말 이후 발표해온 주요 단편들을 추려 묶은 창작집 『흐름 속의 집』(책세상)을 읽으며 우리는 한 작가가 고독 속에서 길어올린 치열한 예술혼과 맞부딪치게 된다.

    첫 창작집 『파하의 안개』가 그랬듯이 이 작가의 관심은 타락한 세계에서 순결한 영혼을 어떻게 보존하느냐에 모아져 있다. 이것은 그의 상당수 작품이 시인이나 소설가, 화가와 같은 예술가를 주인공으로 삼고 있다는 데서 잘 드러난다. 이들 예술가는 기질적으로 세속잡사와는 아무래도 어울리기 힘든 사람들이고 그 결과 항상 사회의 주변부에서 어정쩡한 삶을 영위해나가고 있다. 「그들의 방식」의 시인이나 「소설가 윤지강의 모험」의 소설가, 「개를 두려워하라」의 화가는 경제적 빈곤과 억압적인 분위기에 둘러싸인 채 고통스러운 나날을 보내고 있다. 그들은 대외적 관계를 단절한 채 작품을 완성하는 데 진력하지만 그마저 항상 좌절당하고 만다.

이처럼 순수한 영혼의 소유자들을 고통으로 몰아넣는 주요인은 실제 역사에서 소재를 취해온 「시인 王旽仁」처럼 그 시대의 절대권력으로 출현하기도 하고 「그들은 말하지 않았다」처럼 정체불명의 어떤 세력으로 암시되기도 한다. 또 때로는 「거기 쥐가 있다」나 「개를 두려워하라」처럼 동물 이미지를 빌려 인간의 존엄성이 위협당하는 우리 시대의 곤핍한 처지를 부각시키기도 한다. 표제작 「흐름 속의 집」에선 자기 집 한 채를 갖기 위한 소시민의 노력이 수포로 돌아가는 과정을 면밀히 추적함으로써 현실의 폭력성과 개인의 무력성을 드러내고 있다.

이 작가는 일관되게 순결한 영혼이 현실의 압력 밑에 패배해가는 과정을 보여주고 있다. 그런 의미에서 그의 작품을 읽는 것은 고통스럽고 힘든 작업일 수밖에 없다. 위안 없는 세계에서 살기, 아마도 이것이 이 작가의 작품이 우리에게 주는 위안일 것이다. (1995)

몰락하는 우리 시대의 묵시록적 풍경
—오정희 「구부러진 길 저쪽」

    오정희의 근작 중편 「구부러진 길 저쪽」(『문학과 사회』 가을호)은 그녀가 여전히 삶의 어두운 심연과 싸우고 있는 작가라는 사실을 말해준다. 데뷔작 「완구점 여인」 이후 그녀가 일관되게 천착해온 불길하고 섬뜩한 세계가 이 작품에서도 은밀히 그 모습을 드러내보이고 있다.

    물과 산에 둘러싸인 원천이란 도시를 배경으로 하고 있는 이 작품엔 인자, 은영, 현우 등 여러 인물이 등장하고 있지만 뚜렷하게 주인공이라 할 만한 사람이 부각되어 있지 않다. 오히려 이 작품의 진정한 주인공은 이런 여러 인물들의 삶의 배후에서 끊임없이 굴착기의 굉음처럼 울려퍼지는 파멸의 예감이라 할 수 있다. 물과 산에 가로막혀 있는 도시처럼 그들 모두는 출구 없는 각자의 삶 속에 갇혀 있으며 조만간 엄청난 재앙 속에 내던져지고야 말 것이라는 암시가 되풀이되어 나타나고 있다.

    그 재앙의 일차적 원인은 인간의 폭력성과 인간관계의 단절이다. 현우는 사소한 다툼 끝에 주정뱅이의 머리를 내리쳐 쓰러뜨리고, 평범한 고등학생은 어느 날 갑자기 전자오락실 부부 살해범으로 돌변한다. 이런 폭력의 배후엔 인간관계의 단절이라는 우리 시대의 보편적 질환이 자리잡고 있다. 인자는 남자에게서 버림받고 딸 은영을 낳았으며 현우는 친부모는 물론 양부모에게까지 버림받고 고아로 자라났다. 버리고 버림받는 이 관계는 남자에게 버림받은 한 여인이 기차에서 자기 자식을 다시 유기하는 삽화에서 드러나듯이 끝없이 악순환을 거듭하며 불행을 재생산한다.

사람들은 "회전목마처럼 멈출.수도 벗어날 수도 없이 결국 같은 곳을 맴돌게 하는 정체불명의 이 도시"에서 "생의 공포에 노출된 채" 무의미한 삶을 살아간다. 작가는 이처럼 우리 시대의 묵시록적 풍경화를 그려나가면서 이런 세계에선 결국 희생제의가 반복될 수밖에 없다고 말하고 있다. 그것은 소설 첫머리에 나오는 둥근 양배추와 소설 말미의 염색약을 피처럼 뒤집어쓴 인자의 머리가 겹쳐짐으로써 강한 정서적 울림을 불러일으킨다. 인자의 머리 또한 양배추처럼 우리 시대의 야만성 때문에 무엇엔가 희생당해 '제물로 바쳐질' 것이라는 예고인 셈이다. 우리 모두는 반복되는 희생제의의 집행자가 되어 뜻하지 않은 폭력을 행사할 수도 있고 반대로 폭력의 제물이 되어 아무 의미도 없는 죽음을 당할 수도 있다.

삶 속에 잠복해 있는 '바닥 모를 심연'을 응시하는 작가의 어조는 낮고 처연하다. 그러나 그 낮고 처연한 목소리를 통해 우리가 감지하게 되는 것은 한 시대의 총체적 몰락인 것이다. (1995)

세대교체하는 소설『삼국지』

─이문열『評繹三國志』

동양 최대의 고전 중의 하나로 군림해온 『삼국지』가 한글 세대의 작가에 의해 번역돼 나왔다. 전10권(원고지 1만 5천 장)으로 묶여져 나온 『이문열 評繹三國志』(민음사)가 바로 그것이다. 왕성한 필력을 자랑하는 인기 작가와 오랜 전통에 빛나는 동양 고전 사이의 일전이라는 점에서 문단과 독서계의 광범위한 관심을 모으고 있다.

『삼국지』는 잘 알려진 대로 중국이 위(魏), 촉(蜀), 오(吳)의 세 나라로 분할되어 패권을 다투던 서기 2세기에서 3세기경을 배경으로 씌어진 소설이다. 원래『삼국지』는 진(晉)의 진수(陳壽)가 기록한 기전체의 정사(正史)를 가리키지만, 후대에 이를 소설화한 나관중의『삼국지연의』가 이제는 이 이름을 대신하고 있다. 정사『삼국지』가 천년의 세월이 흐른 후 소설『삼국지연의』로 탈바꿈하기까지엔 숱한 이야기꾼과 서생, 문사들에 의한 첨삭과 변형과 재구성이 있어왔다. 즉 나관중은 이전에 있던 모든 이야기 및 자료를 취사선택하고 여기에 적절히 허구를 배합하여 하나의 웅대한 로망으로 완성시킨 인물인 것이다.

중국 현대문학의 선구자 호적(胡適)은 "『삼국지연의』야말로 가장 많은 사람들에게 읽힌 통속 역사소설로 수백 년간 이 책의 마력에 비길 만한 것이 없다"라고 경탄한 바 있는데 여기서 호적이 지적한 『삼국지』의 '마력'은 중국을 벗어나 한국, 일본 등 동아시아 전체에 미치고 있는 실정이다. 연구자의 말에 따르면 조선시대에 일부 유학자들이 『삼국지연의』가 정사와 거리가 멀다는 이유로 "무뢰배의 잡언을 모아 고담(古談)을 엮은 것"이라며 폄하하는 풍조가 있기도 했으나 민중들 사이에서의 인기는 거의 절대적이었던 것으로 평가되고 있다. 시조와 가사의 상당수가 『삼국지』의 내용과 인물을 제재로 삼고 있다거나 「흥부전」에서 놀부가 타는 박에서 장비가 뛰쳐나오는 장면, 또 대본이 전하는 판소리 여섯 마당 중에 「적벽가」가 들어있다는 사실 등은 『삼국지』가 당시 서민들 사이에서 얼마나 유행했고 우리 민족의 정서 깊숙이 침투해 들어왔는지 말해주는 좋은 증거라고 하겠다. 특히 「적벽가」의 사설에 바탕한 '구전 삼국지'는 클라이맥스나 중요 인물을 과장하기도 하고 곁다리 이야기를 파생시키기도 하면서 끈질긴 생명력을 누려왔다.

이는 『삼국지』의 번역 출판에도 그대로 이어져 해방 후 지금까지 나온 『삼국지』는 아동용 축약본과 역자 불명의 딱지본을 제외하더라도 20여 종을 헤아리는 것으로 추정된다. 그러나 이문열은 "똑같은 내용이라도 세월이 가면 표현하는 방식과 이해하는 태도가 달라진다"고 보고 선배들이 펴낸 『삼국지』와 여러가지 면에서 '단절'을 시도하고 있다.

가장 대표적인 것이 작품 곳곳에 삽입된 작가 자신의 평문. 본문의 5분의 1가량을 차지하는 이 평문을 통해 작가는 자신의 인생관·세계관·역사관을 드러내고 있다. 우리는 제1권 218면에서 유언비어에 대한 부정적 논평을 읽을 수 있으며, 제3권 315면에서 평론가를 향한 이 작가의 은밀한 원한을 엿볼 수 있다. 흔히 듣는 "『삼국지』 가지고 못할 얘기가 없다"는 점을 작가는 "『삼국지』 가지고 내 이야기를 할 수도 있다"

라고 역이용한 것이다. 사실 『삼국지』의 줄거리야 뻔한 것인 만큼 작가의 평과 해설이 이문열 『삼국지』가 지닌 개성의 큰 몫을 차지한다고 할 수 있을 것이다.

둘째는 관련 문헌을 참조해서 등장인물과 사건 전개에 현실적 근거를 마련해준 점이다. 제갈량은 과연 바람을 마음대로 불게 할 수 있는가. 적벽대전에서 과연 유비의 3만 병사가 조조의 백만 대군을 쳐부순 것일까. 이문열은 중국인 특유의 과장과 황당함을 지우고 '신격화된 등장인물'에 리얼리티를 부여하고 있다.

셋째는 조조와 유비의 싸움을 단순히 '별들의 전쟁'으로 보지 않고 이들 인물의 사상적·신분적 배경을 마련해줌으로써 깊이를 얻고 있다는 점이다. 그리하여 유비가 유가의 원리에 충실한 사람이라면 조조는 유가에서 법가로 편력을 계속한 인물임을 들어 '조조의 명예회복'을 꾀하고 있다. 이문열의 『삼국지』에서 조조는 단순한 간웅이 아니라 뛰어난 전략가인 동시에 문학가로서도 당대 일류이며 정치가로서의 식견도 상당한, 나름대로 복합적이고 입체적인 인물로 설명되고 있다.

그러나 이 모든 소설적 장치를 벗어나 이문열 『삼국지』의 가장 큰 매력은 대하처럼 도도히 흐르는 작가 특유의 미려 장중한 문체라고 하겠다. 막힘없이 흐르는 그의 문장은 선배들이 번역에서 건너뛴 수많은 표문 격문의 번역에서 특히 빛을 발하고 있다.

우리 조상부터 현대의 독자들에 이르기까지 『삼국지』는 단순한 허구가 아니라 일종의 '인생독본'으로서 애독·애청되어왔다. 이제 이문열의 『삼국지』의 등장으로 우리는 '어찌 그리 하였난다' 식의 구투의 삼국지가 아니라 인과관계가 분명하고 현실성이 있는 역사소설 『삼국지』를 갖게 되었다. 이 작품이 제기하고 있는 몇 가지 문제점들, 예컨대 작가의 주석이 이야기의 흐름을 차단해 소설의 맛과 흥을 오히려 깨고 있는 것은 아닌가, 또는 인물 평가에 있어 도덕적 정당성(유비)보다 권력

의 실질적 힘(조조)을 중시하는 것은 작가의 보수주의적 정치관의 투영
은 아닌가 하는 점 등에 대해선 추후 좀더 논의가 필요할 것으로 보인
다. (1988)

진정한 합일에 대한 강렬한 희구
— 조성기 『우리는 완전히 만나지 않았다』

조성기의 새 창작집 『우리는 완전히 만나지 않았다』(세계사)는 비교적 쉽게 그리고 편안하게 읽힌다. 본격문학을 대할 때 항용 그러한 것처럼 어느 정도 긴장감을 갖고 이 작품집을 펼쳐든 독자들도 일단 이 작가 특유의 어법에 익숙해지고 나면 어느새 자신이 무장해제당한 채 작가가 친근한 어조로 들려주는 이야기에 정신없이 빠져들어가 있음을 발견하게 될 것이다.

이는 이번 창작집에 수록된 다섯 편의 작품이 한결같이 여행이나 영화감상에서 그 소재를 취했다는 사실과 밀접한 관련을 맺고 있는 것으로 보인다. 작가의 분신이나 다름없는 일인칭 화자가 자신이 방문한 지역을 기행문 형식으로 보고하거나 영화를 보며 그 줄거리를 소개하는 방식으로 엮어져 있기 때문에 독자들은 경계심을 지우고 자연스럽게 이야기의 흐름에 동참할 수 있게 된다.

국민소득 증대로 해외여행이 보편화된 시대에 살고 있긴 하지만 주인공이 돈황이나 베니스, 트리어 등지를 여행하면서 현지의 풍물에 곁들여 제공하는 고급한 안목과 경쾌한 사유의 개진은 그 자체로 읽는 사람을 매료시키기에 족하다. 즉 구성의 평면성에도 불구하고 이 작품집에 빛을 던져주는 가장 큰 요인은 소설 곳곳에 녹아 있는 작가의 풍부한 교양 체험인 것이다.

일인칭 화자는 잠시도 '성찰하는 인간'의 틀에서 벗어나지 않은 채 주위의 사물과 인간을 바라보며 역사와 실존의 문제에 탐색의 시선을 던지고 있다. 하등 심각하지 않게 보이는 주인공의 여정을 뒤따르다보면 우리는 어느새 작가가 진정 말하고자 한 둔중한 주제 앞에 서게 된다. 그 주제는 그러나 거대한 암벽으로 돌출해 있기보다는 큰 줄기에서 뻗어나간 가지처럼 곳곳에 잠복해 있어서 우리가 여유 있게 이야기의 향연을 즐기는 데 방해가 되지 않는다.

돈황에서 혜초를 생각하고 모젤 강가에서 마르크스를 떠올리는 주인공은 또한 이방의 노점에서 만난 아가씨에게 불현듯 성욕을 느끼고, 대학시절 시위 못지않게 섹스에 탐닉하던 경험을 갖고 있기도 하다. 삶은 다면체이며 모순으로 가득 차 있다. 작가는 삶의 이러한 속성을 사막에서 마주친 바다의 신기루(「돈황의 춤」)처럼 이질적인 것과의 돌연한 만남으로 표상하기도 하고, 달리의 그림에서 나오는 '녹은 시계'(「달리가 시계를 녹인 이유」)나 '흘러내리는 아이스크림' '거푸집'(「모젤 강가의 마르크스」)같은 용해 이미지로 암시하기도 한다.

여행이란 결국 전혀 다른 시공간을 하나로 이어주는 행위에 다름 아니다. 삶이 그러하듯 여행 또한 모순과 대면하고 진정한 합일을 추구하는 과정에 다름아니다. 그런 점에서 『우리는 완전히 만나지 않았다』라는 제목에서 우리는 역설적으로 완전한 만남에 대한 작가의 강렬한 희구를 읽어내야 할 것이다. (1995)

낭만적 동경과 명석한 사유의 조화

─이인성 『낯선 시간 속으로』

1980년대에 대학을 다닌 내 또래의 문학도들에겐 이인성의 작품을 열광하며 읽던 시절이 있었다. 문예지에 띄엄띄엄 발표되던 그 난삽하고 현란하기 이를 데 없었던 연작 형식의 소설을 당시의 젊은 문학도들은 비교(秘教) 집단에 몸담은 열성신도 같은 숭배와 경탄의 심정으로 찾아 읽고 토론하곤 했다.

네 편의 중편소설이 유기적으로 모여 하나의 잘 짜여진 이야기를 형성하고 있는 이인성의 첫 창작집 『낯선 시간 속으로』(문학과지성사)는, 비록 1970년대를 소설적 배경으로 하고 있지만, 그런 의미에서 1980년대라는 질풍노도의 시대를 통과해야 했던 세대의 쓰라린 자화상이라 할 만하다. 거기엔 암담한 정치상황 속에서 힘겹게 자신을 추스리며 불투명한 미래를 향해 더듬거리며 나아가야 했던 한 젊고 순결한 영혼의 고투가 그때까지의 한국 소설이 보여주지 못했던 파격적인 문체와 형식의 실험을 통해 선명하게 형상화돼 있었다.

통상적인 리얼리즘 문법과는 격절된 그의 독특한 소설 기법은 무성한 화제를 몰고 왔으며 이후 이 작가의 트레이드 마크가 된 감이 없지 않다. 그러나 출간된 지 어언 15년이란 세월이 흘러 이 소설집 또한 문학사의 한 대상으로 편입되기에 이른 지금 여기 실린 작품을 다시 펼쳐볼 때 새삼 깨닫게 되는 것은, 이들 작품의 진정한 힘과 매력의 근원은 복잡하고 정교하게 구사된 다양한 문체와 형식의 실험이라기보다는 이것의 배면에서 살아 꿈틀거리고 있는 젊음의 열정이라는 점이다.

그 열정은 종종 세심하게 계산된 것으로 보이는 모든 소설적 장치와 명석한 사유를 향한 갈증을 일거에 무화시키고 소설 전면에 돌출해 젊음 특유의 낭만적 동경과 의식의 착란, 그리고 죽음 충동에 휩싸이게 만든다. 젊음이 떨쳐버리지 못하는 감상이나 치기조차도 그 열정의 용광로를 거치는 순간 삶을 불태우는 연료로 화한다.

대학과 군대, 도시와 바다, 집과 무덤, 무대와 객석 등 이 소설을 형성하고 있는 이항대립적 요소들에 대한 보다 정치한 분석은 보다 긴 지면이 필요할 것이다. 분명한 것은 이인성이 『낯선 시간 속으로』에서 보여준 한국 문학의 가능성은 아직 가능성으로만 남아 있다는 것이다. 1990년대 문단에서 형식파괴적인 소설양식을 시도하고 있는 작가들이 적지 않음에도 불구하고 이렇다 할 감흥이나 충격을 주지 못하는 것은 소설의 진정성의 바탕을 이루는 그 무엇을 이들의 작품이 보유하고 있지 못하기 때문일 것이다. (1998)

숙련된 솜씨로 그린 유년의 추억

—정찬 「은빛 동전」

정찬의 소설이 점차 완숙함을 더해가고 있다. 그의 근작 소설집 『아늑한 길』에 담긴 중단편은 하나같이 정제된 사유를 통해 우리 시대의 불행과 아픔을 증언하고자 하는 노력을 집중적으로 보여주고 있다. 또한 『문학동네』 겨울호에 실린 자전소설 「은빛 동전」은 우리 단편소설사의 백미에 해당하는 작품이라 해도 지나치지 않을 만큼 소설적 형상화에 있어 숙련된 장인의 솜씨를 보여주고 있다.

정찬의 초기 소설은 대부분 신과 인간, 권력과 언어 같은 둔중한 관념적 주제를 천착하는 데 주력했다고 볼 수 있다. 그에 따라 작품 전체가 무겁고 침중한 분위기로 가득 찬 '관념의 격투장'이란 인상을 주어왔다. 문단 내에서의 높은 평가에도 불구하고 그동안 그의 작품이 일반 독자들에게 일종의 소원감을 불러일으킨 면이 없지 않은 것은 이야기의 재미를 압도하는 관념의 강도에서 연유한 바가 크다고 여겨진다.

그러나 작가는 최근으로 올수록 주제를 골조 그대로 제시하지 않고 거기에 적절히 살을 붙이고 신경을 이어주는 작업을 한층 면밀하게 함으로써 소설만이 가진 육체성을 확보하는 데 성공하고 있다. 그에게 동

108

인문학상의 월계관을 씌워준 중편 「슬픔의 노래」에서 진하게 배어나오는 서정성은 그의 이전 소설에선 찾아보기 힘든 것이었으며 이러한 요소는 「은빛 동전」에 와서 더욱 풍요로운 결실을 맺고 있다.

작가 자신의 유년시절을 소재로 삼고 있는 「은빛 동전」은 정찬의 관념 편향 저편에 자리잡고 있는 삶에 대한 하염없는 사랑과 긍정의 정신을 엿보게 해준다. 이 소설에선 지난 연대의 넉넉하지 않은 집안에서라면 으레 조우할 수 있는 풍경이 펼쳐진다. 물질적 궁핍, 고부간의 갈등, 어머니의 병 등이 바로 그것이다. 그러나 이 모든 불행과 개인적 과실을 넘어서 작가는 어린 시절 먹었던 탕수육의 기막힌 맛과 잃어버렸던 은빛 동전의 찬연한 빛남에 주목한다.

천상의 음식에 비유된 탕수육을 제공했던 고향 동네의 중국집은 사라져버렸고 은빛 동전 또한 영원히 되찾을 수 없지만 이를 기억 속에서 반추하는 작가의 마음을 가득 채워주는 것은 단순한 상실감이 아니라 오히려 삶다운 삶을 향한 형언할 수 없는 목마름이다. 그 목마름이 지속되는 한 은빛 동전은 작가의 추억 속에서 영원히 그 빛을 잃지 않을 것이다. (1995)

단정함과 모호함의 공존
— 최윤 「열세 가지 이름의 꽃향기」

최윤의 소설은 단정함과 모호함이라는, 언뜻 생각해서 상반돼 보이는 특성을 함께 보유하고 있다. 그녀의 소설은 치밀한 지적 통제의 소산으로서 군더더기를 찾아볼 수 없으며 정교하게 짜여져 있다는 인상을 준다. 그러나 투명해 보이기까지 하는 그녀의 소설은 정작 간편하면서도 단일한 해석적 접근을 허락하지 않는다. 그녀의 소설이 내장하고 있는 다의성은 독자의 기대지평을 끝없이 교란시키며 어떤 불확실하면서도 긴장된 미지의 영역으로 나아가게끔 만든다. 『문학과 사회』 여름호에 발표된 근작 「열세 가지 이름의 꽃향기」에도 그녀의 이러한 작가적 개성은 여실히 드러나 있다.

이 작품에서 우리는 먼저 매일 북극의 얼음 벌판을 꿈꾸는 한 청년과 자살을 결심하고 어두운 국도변에서 차를 기다리는 한 소녀를 만나게 된다. 필연이라고 할 수밖에 없는 운명의 힘에 의해 이 두 사람은 서로 사랑하는 사이가 된다. 도시적 삶에 쉽사리 적응하기 힘든 성향을 지닌 이들은 땅끝에 있는 외딴 산마을로 들어가 거기서 조촐한 삶을 꾸려나간다. 그러나 이들이 길러낸 바람국화라는 이름의 희귀한 꽃이 세상에 알려지면서 이들은 어쩔 수 없이 다시 욕망의 난투장인 현세적 삶의 소용돌이 속에 휩쓸리게 된다. 이 소설은 바람국화가 몰고 온 한바탕의 소란과 열기를 보여준 뒤 두 주인공이 폭풍우치는 밤 북극을 향해 떠나는 장면으로 끝을 맺고 있다.

서정적으로 시작한 이 중편소설은 중간 부분부터 마술적 리얼리즘을 연상시키는 환상적 수법을 도입하는가 하면 후반부는 풍자적인 현실비판의 색채가 전면화되는 등 다채로운 편곡 방식을 선보이고 있다. 그러나 언술이나 형식상의 특징보다 더 강렬하게 읽는 사람을 사로잡는 것은 이 소설의 두 주인공이 꿈꾸는 '북극'이 상징하고 있는 의미일 것이다. 그들이 가고자 원하는 낙원은 보통 사람들이 연상하는 충만과 풍요와는 정반대되는 성격을 갖고 있다. 그 낙원은 오히려 현재적인 것, 현실적인 것의 결핍과 불모로 규정지어질 수 있는 공간이다.

이 소설에서 부정적으로 묘사되고 있는 인물 가운데 하나로 행진곡을 즐겨 듣는 식물학자를 들 수 있다. 소설 결말에서 두 주인공의 밤바다행은 풍요와 과잉을 향해 전진하고 있는 우리 시대의 행진 대열로부터의 이탈을 의미하고 있는 것으로 보인다.

북극의 얼음 벌판, 그곳은 아마도 인간적 욕망과 열기가 다 탕진되고 난 뒤 펼쳐지는 백색의 낙원을 의미할 것이다. 형체도 없이 세상 곳곳으로 퍼져나가는 꽃향기처럼 그것은 부재의 방식으로 존재한다. 그 낙원은 더이상 낙원이라 불릴 수 없는 낙원이다. (1995)

풍부한 이야기, 시적 문장
— 이병천 『모래내 모래톱』

이병천의 두번째 창작집 『모래내 모래톱』(문학동네)을 읽고 새삼 느낄 수 있었던 것은 이 소설가야말로 그 세대로는 보기 드물게 구수한 이야기꾼으로서의 자질을 타고난 작가라는 점이다. 그의 작품은 흥미로우면서도 짜임새 있는 이야기를 원하는 독자의 요구를 조금도 배반하지 않는다. 작가는 무거운 주제의식이나 자폐적이 되기 쉬운 실험정신을 앞세우지 않고 차근차근 이야기의 실타래를 풀어나간다. 따라서 독자들은 편안히 작가가 들려주는 이야기의 흐름에 몸을 싣고 때로는 평범하고 때로는 진기한 소설 공간에 흠뻑 젖어들게 된다.

먼저 이 작품집에 실린 세 편의 중편소설 가운데 「삼가 女國을 아뢰나이다」라는 작품의 줄거리를 간략히 살펴보도록 하자. 처가 덕에 먹고 사는 한 남자가 며칠 휴가를 얻어 울릉도로 여행을 떠난다. 그가 묵으러 들어간 민박집 주인으로부터 한문으로 된 몇 장의 필사본을 얻어 보게 된다. '근계여국謹啓女國'이란 그 글은 과거 울릉도가 여인이 다스린 모가장제 사회였다는 희한한 내용을 담고 있다. 왕조시대 한 관리가 이 여인국을 탐사하라는 명을 받고 잠입했다가 잡혀서 갖은 곤욕을 치

112

르고 심지어는 여인들의 성적 노리개 역할까지 하는 수모를 겪는다. 이러한 내용을 임금에게 알리는 보고서가 바로 '근계여국'인 것이다.

충직한 봉건시대 관리가 자신이 겪은 웃지 못할 일을 근엄한 문체와 형식을 빌려 모사해놓은 데서 독자들은 독특한 해학과 아이러니를 느끼게 되며 이는 다시 오늘날 현실 속의 남녀관계와 대비되어 많은 생각거리를 제공받게 된다. 작가는 황당한 듯하면서도 나름대로 설득력 있는 상황 설정을 통해 오늘날 '거세된 남성'이 겪어야 하는 비극을 날카롭게 부조시키고 있는 것이다.

이러한 작가적 능력은 1960년대 초반 소도시 변두리의 남루한 삶을 되살린 표제작 「모래내 모래톱」이나 이 작가로서는 비교적 어깨에 힘을 주고 썼을 것으로 보이는 「백두산 안 갑니다」에서도 여실히 발휘되고 있다. 「모래내 모래톱」에서 작가는 회상에 의지하는 소설이 자칫 빠지기 쉬운 정태적 풍경화의 차원에서 벗어나 생생한 실감과 서정성을 획득하는 데 성공하고 있으며 「백두산 안 갑니다」에서도 민간인의 북한 방문이란 소재가 초래하기 쉬운 주제의 경직성에서 벗어나 남북문제를 성찰하는 여유를 보여주고 있다.

물론 이 작품집에 대한 아쉬움도 없을 수 없다. 여기 실린 세 작품 모두 상상력의 폭과 깊이를 보다 확대하여 장편으로 남길 수도 있을 작품을 중편으로 마무리 짓고 말았다는 혐의를 받을 만하다. 그러나 풍부한 이야깃거리를 시적 함축성이 높은 문장과 생동감 넘치는 대화에 의해 표현해내는 능력은 일품이라 하지 않을 수 없다. (1995)

경계선에 서 있는 작가
—채영주에 대한 두 편의 글

주의 깊은 관찰, 균형 잡힌 현실인식

이미 여러 사람들이 지적했듯이 우리 시대가 가장 필요로 하는 것은 어떤 강력한 이념의 제시나 영웅적 행동이라기보다는 부단한 자기검증과 현실시각에 토대한 치밀한 성찰이라고 여겨진다. 시간이 흐를수록 소설이 담당할 수 있는 영역이 축소될 수밖에 없을 것이라는 전망이 점차 동의를 얻어가고 있는 요즘, 개인과 사회, 현실과 이상에 대한 깊이 있는 고뇌와 출구 모색이 담긴 한 권의 소설집을 만날 수 있었다는 것은, 그런 의미에서 참으로 반가운 일이었다.

채영주의 첫 창작집 『가면 지우기』(문학과지성사)에 실린 여덟 편의 중단편들은 폭풍과 해일의 연대였던 1980년대를 통과해온 젊은 세대가 닻을 올린 지점, 그리고 그들이 목적으로 하는 기항지의 좌표를 비교적 선명하게 드러내주고 있다. 그의 소설은 가파른 시대 상황에 정면 돌격을 감행하지는 않지만 우리 모두가 직면한 여러 문제들을 성실하게 추적하고 있으며 또 거기서 만만치 않은 성과를 거두고 있기도 하다.

그의 소설에서 일차적인 조명을 받고 있는 것은 상이한 계급적 기반과 의식을 가진 사람들이 어떤 계기에 의해 서로 만나게 됐을 경우 일어나는 감정의 파장이라고 할 수 있다. '회전목마를 위하여'라는 부제가 달린, 고아원을 무대로 한 일련의 연작소설을 제외하면 이번 창작집에 실린 대다수 작품들은 중간층 지식인을 주인공 내지 화자로 삼고 있는데 이들은 하나같이 의식과 현실의 괴리로 인해 고통받고 있다. 특히 이들 중간층 지식인들은 소외당한 대다수 하층계급 소속자들이 현실개혁에 대한 열망은 물론 현실을 향한 최소한의 불만조차 가지고 있지 않다는 사실에 모멸감을 느낀다. 「殉葬, 順葬」에서 유적 발굴 단원인 주인공이 순장이란 불합리한 사회제도에 순순히 응한 옛날 사람들의 유골을 보며 절망을 느끼는 것은 그 때문이다.

이처럼 현실의 변혁 가능성에 대한 절망과 중간층 지식인으로서의 무력감이 극에 달할 때 주인공의 심리적 에너지는 흔히 부정적인 방향으로 응집되어 환상이나 광기로 치닫게 된다. 「노점 사내」「가면 지우기」에서 초점이 되고 있는 인물이 노점 사내나 행상 아낙의 목을 조르는 것이나 「지난 겨울의 불」에서 방화범을 자처하는 것은 바로 이런 의미를 지니고 있는 행위로서, 비록 이들 행위가 현실이 아닌 환상 속에서 이루어지고 있기는 하지만 이 작가의 세계관과 현실 인식을 미루어 짐작하기에는 충분하다.

즉 '회전목마를 위하여' 연작에서 화자가 내뱉는 말처럼 우리 모두는 "태어날 때부터 단단한 쇠파이프 한 가닥씩을 등에다 꽂고" 있기 때문에 아무리 벗어나려고 해보았자 회전목마처럼 제자리를 맴돌 따름이라는 것이다. 그런데 여기서 주목해야 될 것은 주인공이나 화자가 자신을 강박하던 외적 요인들과의 불화와 싸움을 극단으로 몰고 가지는 않고 어느 순간 평정을 회복함으로써 교묘히 균형을 유지한다는 점이다. 그의 소설이 우리 사회의 환부에 대한 예리한 인식을 담고 있음에도 불구하고 서투른 전투성에서 멀리 벗어나 있는 것은 그 때문이다. 그것은 이 작가의 현실 인식이 비관 일변도가 아님을 말해주는 동시에 현실에의 적극적 투신보다는 거기서 한 발 물러선 상태에서의 주의 깊은 관찰에 더 큰 비중을 두고 있음을 말해준다. 그런 점에서 「가면 지우기」의 화자가 마지막 순간 탐문 대상에 더 가까이 갈 수 있는 자료를 찢어버리는 것은 매우 상징적이다.

채영주는 이 작품집으로 매우 중요한 일보를 내디뎠다. 신인이면서도 단아한 고전적 기품을 획득하고 있는 채영주의 소설에 한국 문단은 앞으로 더 큰 기대의 짐을 얹어주어야 할 것으로 보인다. (1990)

긴박감 넘치는 사건 속도감 있게 전개

채영주의 장편소설 『크레파스』(미학사)는 쉽게 읽힌다. 연이어 벌어지는 사건들이 속도감 있게 이야기의 흐름을 주도하며 결말을 향해 치닫기 때문이다. 각목과 체인이 난무하는 주유소에서의 난투극으로부터 시작하여 자동차의 질주, 기관총의 난사, 폭발과 화염으로 얼룩진 마무리에 이르기까지 소설은 시종 긴박감 넘치는 장면을 연출한다. 이 소설을 읽고 난 평자들이 흡사 대중영화의 원작을 읽는 것 같다고 언급한 것은 그런 점에서 충분히 이해할 수 있는 일이다.

무대는 한반도에서 멀리 떨어져 있는 미국의 서부도시 로스앤젤레스. 실제 현실이 그러한 것처럼 이곳에서 흑인·백인·한인 사이에 물고 물리는 싸움이 벌어진다. 자본가의 음모가 있고, 조직폭력배간의 총격전이 있고, 범죄의 내막을 파헤치는 추리가 있는가 하면, 사나이 간의 우정과 배반이 있고, 인종의 벽을 뛰어넘는 남녀간의 사랑과 섹스도 있다. 다양한 독자층의 입맛을 두루 충족시켜주는 여러 요소를 구비하고 있는 것이다. 그래서 제목이 '크레파스'일까.

이 작품에 대한 이러한 간략한 검토는 곧 다음과 같은 결론으로 직행할 수 있을 것이다. 즉 이 작품은 지금 이곳의 현실과 무관한 시공간을 배경으로 펼쳐지는 흥미 위주의 활극에 지나지 않으며 이 작품이 내세우고 있는 권선징악적 주제의식이나 인종 문제에 대한 성찰은 작가의 상업적 의도를 분식하기 위한 알리바이에 지나지 않는다는 평가가 바로 그것이다.

필자 역시 이러한 주장에 부분적으로 동의하면서, 그러나 이 젊은 작가의 재능의 보다 난숙한 발현을 기대하는 입장에서 두 가지 점을 덧붙이고자 한다. 첫째는 이 작품에 그려진 인종 묘사가 우리나라의 일반 독자들에게 미칠 수 있는 선도성과 파격성이다. 우리의 무의식 속에 선/악으로 고정된 백인/흑인의 이분법을 이 작품은 완전히 뒤집고 있으며 이 뒤집음의 과정에서 엿보이는 상투성은 우리의 인종적 편견의 완강함에 비추어 볼 때 방법적인 차원에서 이해해 줄 필요가 있다는 점이다.

둘째, 이 작품이 대중문화로부터 많은 자양분을 끌어들였으며 영화화를 염두에 두고 씌어진 작품이라는 점은 단순히 상업주의로의 투항이란 관점에서 비판될 게 아니라 영상매체에 포위된 오늘의 소설이 취할 수 있는 적극적 대응방식의 하나라는 각도에서 살펴질 수도 있다는 점이다. 권성우가 소설집 말미의 해설에서 지적하고 있듯이 오늘날 소설은 전략적으로라도 가벼워질 수밖에 없는 운명에 처해 있는지도 모른다. 중요한 것은 상업주의와의 만남 그 자체가 아니라 그 만남으로부터 어떤 수확을 끌어낼 수 있는가 하는 점일 것이다. 이 점을 고려하지 않은 채 이 작품의 통속성을 비판하는 것은 자칫 교각살우로 끝날 수 있다. (1993)

부성의 복권 통한 어른스러움
— 주인석 『검은 상처의 블루스』

최근 젊은 작가들의 소설을 읽으며 발견한 것은 '죽은 아버지의 복귀'가 서서히 진행되고 있다는 것이다. 그동안 암매장된 채 망각의 늪에 묻혀왔던 아버지와 부성(父性)이 새롭게 가치를 부여받고 그 복권이 시도되고 있다. 그렇다면 죽은 아버지의 귀환이 내포하고 있는 문학사적 의미는 무엇인가.

많은 사람들이 지적한 대로 1980년대는 부친살해의 시대였다. 아버지는 억압적 권력의 화신에 다름아니었으니 그를 죽이는 것만이 불만족스러운 현실을 타개하는 유일한 길일 수 있었다. 아들들은 장렬하게 싸웠고, 끝내 아버지는 굴복했다. 기성 권위의 폐허 위에 새롭게 욕망의 축제가 펼쳐졌다.

하지만 아버지의 주검 위에 펼쳐진 1990년대 현실은 기대만큼 낙관적인 광경을 보여주지 못했다. 우리는 1990년대 문학, 특히 신세대 문학에 가해진 숱한 비난을 떠올리지 않을 수 없다. 물론 신세대 문학에 대한 비판이 명확한 사실 진단과 분석에 의해 추진된 게 아니라 선정적인 방식으로 다분히 마녀사냥처럼 이루어졌다는 항변이 없지는 않았지만 일부 신세대 문학이 보여준 경박함과 졸렬함 그리고 상업주의와의 결탁은 보는 이들을 우려스럽게 만들기에 충분했다.

주인석의 최근 소설집 『검은 상처의 블루스』(문학과지성사)가 각별하게 다가오는 이유 중의 하나는 바로 이러한 현실을 작품을 통해 근원적으로 반성하고 있다는 점에서 연유한다. 그의 작품집을 읽으며 확인할 수 있는 것은 요즘 젊은 작가들에게서 찾아보기 힘든 '어른스러움'이었다. 그 어른스러움은 바로 정신적 성숙의 표시인 동시에 1990년대 소설이, 주인석의 어법을 빌리면, 드디어 '사잇길'에서 벗어나 '큰길'로 접어들었다는 신호로 받아들여진다.

아울러 그 어른스러움은 이 작가가 소설 속에서 아버지를 재발견하고 자신이 아버지에게 진 부채를 점검해보는 것과 밀접한 관련을 지닌다. 『검은 상처의 블루스』에 실린 첫 작품 「옛날 이야기를 좋아하면 가난하게 산단다」는 주인공 구보의 아비찾기의 여정이라 할 수 있다. 구보는 오랜만에 고향을 방문하면서 치욕과 영락의 대명사인 아버지를 떠올리고 글쓰기의 의미에 대해 반추한다. 그의 소설에는 아버지를 추방해버린 자리에 새롭게 자신의 터전을 세우고자 하는 젊은 세대의 지난한 노력이 담겨 있다.

그는 「사잇길로 들어선 역사」 「지옥의 복수가 내 마음을 불타게 한다」에서 왜곡과 파행으로 점철된 작금의 정치 현실을 되돌아보고 「한국문학의 현 단계, 1992년 가을」에선 최근 문학의 위기를 둘러싼 여러 양태에 비판의 칼날을 들이대고 있다. 구보라는 주인공의 이름 자체가 박태원에서 최인훈으로 이어지는 선배 작가와의 연속성을 암시하고 있거니와 이는 단순한 패러디에 그치는 것이 아니라 작가가 자신이 속한 문학적 계보를 적극적으로 인식하고 그 바탕 위에서 문학 행위를 하고 있음을 나타내는 상징적 행위라고 보여진다.

이 작가가 섣부르게 아버지의 부재가 가져다주는 쾌락 원리에 탐닉

하지 않고 개성적으로 이루어낸 성찰적 문학공간이 한 단계 더 심화되기를 기대해본다. (1995)

영원한 미성년의 작가

—장정일에 대한 두 편의 글

외설의 투명성과 미성숙성

왜 글을 쓰느냐는 인터뷰어의 물음에 "나를 좋아하는 주변의 친구들을 기쁘게 해주기 위해서"라고 답변한 사람은 마르케스였다. 거장다운 이 발언엔 작은 진실이 담겨 있다. 인류의 복지증진을 위해서, 혹은 민중해방을 위해서 글을 쓴다고 했다면 그 말은 얼마나 공소했을 것인가.

그러나 적어도 장정일은 『내게 거짓말을 해봐』(김영사)를 쓰면서 그에게 기대를 걸고 있는 주변의 친구들을 '기쁘게' 해주려는 마음은 없었던 것 같다. 오히려 그가 그의 독자들에게 주고 싶었던 것은 당혹과 충격, 그리고 모종의 혼란감이었을 것으로 추측된다. 그는 이 소설에서 독자의 인내력을 시험하려는 듯한, 그리하여 독자가 고수해왔던 모든 가치관과 세계관을 뒤흔들고 야유해보고자 하는 듯한 기도를 내비치고 있다.

이미 사드나 바타유, 아폴리네르, 망디아르그, 폴린 레아쥬 등이 쓴 포르노그래피를 접해본 사람에겐 『내게 거짓말을 해봐』에 나오는 온갖

'성적 분탕질'은 그리 새롭지도 않고 흥미롭지도 않다. 기성질서가 내세우는 몇몇 금기를 깨뜨린다거나 성적 변태 행위를 자세히 묘사해봐야 결국은 그게 그거다. 배설문학, 분뇨예술의 한계는 뻔하다. 그런데 문제는 이 사실을 모를 리 없는 장정일이 바로 이런 작품을 썼다는 데 있다. 그를 '위반으로서의 성'이라는 한물간 주제에 매달리게 강박한 것은 무엇일까. 작가적 능력의 고갈에 직면한 그가 택한 그다운 '자멸의 방식'일까. 아니면 아직도 성에 대해 위선적 엄숙주의가 통용되고 있는 사회를 어떻게 해서든 계몽해보고 싶은 '도착적 열정'의 소산일까.

소설은 아버지나 신으로 표상되는 부성적 권력에 대한 혐오가 자기억압을 낳고 자기억압이 부성적 권력의 묵시적 추종 및 내면화를 낳으며 이것이 다시 자기모멸을 낳는다고 언급한다. 부성적 권력의 철폐가 불가능한 이상 이 악순환 속에서 빠져나오는 유일한 길은 자기모멸을 그 극한까지 밀고 나가는 것이다. 18세의 여자와 38세의 남자가 여러 도시를 전전하며 벌이는 성행각은 자기모멸-자기학대-자기파괴의 여정이다. 하지만 작가의 이런 주장은 이해될 수는 있으되 독자의 공감을 얻을 수 있을 만큼 소설적 형상화에 성공을 거둔 것 같지는 않다.

그것은 소설 속에 배치된 알레고리적 장치들이 너무 단순하고 평면적이라는 데서 연유한다. 따라서 나는 이 소설을 읽고 분노하는 많은 사람들과는 다르게, 이 소설이 적나라한 성행위 장면이 많아서 외설이라고 보는 게 아니라 작가가 말하고자 하는 바가 너무 투명하게 드러나 있다는 점에서 외설이라고 본다. 단 명확히 해둘 것은, 그 외설은 공권력을 앞세운 청교도적 박해의 대상이 아니라 엄밀한 문학적 비판과 평가의 대상이라는 점이다.

장정일은 성숙을 거부하는 영원한 미성년의 작가이다. 10년 전 시인일 때도 그는 아이였고, 30대 중반의 나이에 이른 소설가인 지금도 그는 아이이다. 나는 장정일 속에 숨어 있는 그 아이를 사랑한다. (1996)

광범위한 책 읽기에 담긴 오만과 독선

각기 다른 출판사에서 나온 『장정일의 독서일기』1, 2, 3권을 통독했다. 경쾌하게 씌어진 덕분인지 수월하게 읽히는 장점을 갖고 있는 이 책은 다음 두 가지 점에서 특히 인상적이었다. 첫째는 그가 읽은 책이 굉장히 잡다하다는 점이며, 둘째는 그가 읽은 책을 평할 때의 어조가 매우 격렬하다는 점이다.

첫째 사항의 경우 그는 열심히 읽고, 읽은 것에 대해 쉴 새 없이 이야기하는 것을 자기실존의 근거로 삼고 있는 사람처럼 보인다. 그러나 독서의 잡식성이 곧 독서의 풍요로움을 보장해주진 않는다. 거의 숨 돌릴 틈도 없이 읽고 씌어진 때문인지 그의 책에서 두드러지는 것은 '앎에의 의지'라기보다는 '문자에 대한 허기'에 가깝다. 그래서 때로 강박적으로까지 여겨지는 그의 독서중독증이 과연 어떤 콤플렉스의 발현인지 생각해보게 하는 한편, 그토록 부지런히 읽어댄 그가 과연 정확히 읽긴 한 것인지, 그 책의 내용을 충분히 저작했으며 핵심을 짚어낸 것인지에 대한 회의를 불러일으킨다.

이 점은 곧 두번째 사항과 이어진다. 그는 대상이 되는 책과 저자에 대해 극단적으로 칭찬하거나 폄하하는 발언을 일삼는데 이는 일부 독자들에게 카타르시스 효과를 주는 면도 없지 않겠지만 전체적으로 '균형감각의 상실'이란 인상을 주고 있다. 그 결과 개개의 글이 즉흥적인 인상기의 수준에서 벗어나지 못했으며 들쭉날쭉하다. 모래에서 사금을 찾는 식으로 한마디 괜찮은 언급을 찾기 위해 여러 권의 책을 뒤지는 수고를 해야 하는 것은 피곤한 노릇일 수밖에 없다. 셋째 권을 두고 이야기하자면 타란티노 감독의 영화 〈저수지의 개들〉에 나오는 잡담의 기능을 다룬 부분은 읽어둘 만한 대목이었다. 그러나 나머지는 장정일이 즐겨 쓰는 어법을 고스란히 되돌려주는 식으로 말하건대 "게발세발 적은 허섭쓰레기"가 대부분이었다.

그가 자신의 소설 여기저기에 박혀 있는 오문과 비문은 자각하지 못한 채 공지영이 우리말도 제대로 구사하지 못하는 작가라고 타박할 때, 또 자신의 독서일기를 추동하고 있는 전략과 욕망은 도외시한 채 유하의 에세이에서 세대론적 전략의 혐의를 찾아내고선 대단한 뭐라도 발견한 것처럼 물고늘어질 때 읽는 사람은 "제 눈의 들보는 보지 못하면서 남의 눈의 티끌만 탓하는구나"라는 말씀을 떠올릴 수밖에 없게 된다.

그가 어떤 작가에 대해선 험담에 가까운 과도한 혹평을 하다가도 다른 작가의 작품에 대해선 "올해의 문제작을 뽑는 기회가 있다면 0순위에 예약할 책" 따위의 출판광고 카피를 연상시키는 천박하고 낯간지러운 문구를 동원하며 상찬하는 것도 작품에 대한 객관적 평가에 근접해 있기보다는 장정일 개인의 교우반경 및 인간적 친소관계를 상기시켜줄 뿐이다(책의 여러 곳에서 자기 작품을 장황하게 변호하는 것도 그렇지만 그가 자신의 부인이 신이현이란 가명으로 쓴 소설을 시침 떼고 엄정을 가장하여 호평을 할 때 그의 글의 희극성은 절정에 이른다).

이 점과 관련하여 생각해볼 점은 정정일의 독서일기에서 종종 읽기와 쓰기의 주체로 '우리'라는 말을 사용하고 있다는 점이다. '우리'라니? '우리'가 쓰는 일기도 있는가. 일기는 '나' 혼자 쓰는 것이지 '우리'가 쓰는 것이 아니다. 이 초보적인 상식의 무시는 되는 대로 떠드는 글의 주체를 '나'에서 '우리'로 슬쩍 바꿔치움으로써 글의 논리적 미숙과 균형상실에 대한 독자들의 비판의식의 작동을 사전에 봉쇄하고자 하는 무의식적 기도의 소산으로 보인다.

그의 소설에서도 엿볼 수 있지만 그의 독서일기 역시 유아(唯我)적인 독선과 유아(幼兒)적인 자기도취로 가득 차 있다(그가 자기 문학의 극점이라고 주장한 자기모멸도 뒤집으면 극단적인 자기애 내지 선민의식의 변형에 지나지 않는다. 그의 소설과 산문에서 진정 읽어내야 할 것은 표면적으로 드러난 과격한 자기모멸의 수사가 아니라 그 밑에 숨어 있는 자기애의 메커니즘이다). 장난과 일탈로 점철된 창작물을 선보여온 그가 유독 독서일기에선 여러 저자와 작품을 일렬로 세워놓고 법정의 판관이나 강단의 교사라도 된 것처럼 고고한 표정을 짓고 있는 모습을 보기란 딱하고 우스꽝스럽다. 그가 독서일기에서 별 근거도 없이 단정적이고 고압적으로 말하기를 즐기는 것은 그가 그토록 비난하는, 그의 소설을 포르노로 규정지은 대한민국 검찰의 태도와 그리 먼 거리에 있지 않다.

따라서 내가 장정일에게 권하고 싶은 것은 일기를 빙자하여 작가와 작품을 멋대로 난도질하는 피상적인 글을 계속 쓰기보다는 한 작가 한 작품이라도 균형감각이 발휘될 수 있게끔 차분하고 깊이 있게 분석한 긴 글을 쓰는 훈련을 해보라는 것이다. 그가 작품집 해설이나 문예지에 서평이랍시고 쓴 몇 편의 글들을 떠올리면 필자의 이런 권유가 무엇을 의미하는지 확실해질 것이다. (1997)

만리장성과 분서갱유의 사이
—구광본『처음이자 마지막, 끝이고 시작인 이야기』

　구광본의 전작장편『처음이자 마지막, 끝이고 시작인 이야기』(열음사)라는 다소 거창한 제목의 소설 첫 페이지를 넘기면, 본문이 시작되는 대신 금세기 라틴아메리카가 낳은 대작가 보르헤스의 소설 문단 하나가 버티고 서 있다.「만리장성과 책」이라는 작품의 일절인 그 문단은 진시황이 남긴 두 가지 중요한 업적— 만리장성의 축조와 분서갱유가 보르헤스 자신에게 준 충격을 기술하고 있다. 마찬가지로 구광본의 이 작품 역시 만리장성과 분서갱유로 상징되는 정치권력의 억압을, 대체역사와 메타픽션이라는, 우리에게는 아직 낯선, 그러나 전혀 새로운 것은 아닌 기법을 통해 보여주고 있다.

　작가가 작품 속에 제시한 가상역사를 따라가자면 한반도는 지난 세기까지 신라 왕조의 지배를 받았으며 우리나라의 수도는 당연히 경주였다. 19세기 말 군사 쿠데타가 일어나 신라 왕조는 멸망했고 그뒤 오랜 기간 군부통치가 실시됐으나 시민항쟁이 발생, 처음으로 민간정부가 들어선 것으로 설정되어 있다. 군부정권이 저지른 여러가지 잘못을 조사하는 가운데 국립중앙도서관이 현대판 분서갱유(반정부 출판물에 대한 검열과 탄압)에 앞장섰음이 드러났고, 그 결과 주인공은 비록 자신이 주도한 일은 아니지만 책임을 진다는 차원에서 좌천 명령을 수용한다. 한때는 최고의 영화를 누렸지만 지금은 쇠락해가는 변방 도시에 지나지 않는 경주에 도착한 주인공은 자신의 지난날을 반추하며 역사와 개인, 권력과 저항 등에 대한 깊은 상념에 잠긴다.

그러는 가운데 주인공은 두 부류의 인물들을 만나게 되는데 그중 하나는 주인공과 사랑이나 우정 같은 개인적 관계를 맺게 되는 긍정적 인물로서 이들은 '9월항쟁'이라는, 군부통치하의 경주에서 일어난 감춰진 역사적 사실을 일깨워주는 역할을 하고 있다. 다른 한 부류인 부정적 인간들은 도서관장처럼 상부의 명령을 무조건적으로 추종하는 현실 순응형의 인물과 민간정부에 대한 불만세력을 규합해 왕정복고를 명분으로 한 군사쿠데타를 획책하는 무리들로 대별된다. 주인공은 쿠데타에 가담하라는 유혹을 끝내 물리친 데 이어 쿠데타 음모를 신고한 대가로 민간정부가 그에게 허락한 중앙국립도서관으로의 복귀조차 거절하고 변방 경주에 남기로 결심한다.

이상의 요약에서 볼 수 있듯이 이 작품은 봉건시대와 군부독재의 잔재가 여전히 힘을 발휘하고 있는 현실에서 한 고독한 지식인이 스스로의 사유와 의지를 단련시켜나가는 과정을 그리고 있다. 그는 "고대의 전제군주에서부터 현대의 독재자에 이르기까지 모든 권력자들이란 바로 성을 쌓고 책을 불태우는 자들"인 만큼 자신만은 "성을 쌓아줄, 금서를 불태워줄 봉사자"의 역할을 더이상 수행하지 않겠노라는 결심을 하게 된다.

거창한 이념이나 부황한 구호의 압력에서 벗어나 소외된 개인의 가치를 복원시키려 한 작가의 신념은 정당하며 우리 시대처럼 양극단의 집단논리만 판치는 사회에서는 한결 소중하다고 할 수 있다. 그러나 그러한 내용이 과연 이 소설에서 얼마나 효과적으로 구현되었는지는 좀

더 성찰할 필요가 있을 것 같다. 대체역사나 메타픽션적 서술이 단순히 기존의 고식적인 리얼리즘의 전횡에 대한 반발의 차원이 아니라 새로운 형식미와 감동의 창출에까지 이어져야 하는 것이라면 이 소설은 명백히 그것에 미달하고 있으며 — 특히 메타픽션적 서술 부분은 적어도 이 작품 내에서는 군더더기에 불과하다 — 현실을 입체적으로 조감할 수 있는 시야를 열어놓지 못하고 전체적으로 평면적 알레고리에 그치고 만 감이 있다. 또한 작품 후반부가 쿠데타라는 매우 급박한 상황의 묘사로 이루어져 있음에도 불구하고 전혀 박진감이 없다거나 쿠데타 주모자들의 행태가 삼류 액션영화의 등장인물처럼 그려진 점도 적지 않게 아쉬움을 자아내는 부분들이다.

아울러 이 작품의 주제에도 몇 가지 의문사항을 덧붙일 수 있겠다. 무엇보다 만리장성의 축조와 분서갱유를 단순히 모든 권력자들이 취하기 마련인 행동으로 보편화시킨 것은 지나치게 단선적인 관점이라는 것이다. 보르헤스가 만리장성과 분서갱유에 대해 글을 썼을 때 그는 권력의 부정적 속성만을 지적하고자 한 것은 아닐 것이다. 만리장성의 축조와 분서갱유는 권력의 동일한 작용이 아니라 서로 상반되는 작용일 수도 있으며, 권력의 문제를 벗어나 인간과 시간-죽음과의 싸움이라는 보다 근원적인 지평에서의 사고를 요구하기도 한다. 물론 작가가 어떤 관점을 취하는가 하는 것 자체가 시비의 대상이 될 수는 없다. 그러나 단선적인 사실 인식이 작품에 좋은 영향을 미치는 경우란 거의 없다고 보아도 좋을 것이다. 또 결말에서 단독자로 남기를 원하는 주인공의 처신이 개인-주체에 대한 작가의 믿음을 암시한다고 본다면 그러한 개인-주체가 권력의 촘촘한 그물망으로부터 과연 얼마나 자유로울 수 있는가 하는 점도 고려에 넣어야 할 것이다. 중앙에 가기를 거부하고 변방에 남는다고 자유로운 개인이 보장되지는 않기 때문이다.

소설 제목 『처음이자 마지막, 끝이고 시작인 이야기』로도 짐작할 수 있듯이 이 작가의 역사인식은 직선적이기보다는 순환적이고 낙관적이기보다는 비관적 색채로 물들어 있다. 순환적인 역사인식 그 자체가 옳거나 그른 것은 아니다. 다만 그러한 역사인식이 자칫 패배주의 내지 허무주의로 기울 수도 있음은 경계해야 하리라고 본다. (1990)

『경마장 가는 길』은 새로운 소설인가

─하일지『경마장 가는 길』

신예작가의 처녀장편이 문단 안팎에 작은 파문을 일으키고 있다. 자본주의 사회에서 한 작품이 긍정적이든 부정적이든 독서계에 유다른 반응을 불러일으켰다는 것은 그 작품에 어떤 문제성·화제성이 잠복해 있다는 사실을 증명해주는 만큼 하일지의『경마장 가는 길』(민음사)이란 소설은 일단 출판전략 면에서는 성공적이었다고 할 수 있겠다. 그러나 이 작품이 유발시킨 문단 내의 열기 내지 소란이 곧 이 작품의 문학적 성취를 보장해주지는 않는다.

먼저 우리는 저널리즘과 출판광고에 의해 이 작품에 씌워진 환상 중의 하나인 '새로운' '이색적인' '기존의 한국 소설과 전혀 다른' 과 같은 언급이 갖는 허구성을 지적해둘 필요가 있을 것이다. 이미 1980년대 이인성·최수철·박인홍 등의 작가들에 의해 하나의 흐름을 형성할 정도가 되어버린 작단의 한 경향을 염두에 둔다면 이 작품이 서술방식에서 보여준 특이함은 그리 참신한 것도 심각한 것도 아니라고 할 수 있다. 적어도 우리 문학의 두께는 이 작품에서 주인공 R이 그러하듯이 하루 동안 읽고 버린 한 권의 소설로 예단할 성질의 것은 아닌 것이다.

현재 긍정과 부정, 찬사와 매도의 교차로에 서 있는 것으로 보이는 이 작품의 가장 큰 특색은 인간이나 사물을 가급적 있는 그대로 재현하려는, 그러니까 주관적 판단이나 감정의 개입, 비유와 수식을 철저히 배제한 채 R의 오관에 포착된 외부현실만을 집요하게 묘사해나가는 방식에 있다고 할 수 있겠는데, 우리는 여기서 이 작가가 추구하는 이러한 객관적 묘사가 과연 어떤 문학적 효과를 거두고 있는지 따져볼 필요가 있다.

　상식적인 이야기이지만 우리는 눈앞에 놓여 있는 책상 하나를 설명하는 데 단 한 문장을 소비할 수도 있고 책 한 권의 분량을 필요로 할 수도 있다. 어떤 쪽을 선택하느냐 하는 것은 전적으로 작가의 관점과 의도에 달린 것이다. 작가는 소설 말미에 붙인 '작가의 말'에서 자신의 소설이 궁극적으로 노리는 것은 자유의 확대 — 여기서의 자유는 단순한 정치적 자유에서부터 사물에 대한 고정관념에서의 탈피에 이르기까지 다양한 뜻을 함축하고 있을 것이다 — 라고 말한다.

　그러나 이 소설은 바로 이 점에서 결정적 파탄을 내비치고 있다. 즉 이 작품은 철저히 R이라는 인물의 시각에만 매몰되어 인물묘사나 사건의 진행에 있어 균형을 상실한 편향성을 노출하고 있다. 작가의 분신이나 마찬가지인 R은 '진리의 담지자'처럼 그려진 반면 그의 아내는 한없이 우매하고 고루한 인습의 노예로, 정부인 J는 변덕이 심하고 허영심이 가득한 현대여성으로 나타나고 있다. 이것의 연장선상에서 R의 부모는 가난하지만 매우 성실하고 사리판단이 분명한 사람인 반면 중산층의 표본적 삶을 누리고 있는 J의 부모는 위선과 가족 이기주의의 화신으로 그려진다. 다시 말해서 작품 속의 모든 담론은 R의 정당성을 부각시키고 아내와 J 그리고 그녀의 가족을 부정적으로 평가하게끔 배분·축조되어 있다(페미니즘 비평의 입장에서 보자면 이 작품처럼 여성 이미지를 고도로 지능적으로 부당하게 취급하는 작품도 많지 않을 것이다). 기술적 측면에 있어서 이 작품이 보여주는 객관성은 인물의 형상화에 있어서 극도의 주관성과 상치되며 이는 작가의 애초 의도와는 달리 독자에게 어떤 자유를 선사해주기는커녕 작가가 설치한 일반통행로로 내몰리도록 구속한다.

물론 소설 속의 한 인물을 어떻게 형상화하고 어떤 평가가 내려지도록 유도하느냐 하는 것은 작가의 권한이라 할 수 있다. 그러나 R과 주위 인물들의 상호관계를 면밀히 검토해보면 우리는 R이라는 인물이 그렇게 옹호될 수만 있는 인물은 아니라는 점을 깨닫게 된다. R이 과연 아내나 J에 비해 도덕적 우위를 주장할 수 있을 만큼 처신했느냐 하는 점도 문제이려니와, 귀국 첫날밤을 호텔이 아닌 여관에 묵게 한 사실에 대해 분노한다거나 현대는 상표의 시대인 만큼 우리나라도 그럴듯한 상표를 탄생시키기 위해 재벌들에게 협력해야 된다는 식으로 말한다거나, 헤어지자는 J에게 그 대가로 돈을 요구하는 데서 볼 수 있듯이 R 역시 철저히 물화된 의식의 소유자이며 극도로 이기적인 인물이라 할 수 있다.

또한 이 소설 여기저기에서 한국 사회를 프랑스 사회와 견주어 비판하는 것도 그 비교가 지나치게 평면적이고 피상적인 차원에 머물러 있을 뿐만 아니라 그러한 비교의 단순성에 대한 자의식까지 결여하고 있다는 점에서 이렇다 할 공감을 자아내지 못하고 있다. 이처럼 자기자신에 대한 냉철한 검토를 수행하지 않은 상태에서 이루어지는 외부현실에 대한 비판은 곧잘 R이라는 인물의 자기기만과 태도의 희극으로 귀착되기 쉽다. 아울러 작품 후반부의 R과 J 사이의 지루한 실랑이는 우리 사회의 폐쇄성과 허위의식의 암유로 읽혀지기보다는 작품 전체를 개인적 원한의 발산으로 격하시키는 데 일조한 감이 없지 않다.

결론적으로 이 작품은 읽고 나면 고개를 두어 번 끄덕이고 치워버릴 작품이지 되풀이 읽기를 유도하는, 혹은 되풀이 읽기를 견뎌내는 작품은 아닌 듯싶다. 특히 어색하기 짝이 없는 대화체와 소설 곳곳에서 그리고 책 뒤에 붙은 '작가의 말'에서 느껴지는, 작가의 허세 섞인 오만함―마치 키 작은 가짜박사 J를 내려다보는 R처럼 작가는 한국 현실을, 한국 문학을, 나아가 이 소설의 독자를 굽어보고 있는 듯하다―은 작품이 주는 감동을 반감시킨다는 점에 유의해야 할 것이다. (1991)

숙성시키지 못한 채 펴낸 문제작
─ 구효서 장편소설 『비밀의 문』

내가 존경하는 한 문학평론가는 어느 글에선가 자신은 책을 읽다가 영 아니다 싶으면 벽을 향해 힘껏 내던지는 버릇이 있노라고 쓴 적이 있다. 그 평론가만큼의 뚝심과 열정을 갖추지 못한 필자로서는 마음에 들지 않는 책에 대한 최고의 예우는 그냥 조용히 덮어버리는 것에 지나지 않는다.

구효서의 장편소설 『비밀의 문』(해냄)을 읽어나가는 동안 나는 몇 차례 그냥 덮어버리고 싶은 충동을 느껴야 했다. 이는 이 작품이 아주 형편없기 때문에 그런 것은 아니다(그렇다면 군이 이 자리에서 이 작품을 거론할 필요도 없을 것이다). 오히려 이 작품은 많은 미덕을 갖고 있고 상찬받을 수 있는 요소를 두루 내장하고 있다. 이 작품만큼 작가의 의욕과 야심으로 충만한 소설도 요즘 보기 쉽지 않은 게 사실이다. 또 『추억되는 것의 아름다움과 슬픔』이나 『낯선 여름』 같은, 작가가 이전에 쓴 어이없는 실패작에 비하면 이 작품이 거둔 성과는 나름대로 인정해 줄 만한 구석이 적지 않다.

그럼에도 내가 이 작품에 불만을 갖는 이유는 더 뛰어나고 고급한 소설이 될 수도 있을 문학적 재료를 가지고 작가가 지금 우리가 볼 수 있는 정도의 수준에 머무는 화제작을 한 편 완성하고 말았다는 데 있다. 좀더 오랜 연마와 숙성을 거쳐 나왔어야 될 작품이 지나치게 성급하게 선을 보였다는 안타까움⋯⋯

예컨대 1권 중간 부분에 작중인물이 옥천사에 도착한 첫날, 저녁을 먹지 않아 "사투라고 해도 결코 지나치지 않을" 극심한 배고픔에 시달리는 대목이 나온다. 그런데 이틀 후 그는 동자승을 유혹하기 위해 자신의 숄더백에서 핫브레이크를 꺼내준다. "어쩌다 끼니때를 놓치기라도 하면 그것은 아주 훌륭한 요기가 되"기 때문에 여행을 떠날 때는 반드시 준비한다는 언급과 함께. 이를 단순히 디테일상의 사소한 실수로 봐야 할까. 작가가 작품을 '건성'으로 쓰지 않으면 발생하기 어려운 착오가 아닐까.

아울러 다음과 같은 경박 치졸한 비유도 그의 소설 읽기를 방해한다. "벽에 등을 바짝 붙이고(⋯⋯) 안의 기척을 살폈다. 다이하드의 브루스 윌리스처럼." 그의 소설에서 종종 마주칠 수 있는 이런 문장은 신선한 감각이나 기발한 비유와는 거리가 멀며 오직 '작가의 나태'를 증명해줄 뿐이다.

또 「아육왕상전」을 읽고 공식역사의 허구성에 눈뜬 작중인물이 모든 언술행위에 대한 절망에 사로잡혀 '회자'라는 비밀모임이 주도하는 환각과 도취의 세계에 빠진다는 설정도 지나치게 기계적이고 작위적이라는 혐의에서 자유롭지 못하다. 그 결과 소설 전반부의 아육왕상전을 둘러싼 이야기와 후반부의 회자에 관련된 이야기가 서로 겉도는 느낌을 안겨주고 있다. 회자라는 비밀집단의 존재나 그들이 자기들만의 부호를 사용해 교신한다는 내용은 토머스 핀천의 『제49호 품목의 경매』에서 빌려온 듯한데 이 역시 치밀성이 부족하다. 그런 규모의 지하집단이 그토록 엉성하고 허술하게 외부에 노출되어서야 비밀집단이라고나 할 수 있을지 회의가 드는 것이다.

아마도 이 작품이 제시하고 있는 주제의 깊이나 소재의 크기는 한 작가의 일생에 걸쳐 한두 번밖에는 대면할 수 없는 것임에 분명하다. 그것이 소중한 만큼 이 작품이 노정하고 있는 부실함은 더욱 눈에 거슬린다. 바라건대 나는 작가가 이 작품을 전면 개작하여 보다 완성도 높은 작품으로 환골탈태시켜주기를 기대한다. 작가 개인을 위해서가 아니라 초라하기 그지없는 세기말의 한국 문학을 위하여. (1996)

폐허를 찾아 떠나는 여정

— 윤대녕 『추억의 아주 먼 곳』

윤대녕의 소설은 아슬아슬하게 삶의 심연을 비켜간다. 그의 작품을 유심히 들여다보면 그가 견고한 듯하지만 실은 텅 비어 있는 삶 혹은 세계의 실체를 나름대로 날카롭게 파악하고 있다는 것을 알 수 있다. 그러나 그는 그것을 정면에서 응시하고 그것과 대결해 나가기보다는 애써 먼 곳에 시선을 던진 채 심연의 가장자리만을 배회하는 문학적 태도를 견지해오고 있다.

그는 우리를 둘러싸고 있는 현실의 부당함과 편협함을 끊임없이 일깨우고 그런 현실 저편에 있을지도 모르는 또 다른 삶-세계를 손짓해 보이지만 주어진 현실을 전면적으로 거부하거나 전복하는 모험에 몸을 던지지는 않는다. 그는 심연 깊숙이 뛰어드는 대신 그 언저리에서 성찰과 몽상을 거듭함으로써 구제불능한 삶을 심미적 대상으로 승화시킨다. 그의 소설이 비교적 편안하고 부담없이 읽히는 것은 그의 등장인물이 기존 현실에 등을 돌리고 먼 곳을 지향하다가도 결국엔 다시 현실로 돌아오는 원환의 궤적을 그린다는 사실과 무관치 않다. 독자들은 그의 등장인물과 더불어 잠시 무사한 귀환이 보장된 일탈의 여정을 떠났다가 원래 그 자리로 돌아오게 되는 것이다. 흔히 '시원으로의 회귀'라고 일컬어지는 이 작가의 개성적인 문학세계가 참다운 현실극복의 소산이 아니라 변형된 현실순응으로 퇴행할 수도 있다는 혐의가 제기되는 것도 그 때문이다.

최근 출간된 이 작가의 장편소설 『추억의 아주 먼 곳』(문학동네) 역시 이 작가의 이러한 특성과 한계가 여실히 발휘된 작품이라 할 수 있다. 이 작품에서 작가는 새로운 세계의 개척보다는 지금까지 천착해온 주제를 한 단계 더 깊이 파들어가는 노력을 경주하고 있다. 그에 따라서 이 작품은 전형적인 윤대녕적 모티프와 신화소가 집대성된 소설이며 결과적으로 이 작가의 문학적 한 주기를 마감하는 성격을 띠고 있다. 이 작품에서도 작가는 서정적이고도 환상적인 문체, 섬세한 이미지를 통해 존재의 내면을 천착하는 독특한 수법을 선보이고 있다. 또 젊은 남녀의 만남과 헤어짐을 특유의 신비스럽고 몽환적인 분위기에 감싸 제시하는 소설작법 역시 여전함을 볼 수 있다.

소설은 어느 날 문득 찾아와 문 앞을 서성이는 낯익은 여자의 발소리로 시작된다. 이 느닷없는 방문에 주인공은 그런 걸음새를 가진 여자 하나를 떠올린다. 2년 전 이별의 예식도 없이 떠나갔던, 한때는 주인공의 연인이었던 여자. 그녀는, 작품 속의 시적인 표현에 따르면, "세상에서 가장 먼 곳으로 가고 싶다던 여자. 태양이 없는 나라, 시간도 얼어붙은 나라, 불빛도 인기척도 없는 나라로 가고 싶다던 여자"였다. 그녀와 헤어진 후 얼마간의 시간이 흐르자 주인공은 마음을 수습하고 다른 여자를 만나 사귀게 된다. 그러나 어느 날 갑자기 발소리로 돌아온 과거의 여인에 대한 기억은 주인공의 삶의 리듬을 엉키게 만든다.

실종, 자아분열, 그리고 폐허를 향한 동경 등은 어느 정도 친숙해진 윤대녕 특유의 소설적 장치들이다. 그는 이 작품에서 이들을 적절히 배합하여 메마른 현실 저편에 자리잡은 다른 삶-세계에 대한 희원을 절실하게 음각시켜 놓고 있다. 그러나 추억 저편에 자리잡고 있는 풍경이 안개에 젖은 폐허의 항구 같은 곳이라는 데서 이 작가의 비관주의는 역력히 드러난다. 타성의 지배를 받는 현실 세계도, 죽음의 침묵만이 존재하는 추억의 세계도 인간이 진정 살 만한 곳은 아닐 것이다. 동어반복의 위험성에도 불구하고 윤대녕의 이 소설은 그가 가진 희귀한 재능을 다시 한번 음미할 수 있는 좋은 기회를 제공한다는 점에서 가치가 있다. (1996)

발가벗겨진 도시인의 자기도취
─무서운 신예, 김영하

무서운 신인이 한 명 등장했다. 올해초『리뷰』봄호에 단편소설「거울에 대한 명상」을 발표하며 등단했고, 최근『문학동네』가을호에「나는 아름답다」를 발표한 김영하가 바로 1990년대 우리 문단이 주목하지 않으면 안 될 '무서운 아이' 다.

이 젊은 작가의 가능성은 다음 세 가지 점에서 찾아진다. 첫째, 후기 산업사회의 몰락과 붕괴를 첨단의 도시적 감수성으로 날카롭게 포착해부한다는 점. 둘째, 악마적 관점에서의 세상 읽기를 통해 인간 속에 도사리고 있는 어두운 심연을 여지없이 폭로해낸다는 점. 셋째, 신세대에 대한 편견과 부합되지 않게 단순히 감각적 측면에 매몰되지 않고 아직 미진하긴 하지만 현상에 대한 반성적 사유와 성찰을 꾸준히 시도하고 있다는 점 등이다. 그런 의미에서 그는 전형적인 신세대 작가이지만 현재 문단에 포진하고 있는 신세대 작가들이 결여하거나 간과하고 있는 어떤 것을 갖추고 있는, 그래서 우리 문학의 지평선을 한 단계 더 넓힐 수 있는 가능성을 지닌 작가이다.

아직 출발선상에 서 있는 작가인 만큼 이 작가의 작품세계에 대한 본격적인 분석은 시기상조라고 할 수 있다. 그러나 이 작가의 문학적 탐침이 어디를 향하고 있는가를 예상해볼 수는 있을 것이다. 「거울에 대한 명상」과 「나는 아름답다」라는 두 편의 작품이 공통적으로 형상화하고 있는 것은 우리 사회의 나르시시즘적 증후군이다. 김영하는 이러한 자기중심적인 인간형이 현재 우리 사회에서 어떤 양상으로 존재하고 있는지 탐구하고 있다.

「거울에 대한 명상」에선 강변에 버려진 승용차 트렁크에 들어갔다가 갇혀버린 남녀가 어두운 공간 속에서 벌이는 무미건조한 성희와 대화를 통해 우리 시대의 불모성과 왜곡된 인간관계를 예리하게 들추어내고 있다. 또 「나는 아름답다」에선 한 사진작가가 여행중에 우연히 만난 한 여인과 하룻밤을 같이 지내면서 자신이 목표로 했던 죽음의 장면을 카메라에 담는 이야기를 통해 삶의 본능과 죽음의 본능 간의 착잡한 뒤엉킴을 보여준다. 이 두 편의 소설은 모두 이미지의 포로가 된 현대인의 자기도취와 자기기만을 섬뜩하게 발가벗기고 있다. 나르시시스트의 자기도취는 순식간에 자기증오로 뒤바뀔 수 있으며 현대인의 자기에 대한 배려 밑에는 자기에 대한 경멸이 숨어 있음을 이들 작품은 말해준다. 나르시스 신화가 암시해주듯 거울의 유혹은 죽음에의 초대이다. 타자를 자기 이미지를 투영하는 반사경으로만 여기는 현대인이 궁극적으로 도달하는 자리는 자멸일 뿐이라는 점을 그의 작품은 경고하고 있다. (1995)

유고소설집을 읽는 밤
─김소진『눈사람 속의 검은 항아리』

유고집에는 항상 기묘한 분위기가 감돈다. 유고집은 이미 지상에 없는 존재가 남기고 간 삶의 흔적을 모은 것이란 점에서 그것을 뒤따르는 사람의 마음속에 한없이 처연한 감정을 불러일으킨다. 의식하지 않으려 해도 죽은 자의 눈빛과 음성과 웃음소리가 자연스럽게 읽는 사람의 내면에 메아리치고 범상한 문장에도 왠지 저자가 죽기 직전 행간 속에 배치해놓은 죽음에 대한 예감이 깃들어 있는 것 같아 괜히 신경이 쓰이곤 한다.

아까운 나이에 세상을 타계한 젊은 작가 김소진의 유고소설집『눈사람 속의 검은 항아리』(강)를 읽을 때에도 머릿속으로 스치고 지나가는 이런저런 생각들 때문에 책에 쉽사리 정신을 집중할 수 없었다. 그의 질박하면서도 잘 다듬어진 문장들은 한사코 그가 이제 부재하는 사람이며 다신 자신의 육체를 되찾을 수 없게 되어버렸다는 사실을 증언하고 있는 듯했다.

아마도 이 작품집에 실린 열한 편의 중단편들이 한결같이 잘 짜여진 높은 완성도를 보여주는 작품들이라고 말하기는 힘들 것이다. 그가 채 완성하지 못하고 떠난 마지막 단편 「내 마음의 세렌게티」를 포함해서 이 작품집에 실린 작품들 가운데 몇몇은 구성이나 인물의 형상화에 있어서 무시해버리기 어려운 약점을 노출하고 있다.

그러나 그럼에도 불구하고 그의 소설은 강한 여운과 함께 읽는 사람을 사로잡는 힘을 보유하고 있다. 특히 1990년대 들어 온통 '참을 수 없는 존재의 가벼움'을 구가하는 데만 정신이 팔린 세태를 거슬러 그가 집요하게 형상화한 도시 서민들의 곤궁한 삶과 거대조직에서 낙오한 존재들에 대한 연민 어린 묘사는 그 자체로 희소성을 획득하고 있을 뿐만 아니라 1970년대의 이문구나 윤흥길의 작품 이후 끊어지다시피 한 우리 문학의 중요한 맥을 이은 작업이란 점에서 주시에 값한다.

아울러 이번 유고소설집이 보여주는 특성 중의 하나는 이전 작품집에도 드러났던 인간의 육체적이고 생리적인 측면에 대한 작가의 관심이 한층 강화됐다는 점이다. 대부분의 작품들이 먹고 배설하고 섹스하는 것에 대해 많은 지면을 할애하고 있다. 책의 첫머리에 실린 표제작 「눈사람 속의 검은 항아리」의 주인공이 철거 직전에 놓인 산동네의 무너진 집터에 들어가 항아리에 변을 누는 장면에서부터 마지막 작품 「내 마음의 세렌게티」에서 연수원에 입소하게 된 한 샐러리맨이 유서 쓰기 시간에 "이제 나는 세상의 똥으로 돌아갑니다"라고 토로하는 대목에 이르기까지 이번 소설집은 풍성한 먹을거리와 거름 냄새로 가득 차 있다.

그것은 아마도 민초들의 질긴 생명력에 대한 애정의 차원을 넘어 이 작가의 인식이 태어남과 죽음의 거대한 우주적 순환에 다다른 결과일 것이다. 그러나 육체성에 대한 과도한 강조는 그로테스크 리얼리즘이라고 일컬어지는 기괴한 세계로 치닫지는 않고 따뜻하면서도 정감 있는 김소진 특유의 화해의 공간을 구축하는 데 머물곤 한다.

김소진은 가고 지상엔 이제 그의 글만이 남아 있다. 누군가의 말대로, 죽음이 김소진에게서 앗아간 영원한 생명을 그의 글이 다시 우리에

게 돌려줄 수 있을까. 유고소설집을 읽는 밤은 쓸쓸하고 적요롭기만 하다. (1997)

아픈 젊음의 홀로서기 과정
—강규 『마당에 봄꽃이 서른번째 피어날 때』

『마당에 봄꽃이 서른번째 피어날 때』(세계사)는 1992년 『문예중앙』 겨울호에 신인문학상 당선작으로 발표된 작품을 작가가 장편소설로 전면 개작한 것이다. 처음 이 작품을 읽었을 때의 상큼한 뒷맛을 오래도록 인상 깊게 기억하고 있는 필자로서는 장편으로 훨씬 불어난 몸체를 하고 나타난 이 작품을 대하며 적이 불안감을 감출 수 없었다. 장편과 중편의 차이에 대한 섬세한 고찰과 숙련을 동반하지 않고서 이루어지는 소설 길이의 확장은 종종 작품에 치명적인 상처를 입히고 만다는 사실을 여러 차례 보아왔기 때문이다. 더욱이 이 작가의 화사하긴 하지만 때로 감상으로 추락하기도 하는 문체와 세계를 바라보는 시선의 허약성이 그러한 염려를 가중시켰다.

장편으로 탈바꿈한 『마당에 봄꽃이……』를 읽고 난 후 일차적으로 받은 인상은 이 작품 역시 중편으로 머물러 있을 때 갖고 있었던 활기와 완성도가 개작으로 인해 상당 부분 훼손됐다는 점이었다. 중편에선 나름대로 효과를 거두었던 두 시점의 병치는 장편에선 그 필연성이 훨씬 약화된 채 혼란스러움만 가중시켰다는 비판을 면하기 어려울 것으로 보인다. 삶의 비극성에 대한 통찰도 이야기가 늘어짐에 따라 그 예각성이 둔화되었으며 몇몇 인물들은 너무 쉽게 등장했다가 맥없이 퇴장한다는 인상을 주고 있다. 중편에선 여운을 남기는 점이 장편에선 결점으로 부각되고 있는 것이다.

이런 몇 가지 부정적 요소에도 불구하고 그러나 이 작품은 여전히 매력적이다. 무엇보다 그 매력은 이 작품이 1980년대에 청년기를 보낸 인물을 주인공으로 삼고 있는 태반의 소설들이 갖고 있는 경직성이나 상투성에서 성큼 벗어나 있다는 데서 온다. 의과대 동기생인 김은순과 윤철수의 22세부터 32세에 이르기까지의 생의 궤적을 추적하는 형식으로 펼쳐지는 이 작품은 단독자적 삶을 살아갈 수밖에 없는, 그러면서도 사랑과 우정과 연대에 목말라 하는 젊은 세대의 아픔을 선연히 드러낸다. 소설 속의 한 문장을 인용하자면 "세상은 자취없이 사라지며 우리들 각자는 자기 자신과 홀로 남는다." 소설은 그 홀로 남음의 운명에 대개는 순응하고 때로는 일탈하기도 하는, 그러다 결국에는 묵묵히 주어진 생을 받아들이는 두 젊은이의 통과제의적 여로를 묘사하고 있다.

행복이 먼 이국의 지명처럼 들리는 20대 초입의 나이에서 정의, 이상 같은 말보다는 출세, 성공 같은 말이 더 좋아지는 30대 초반에 이르기까지 두 젊은이가 보여주는 삶의 단락들은 그 자체로 많은 성찰거리와 예지를 제공해준다. 이 작가가 섣부른 달관이나 감각적 문체에 함몰되지 않고 세상과의 진지한 싸움을 계속해나간다면 우리는 아마도 1990년대를 빛낼 좋은 작가를 하나 더 갖게 될 것이다. (1995)

신선한 흡인력 지닌 감성소설

— 이응준 『달의 뒤편으로 가는 자전거 여행』

　문학사는 새로운 작가의 등장에 의해 그 활력을 부여받는다. 다른 분야도 그렇지만 문학 역시 긴장감과 역동성을 유지하기 위해선 부단히 안팎으로부터 제기되는 세대교체의 요구에 어떤 식으로든 응답을 해야 한다.

　1990년대도 반환점을 돌아 서서히 하향 곡선을 그리고 있는 지금, 우리 문학의 위상을 살펴볼 경우 뚜렷이 부각되는 사실 가운데 하나는 이제 우리 소설도 '신경숙과 윤대녕' 이후를 모색해볼 시점에 이르렀다는 점일 것이다. 과연 어떤 낯선 이름이 돌연 우리 앞에 나타나 문학의 가능성을 한 단계 더 확장 심화시키고 읽는 사람을 놀라움이나 감동에 젖게 해줄 것인가.

　개인적으로 나는 이제 막 지표를 뚫고 올라오는 몇몇 젊은 작가들을 주목하고 있다. 그중 한 명이 최근 창작집 『달의 뒤편으로 가는 자전거 여행』(문학과지성사)과 장편소설 『느릅나무 아래 숨긴 천국』(살림)을 펴낸 이응준이다. 이 작가의 경우 이야기에 동어반복이 많고 그 전개방식이 평면적이며 작품의 완성도 역시 기복이 심하다는 약점을 안고 있지만 그의 소설이 지닌 신선한 흡인력을 인정하는 데 인색할 필요는 없을 것이다.

그의 작품은 한마디로 '감성소설'이라고 명명할 수 있는 특성을 내포하고 있다. 그의 소설은 대개 20대 젊은이가 가족이나 이성 혹은 진로 문제로 방황과 고뇌를 거듭하다 다시 새로운 삶을 시작할 수 있는 의욕을 획득하기까지의 통과제의적 여정을 그리고 있는데, 중요한 것은 이러한 주제나 등장인물의 성격이 아니라 그것을 전달하는 언어와 감수성의 형질에 있다. 그는 대상을 자의적으로 심미화함으로써 서정적이면서도 목가적인 분위기의 조성에 탁월한 능력을 발휘하고 있다. 시적인 문장, 파스텔화 같은 장면묘사를 통해 작가는, 청춘은 아름답지만 조만간 부식될 수밖에 없으며 삶은 환멸연습에 다름아니라는 것을 들려주고 있다. 어쩌면 그의 소설은 우리 문학에서 신낭만주의라는 새로운 경향의 대두를 예고하는 징후인지도 모른다.

그러나 자폐적인 내면성의 탐닉은 소설을 무중력 상태에 방치해두는 위험을 초래하기도 한다. 그의 소설에서 사물은 몽환적인 안개에 감싸여 흐릿한 빛을 내뿜고 있으며 사람들은 그 안개 속을 흐느적거리며 지나가다 갑자기 사라지고 만다. 때문에 소설 속에서 등장인물의 방황은 화려한 수사에도 불구하고 그 치열함을 상실하고 있으며 고뇌 또한 아프다기보다는 달콤하게 받아들여진다. 그래서 그의 소설은 갈등 없는 세계에서 환부 없는 상처를 안고 사는 젊은이들의 성장의 기록이라는 인상을 준다. 아울러 감상으로 덧칠된 언어는 한편으로 감미롭고 다른 한편으로 쓸쓸한 울림을 주는 만큼이나 공허함을 자아낸다. 그것이 이 작가의 한계일까, 아니면 그가 속한 세대의 한계일까.

한수산과 이외수의 어떤 측면을 계승하고 있으며 무라카미 하루키의 초기소설의 영향을 짙게 받은 듯이 보이는 이 작가의 앞으로의 과제는, 그러므로 세상의 추한 알몸이 직시하는 일이 되지 않을지. 뛰어난 문학적 재능과 감수성을 타고난 그가 그 싸움을 미루고 관능적인 언어의 미끄럼질에만 몰두할 경우 그의 소설은 쉽사리 상업주의의 유혹 앞에 노출될 위험이 있다. (1996)

자발적 망명자의 세상 읽기
—고종석 『제망매』

　작가가 그 동네에서 제일 똑똑할 사람일 필요는 없다, 라고 말한 사람은 미국의 유명한 단편소설 작가 레이몬드 카버였다. 나는 이 명언을 정작 레이몬드 카버 소설에선 발견하지 못했고, 은희경의 창작집 『타인에게 말걸기』의 작가후기에 그 구절이 인용된 것을 보고서야 비로소 깊은 공감과 함께 몇 번이고 속으로 되뇌었다. 그래, 작가가 굳이 그 동네에서 제일 잘난 사람일 필요는 없는 법이지……(따라서 나는 지금도 이 구절이 카버의 무슨 작품 어디쯤에 나오는지 알지 못하고 있다. 어쩌면 카버의 에세이에 나오는 말인지도 모르겠다).

　글을 신성시하고 글쓰기가 한 개인의 입신출세와 긴밀하게 연결된 유교 문화권에 속해 있기 때문인지는 모르겠으나 우리나라 사람들은 소설가를 단순히 재미있는 이야기를 들려주는 사람 정도로 보기보다는 한 시대의 선각자요, 정치·경제·사회·문화 등 다방면에 걸쳐 뭔가 남과 다른 소리를 할 수 있는 능력의 소유자로 보는 경향이 강한 듯하다. 그래서인지 엄청난 영향력을 지닌 일간지 시론(時論)란을 메우는 데에 대학교수나 언론인 못지않게 작가가 매우 높은 빈도로 등장하는 것을 볼 수 있다. 하지만 사회가 점점 더 분업화되고 전문분야간의 장벽이 높아지면 질수록 작가가 나서서 할 수 있는 소리는 줄어들 것이 뻔하다. 작가 역시 시대적 지사나 사회적 교사 역할을 하는 것을 그만두고 자신이 서야 할, 그리고 설 수 있는 좀더 겸손한 자리를 찾아야 할 것이다.

그렇다면 최근 첫 창작집 『제망매』(문학동네)를 펴낸 고종석의 경우는 어떠한가. 한 가지 확실한 것은 그가 매우 똑똑한 사람이며 아는 것이 무척 많은 작가라는 점이다. 그가 과거에 모 일간지 문화부 기자로서 썼던 숱한 기사들과 요즈음 모 시사주간지에 기고하는 글을 떠올리면, 이러한 평가에 반론을 제기할 사람은 별로 많지 않을 듯하다. 무색무취한 글들이 객관성과 명료성을 가장하여 신문 지면을 장식해온 우리 언론 전통에 비춰볼 때 그의 기사는 그의 선배인 김훈의 기사와 함께 오래도록 기억되고 저작될 만한 가치를 지닌 글이었고 또 그만큼 파격적이었다. 그는 자신이 아는 것을 매우 즐겁게 속도감과 운치 있는 산문에 실어 출력할 줄 아는 흔치 않은 '신문쟁이'였다.

그런 그가 몇 년 전 프랑스에서의 언론 연수 체험을 바탕으로 쓴 장편소설 『기자들』을 펴냈을 때, 나는 마침내 올 것이 오고야 말았구나, 하는 심정과 함께 그 책을 펼쳐들었다. 그의 선배인 누가 그렇듯 그 역시 '기자'로서 '기사'만 쓰기에는 어려운 체질의 인물이었고, 소설가로 데뷔하는 것은 어느 면 그에게 예정된 일처럼 여겨졌었기 때문이다. 그러나 기대가 너무 컸던 탓인지 그의 첫 장편소설을 읽고 난 뒤의 인상은, 그저 그렇다는 정도였다. 소설이라기보다는 수기에 가까운 그 작품은 작가의 해박한 지식과 안목의 폭넓음, 사고의 자유로움을 보여주기에 충분했지만 어딘지 미진했다. 그것은 잘 쓴 산문일지언정 뛰어난 소설이라는 느낌은 주지 못했다. 참 아는 것도 많고 알고 싶은 것도 많은 사람이로군 하는 생각, 그리고 그것에 덧붙여 이렇게 아는 게 많으니 소설에 진력하기는 좀 어렵지 않을까 하는 막연한 의구심…… 이런 것들이 그 책을 읽고 난 다음의 내 머릿속을 어지럽게 떠돌아다닌 독후감의 편린들이었다.

그러나 그는 그 뒤 나의 이런 얕은 판단을 비웃기라도 하듯, 멀리 파리에서 상큼하면서도 무게 있는 단편소설을 연이어 공수해왔고 그때마다 나로 하여금 바쁜 일과 속에서도 문예지에서 그의 작품을 찾아 읽는 수고로운 기쁨을 누리도록 만들었다. 그리고 그렇게 발표된 다섯 편의 작품을 묶어 『제망매』라는 제목의 책으로 펴냈다. 기자 고종석에서 작가 고종석으로 변신이 완료되는 순간인 셈이다.

「제망매」「서유기」「찬 기파랑」「사십세」「전녀총 이여성 회장께 드리는 공개 서한」 등 이 창작집에 실린 작품들을 순서대로 다시 한번 읽어나가며 한 생각은, 또 한번, 참 아는 것이 많은 똑똑한 사람이다, 라는 거였다. 그러나 그 다음에 이어진 생각은 조금 달랐다. 그런데 소설도 잘 쓰네, 였던 것이다. 그렇다면 그의 소설의 어떤 점이 나의 고정관념을 뚫고 내게 그처럼 유의미하게 다가올 수 있었던 것일까.

대략 다음 세 가지를 들 수 있을 듯하다. 첫째, 그의 소설은 최근 여성 작가들의 활발한 활동과 여성적 성향의 남성 작가들의 득세(?)로 '감성주의적 편향성'의 징후를 노출하고 있는 문학 풍토에 적절한 해독제 구실을 해줄 수 있는 요소를 내장하고 있다는 점이다. 그가 이 소설집에서 일관되게 천착하고 있는 것은 민족과 국가, 이념과 개인, 남성과 여성의 대립구도 등에 대한 촘촘하면서도 세련된 사유이다. 그의 소설이 보여주는 성찰성은 부박한 감각과 감성에 의지한 소설들이 판치는 요즘 현실에 비춰볼 때 아주 희귀하고 값진 것임에 분명하다.

이러한 성찰성은 이 작가의 소설의 두 번째 특징인 '바깥으로의 사유'에 이어진다. 그는 모든 사물이나 사실을 내부자가 아닌 외부자의 시선으로 바라본다. 그는 민족이든 국가든 계급이든 혹은 남녀의 성별과 관련된 문제이든 간에 '전체'라는 것을 믿지 않는다. 그는 개인의 자유와 창의성을 위협하는 모든 조직과 사고와 이데올로기에 반대한다. 직장을 그만두고 파리에서 글만 써서 먹고사는 그의 실존 자체가 보여주듯 그는 '자발적 망명자'로서 세계를 바라보려 한다. 그의 개인주의와 자유주의는 아직도 유토피아적 사회공학에 대한 환상이 남아 있는 우리 사회에서 매우 유효한 지침으로 참조할 수 있다고 보여진다.

그의 소설의 세번째 특징은 그의 소설에 감도는 인간에 대한 따스한 신뢰이다. '전체'에 반대하고 '개인' 편을 든다고 해서 그가 인간들간의 유대와 보다 나은 사회에 대한 열망마저 버린 것은 아니라는 점이다. 「제망매」의 혜원이나 「서유기」의 정태하, 그리고 「찬 기파랑」의 기파랑에 대한 이 작가의 애정에 가득 찬 묘사와 서술을 보라. 사물과 인간을 투시하는 성찰적 시선에도 불구하고 작가의 관심은 차가운 분석을 넘어 인간들간의 따스한 정과 사랑에 더 많이 기울어져 있다.

우파가 됐든 좌파가 됐든 이 나라에선 사적인 것을 희생하고 공적인 대의를 위해 이바지하는 것을 높이 평가해왔고 소속원들에게 그것을 강요해오기도 했다. 그러나 다수 대중이 행진하는 방향이 항상 옳은 것은 아니다. 고종석의 소설은 우리에게 길들어진 사유의 위험성을 경고하고 사물이나 사실을 다른 각도에서 바라볼 수 있는 발상의 전환을 가져다준다. 느슨하고 평이한 듯하면서도 읽어나가다 보면 묵직한 감동과 함께 자신을 돌이켜볼 수 있는 계기를 제공해주는 고종석의 이번 소설집은 최근 우리 문학이 거둔 중요한 수확이라 할 만하다. (1997)

적막한, 몽롱한, 텅 빈

— 배수아에 대한 두 편의 글

삶의 비극적 무늬 섬세한 포착

배수아의 소설이 던져주는 인상을 한마디로 정의하자면 아마도 '적막한 아름다움'이 될 것이다. 그녀의 첫 창작집 『푸른 사과가 있는 국도』(고려원)에 실려 있는 일곱 편의 중·단편은 한결같이 외롭고 쓸쓸한 그러면서도 흡인력 있는 아름다움의 공간을 부조해내고 있다. 그녀의 작품은 한정된 인물들이 한정된 시공간에 등장해서 빚어내는 감정의 무늬를 극히 섬세하면서도 단아하게 그려낸다. 그런 점에서 배수아는 오정희에서 신경숙으로 이어지는 서정적 여성소설의 전통에 서 있다고 볼 수 있다.

데뷔작 「천구백팔십팔년의 어두운 방」에서 작가는 가을날 바닷가로 여행을 온 2, 30대 남녀들의 하룻밤 행적을 뒤따르면서 삶의 허망함과 부조리함을 음울하면서도 화사하게 드러낸다. 그 젊은이들은 함께 어울려 있음에도 불구하고 진정한 의사소통의 가능성이 차단된 채 고립된 개체들로 머물러 있다. 불행은 예고없이 찾아오고 진실은 조만간 허위와 자리바꿈하며 작중인물에겐 현재의 기록인 사진마저 남지 않는다. 모든 게 스쳐 지나갈 뿐이다.

삶에 대한 이러한 비극적 인식은 다른 작품에도 계속 되풀이되어 나타난다. 「엘리제를 위하여」에서 주인공 소녀는 어머니 임종 후 창턱에 두 팔을 괴고 어두운 밤풍경을 바라보며 이미 닫혀버린 자신의 미래를 예감하며, 「푸른 사과가 있는 국도」에서 주인공은 자동차를 타고 가다 자신도 언젠가는 먼지투성이의 길가에서 푸른 사과를 파는 초라한 여인이 될지 모른다는 생각을 한다. 인생은 사소한, 그러나 회피할 수 없는 불행으로 점철돼 있으며 작중인물들은 그런 불행에 선험적으로 익숙해 있다. "생은 변경될 수 없는 것으로 가득 차 있는 것"이다.

물론 주어진 삶의 내용을 바꾸고자 하는 모반의 몸짓이 전혀 시도되지 않는 것은 아니다. 그녀의 소설에 자주 나오는 즉흥적인 여행-외출 모티프나 「아멜리의 파스텔 그림」 「인디언 레드의 지붕」 같은 몽환적이고 이국적인 대상들은 틀에 박힌 일상 바깥에 위치한 세계를 향한 동경을 담고 있다. 그러나 이러한 내면적 지향은 조만간 일상으로의 회귀를 강제하는 현실 여건에 의해 저지당하고 작중인물들은 다시 우울과 상실감 속에 무기력하게 빠져들고 만다.

배수아의 소설은 1990년대의 우리 현실이 지난 연대와는 또다른 의미에서 여전히 출구 없는 미로요 불모의 공간임을 역설하고 있다. 삶 속에 잠복해 있는 불행의 기미에 대단히 민감한 이 작가가 앞으로 세기말의 어두운 터널을 통과하며 길어낼 후속작품들에 기대를 걸어보기로 하자. (1995)

한낮의 꿈처럼 몽롱한 분위기

배수아의 첫 장편 『랩소디 인 블루』를 읽고 나면 아마도 머릿속엔 다음 한 문장이 남을 것이다. "지나간 시간은 한낮의 몽롱한 꿈과 같다." 과연 이 작품은 전체가 한낮에 꾼 몽롱한 꿈 같은 분위기로 가득 차 있다. 많은 인물들이 등장해서 사랑하고 싸우고 헤어지지만 그들은 전혀 대지에 발을 붙이고 사는 사람이라는 인상을 주지 않으며 그들이 겪는 이러저러한 사건들 역시 흡사 신기루의 한 장면같이 비현실적인 빛깔로 감싸여 있다.

이 작품은 막 서른 살의 관문을 통과한 미호라는 이름의 여자가 열아홉 살 무렵과 스물네 살 무렵 겪은 일들을 회고하는 형식으로 구성돼 있다. 그녀 주위엔 오랜 별거 끝에 이혼하고 각각 새 살림을 차린 아버지와 어머니가 있고 그녀와 사소한 문제로도 자주 다투는 오빠가 있고 입시학원에서 만난 신이, 윤이, 신유리, 경운이 등이 포진하고 있다. 이밖에 고등학교 동창인 정이, 그녀와 사련에 빠졌다가 나중에 주인공과도 관계를 맺게 되는 미술 선생 김형식, 또 오케스트라의 아이라는 인물이 등장한다. 그러나 그들 모두는 순간순간 스쳐 지나가는 인상들의 단편만으로 드러날 뿐 통일성과 구체성을 갖춘 개별적 존재로 부각되지 못하고 있다.

작가는 이러한 등장인물을 통해 우리 시대 젊은이들을 사로잡고 있는 상실감과 허무감, 가치관의 부재를 말하고 싶어한 것일까. 젊은 날을 회고하며 주인공은 가끔 "변하고 있는 것들의 일회성, 영원히 그 순간에만 행복한 생의 장면들"을 되뇌지만 열아홉 살 때에도 스물네 살 때에도 주인공이 행복했다는 특별한 징후는 발견되지 않는다. 그들은 자신에게 주어진 삶을 한사코 견뎌내지 못하며 자기파괴 내지 자기방기에 극히 익숙한 몸짓을 해보인다.

물론 미호와 그녀의 오빠에겐 가족의 붕괴라는 비극이 주어져 있으며 신이나 경운에겐 가난한 계층의 상대적 박탈감이 자리잡고 있다. 그러나 이런 설명이 그들의 현실 부적응증이나 자포자기적인 삶의 방식에 이유가 되어주지는 않는다. 그들의 대응이라고는 "정말이지 내 주변에는 상관없는 일투성이야"라고 불평을 해대거나 "한없이 길고 느리게 계속되는 권태"에 탐닉하는 것이 고작일 뿐이다. 그들은 어른이 되는 것을 두려워하며 모든 책임으로부터 방면되고 싶어한다.

　그런 점에서 이 소설은 길 잃은 세대의 정체성 부재 현상을 감성적이고 감각적인 측면에서 그린 작품이라 할 수 있다. 작가의 예민한 감각은 주변의 사소한 사물이나 풍경에서 생의 거대한 공동(空洞)을 찾아낸다. 텅 빈 존재들이 텅 빈 세계를 편력하며 일으킨 모래먼지는 조만간 가라앉을 것이며 일상은 그냥 덧없이 흘러갈 것이다. 이제 배수아는 감성과 감각에 의존한 세계 이해를 넘어서 현실과의 보다 구체적인 싸움의 흔적을 보여주어야 한다는 과제에 직면해 있는 것으로 보인다. (1996)

강렬한 문체로 그린 파격의 미학

—전경린 『염소를 모는 여자』

젊은 여성작가 전경린의 소설은 강렬하다. 그 강렬함은 소설의 내용과 문체 양면에 걸쳐 있다. 그녀의 소설을 읽는 일은 그러므로 화염의 뜨거움을 참아내는 것과 비슷한 충격과 열기를 동반한다.

이 작가의 첫 소설집 『염소를 모는 여자』(문학동네)를 읽고 나서 맨처음 내 머릿속에 떠오른 단어는, 약간 엉뚱하게도, 일그러진 진주라는 뜻을 품고 있는 '바로크'라는 문예사전적 용어였다. 그녀의 소설은 일그러진 진주가 상징하듯 불균형한 아름다움 혹은 파격의 미학이라 할 수 있는 측면이 내장돼 있다. 그렇다면 무엇이 작가로 하여금 그러한 불균형 내지 파격을 낳게 만든 것일까. 아마도 그것은 모든 규범과 금기를 넘어서 끝간데까지 가보고자 하는 모험에의 의지일 것이다. 이 '끝간데'의 다른 이름이 그녀의 작품 속에선 종종 심연이나 벼랑 이미지로 등장하고 있다.

물론 작중인물을 에워싸고 있는 일상은 태평스럽게, 변화없이, 규칙적으로 흘러간다. 하지만 의식의 틈새를 비집고 머리를 쳐든 다른 세계, 다른 삶을 향한 욕망은 안락한 일상에 돌이킬 수 없는 균열을 일으키며 예상치 못한 방향으로 삶의 물길을 끌고 간다.

권태스럽고 환멸에 가득 찬 지금 이곳의 삶의 현실이라면 그러한 현실 저편의 세계는 몽환적인 신비의 빛깔을 머금고 있다. 그녀의 소설은 지금 이곳에 대한 거부를 표출하고자 할 때 섬뜩할 정도의 예리함을 획득하며, 현실 저편의 다른 세계를 그리고자 할 때 유순하고 서정적인 어조를 띤다. 작중인물들은 상반된 이 두 세계를 오가며 형벌처럼 자신에게 주어진 삶을 견딘다. 이 견딤이 막다른 곳에 이를 때 '찻잔 속의 태풍'은 돌연 세계를 산산조각 내는 화산의 폭발을 가져온다.

표제작 「염소를 모는 여자」를 보자. 서른 살의 관문을 통과한 한 가정주부가 광고지에 과외지도 광고를 낸다. 그러자 아무 연고도 없는 남자로부터 자신이 기르던 염소를 맡아달라는 부탁 전화가 자꾸 걸려오기 시작한다. 우여곡절 끝에 막상 염소를 데려다놓았으나 아파트에 어울리지 않음은 물론 남편도 싫어한다. 오직 박쥐우산을 쓰고 다니는 실성한 청년만이 밤에 염소 돌보기를 자청한다. 그 청년마저 정신병원에 끌려가고 난 뒤 그녀는 우산을 쓰고 염소를 몰며 비바람치는 아파트 단지를 빠져나간다. 여기서 염소가 문명에 순치되지 않은 야성의 자유와 욕망을 상징한다면 박쥐우산은 세상의 폭력과 위협으로부터 개인을 지켜주는 최소한의 보호막을 의미할 것이다. 우리 시대의 노라가 인형의 집을 벗어날 때 의지하는 것이 바로 이 두 가지라는 점은 매우 의미심장하다.

전경린의 소설에 등장하는 여성을 사로잡고 있는 결핍은 사회학적인 것인 동시에 존재론적인 것이다. 그 결핍이 불안정을 낳고 그 불안정이 그녀의 소설을 일그러진 진주로 만든다. 그 진주는 불온한 사랑의 모험 속에서 가장 찬연한 빛을 내뿜는다. 근친상간의 어두운 비밀을 배음으로 깔고 전개되는 「사막의 달」이나 다른 남자에 대한 열망을 숨기고 사는 여성을 그린 일련의 단편소설들이 그것을 증거한다. 어쩌면 이루어질 수 없는 사랑의 모티프가 그녀의 소설을 일그러진 진주로 보이게 만든 또 하나의 요인인지도 모른다. (1996)

3
산문의 향기, 산문의 매혹

공감의 비평가 김현

—고(故) 김현을 추모하며

롤랑 바르트의 말을 빌리자면, 우리는 우리가 사랑하는 것에 대해 말하기에 항상 실패한다. 따라서 이 글도 당연히 실패할 수밖에 없는 운명을 감수하며 씌어진다. 김현의 글과 사유는 내게 있어 내 바깥에 타자(他者)로 존재하는 그 무엇이 아니라 내 속에 자리잡고 나의 일부를 이루고 있다고 할 정도로 친밀한 것이고, 그런 만큼 나는 그의 문학세계에 대해 비평적 거리를 유지하기 힘든 어떤 숨가쁨을 느낀다. 약간 과장된 비유를 사용하자면 나와 동세대 젊은 문인들은 김현이 내쉰 숨을 들이마시며, 다시 말해 김현이 공급해준 정신적 자양분을 자기 것으로 육화하는 과정을 통해 성장해왔다고 할 수 있을 정도이다. 우리 주변을 충만하게 채우고 있던 그 숨결이 사라진 지금, 그에 대해서 혹은 그의 문학에 대해서 마치 하나의 고정된 사물처럼 이야기해야 한다는 것은 참으로 안타깝고 참담한 일이 아닐 수 없다. 더욱이 김현은 이미 완결된 사유체계의 소유자가 아니라 부단히 변모·생성해나가는 비평 정신의 소유자였기 때문에 그가 미처 완성하지 못하고 떠난 미지의 영역까지 염두에 넣으면 그의 타계가 우리 문학에 미친 손실은 참으로 치명적인 것이 아닐 수 없다고 하겠다.

문학청년의 열정과 서투름이 채 가시지 않은 처녀비평집『존재와 언어』에서부터 원숙함의 한 경지를 펼쳐 보인 최근의『분석과 해석』『시칠리아의 암소』에 이르기까지 20여 권에 달하는 그의 저작들은 하나같이 깊고 해박한 지식과 섬세한 분석력, 아름다우면서도 고도로 함축적인 문체가 삼위일체를 이뤄, 한국 비평문학이 도달한 한 정점을 보여주었고, 비평이 단순히 창작의 부산물 내지 사후 해명에 그치는 것이 아니라 비평도 곧 문학일 수 있다는 아니 문학이어야 한다는 지극히 원론적인 사실을 일깨워주었다. 특히 김현이 이미 대가의 위치에 올라선 1980년대에 들어서서는 그의 평론은 발표될 때마다 문단의 작은 사건이 될 정도로 파장을 불러일으키며 적지 않은 영향력을 행사하곤 했다.

그렇다면 무엇이 김현의 비평에 그런 힘과 생기 그리고 영광을 가져다주었는가. 이 점은 김현의 글을 1970년대 이후 한국 비평계의 또다른 지주로 구실하고 있는 민중문학 계열의 비평과 비교해볼 때 그 특질이 확연히 드러난다. 민중문학 계열의 비평은 대개 지도비평의 전형적 실례를 보여주는바 확고하기 이를 데 없는 역사주의적 신념을 토대로 문학과 삶의 여러 구성물들을 일정한 위계질서 하에 편집·배열해서 제시하고 각 국면에 필요한 결론을 도출해낸 다음 자신이 가리킨 방향을 향해 전진해나가길 강권한다. 따라서 이 계열의 비평은 문체에서부터 실제 내용 서술에 이르기까지 엄숙한 가부장적 분위기와 제스처로 가득차 있으며, 구체적 작품분석에서보다는 문학의 시대적 사명, 현정세에서 문학이 취해야 할 태도 등을 기술한 부분에서 더 빛을 발한다.

이에 반해 김현의 글 어디에서도 우리는 '나를 따르라'는 식의 발언을 찾아볼 수 없다. 그는 겸손하게 작품의 뒤를 따라가면서, 이 작품은 왜 좋고 이 작품은 왜 실패했는지 조용조용한 목소리로 지적해준다. '억압적인 사회에서 비억압적인 글쓰기'라는 그의 믿음은 그의 글의 형식적 측면에도 여실히 반영돼 있어서 독자들로 하여금 손쉬운 해답, 간편한 주장을 피해나가게 한다.

그러나 김현의 글이 높은 목청과 자기주장으로 이루어지지 않았다는 사실이 곧 문학에 대한 어떤 일관된 견해와 신념의 부재를 의미하는 것은 아니다. 김현은 주장하는 대신 대상이 되는 작품 속으로 스며들어, 작품을 해체하고 다시 재구성하는 정교한 과정을 통해 작품을 쓴 당사자도 눈치채지 못한 구조와 비밀— 그 은밀한 성감대를 드러내 보인다. 그런데 놀라운 것은 이러한 작품 해석 자체가 단순한 작품론이나 작가론에 그치지 않고 문학의 또는 비평의 진정한 모습과 기능을, 김현 자신이 애용하는 표현을 빌리자면 '시원적' 공간을 열어 보여준다는 점이다. 문학은 의미하기 이전에 존재해야 된다는 것을 김현은 비평을 통해 실현시킨, 우리 문학풍토에서는 희귀한 인물인 셈이다. 물론 이러한 설명은 자칫하면 김현의 비평을 보수적·정태적으로 보게 만들 소지가 있다. 또 그동안 김현의 비평관 내지 세계관에 '부르주아적 자유주의'라는 명찰을 붙여준 험담꾼이 없었던 것도 아니다. 그러나 김현은 진정한 전복적 사유는 그러한 사유의 생경한 주장·제시·강요에 있지 않고 전복적 사유를 글 자체를 통해 '실현함'으로써 달성된다고 말한다. 그가 내용/형식의 해묵은 이분법을 그토록 반대하고 내용이 곧 형식이며, 형식화가 바로 내용임을 힘주어 강조한 것도 그 때문이다. 그런 의미에서 김현은 형식주의자이지만 그 형식은 닫혀 있고 고정된 형식이 아니라 끊임없이 움직이며 변모하는, 그럼으로써 현실에 역동적으로 대응·관여하는 형식이다.

이러한 김현의 비평을 가리켜 '공감의 비평'이라 부르는 것은 당연하다. 진정한 공감은 '나'의 일방적 주장에 있지 않고 '너'에 대한 무조건적 투항에도 있지 않다. 진정한 '나'의 확립과 함께 '너'를 향해 나아가려는 부단한 노력, 자기반영에 머물지 않고 이타성의 확인과 교류로 이

어지는 힘든 시도, 바로 거기에 '공감의 비평'은 존재한다(김현이 여러 번에 걸쳐 자신은 나이가 들어서도 4·19세대로서 생각하고 반성한다고 고백한 것은 바로 이러한 뜻을 함축하고 있다고 보여진다. 즉 김현이 말한 4·19정신이란 민족주의나 민주주의 같은 특정한 이념형을 의미한다기보다는 세계와의 원초적 만남에 있어서, 인간이 취하는 태도 바로 그것을 가리킨다고 판단된다. 4·19는 단순한 성공이나 실패를 넘어서 우리 민족에게 처음으로 자아의 확립이란 문젯거리를 던져준 사회적 현상이었고 이것의 문학적 구현 중의 하나가 바로 김현 비평인 것이다).

물론 김현의 비평세계가 단순히 작품의 정치한 분석에만 머물렀던 것은 아니다. 그는 당대 문학에 대한 수준 높은 해설가에 만족하지 않고 김윤식과 더불어 『한국 문학사』를 기술함으로써 외국문학 전공자로서는 쉽사리 수행하기 힘든 작업을 성공리에 마무리지었으며 『한국 문학의 위상』에선 문학과 현실의 역학을 다면적으로 고찰한 끝에 "문학은 억압하지 않는다. 억압하지 않는 문학은 억압하는 모든 것이 인간에게 부정적으로 작용하는 것을 보여준다"는 유명한 명제를 끌어내기도 했다. 아울러 그가 『프랑스 비평사』 『르네 지라르 연구』 『제네바학파 연구』 『시칠리아의 암소』와 같은 저서를 통해 복잡다기하기 이를 데 없는 프랑스 현대 문예이론과 사상의 흐름을 일목요연하게, 그러나 교과서적 요약이 아닌 독창적 연구로서 우리에게 소개해준 공로도 잊어서는 안 될 것이다.

하지만 이 모든 작업의 성과를 다 제쳐두고라도 김현을 김현이게끔 만든 가장 중요한 요소는 역시 그의 탁월한 작품 감식력에서 찾아져야 할 것이다. 그는 동시대 누구보다도 새로운 경향, 뛰어난 작품을 가려내고 부각시키는 데 천부적이었다. 김현의 비평은 품질의 보증수표에 다름아니었으니 김현과 정반대되는 문학관의 소유자의 작품조차 그 진가를 대중에게 이해시키는 데는 김현의 비평이 절대적 힘을 발휘하는 경우가 종종 있었다.

1970년대 이후 한국 문학은 김현의 글 속에서 자신의 얼굴을 발견하곤 했다. 이제 그 거울은 사라졌다. 아마도 상당 기간 한국 문학은 척도를 상실한 뒤의 혼돈을 경험할 수밖에 없으리라. 분명한 것은 김현의 죽음과 함께 한국 현대문학의 한 장도 막을 내렸다는 사실이다. (1990)

탐미적 허무주의자의 순례기
—김훈에 대한 세 편의 글

정비, 고요한 비상에 대한 동경

  김훈의 산문집 『선택과 옹호』(미학사)가 출간되었다. 에세이집이란 이름을 달고 출간되는 책은 많아도 진정 에세이라는 말의 본래 의미에 걸맞은 내용과 품격을 갖춘 책은 보기 드문 우리 시대에 이 책은 청량한 감동을 전해준다.

  김훈은 결코 대중적인 작가는 아니지만 문단과 언론계 일각에서 그의 존재는 가히 신화적이라고 할 수 있다. 그는 이 땅에서 처음으로 문학저널리스트라는 말을 가능케 한 사람이라고 할 수 있다. 도식적이고 규격화된 천편일률적인 문학기사가 극히 당연시되던 시절 그가 모 일간지를 통해 선보인 문학기사는 그야말로 경이로움 그 자체였다. 아니 신문기사가 이렇게 씌어질 수도 있구나 하는 감탄과 이런 글이 과연 객관성과 명료성을 생명으로 하는 신문에 기사로 실릴 수가 있는가 하는 의구심을 동시에 자아냈다. 그만큼 그의 기사는 충격적이었고 그후 후배 문학기자들에게 한 전범으로 작용했다. 오로지 김훈의 글을 읽기 위해 그가 봉직하던 신문을 정기구독한다는 문인도 여럿 있었다.

신문기사로서 파격적이었던 그의 글은 그렇다고 엄밀한 의미에서 비평이라고 하기에도 어려운 성격의 글이다. 그의 글의 특성은 주관성에 있다. 그는 객관성을 가장하려 하기보다는 어떤 작품 혹은 어떤 사물이나 풍경이 자신의 내면에 일으킨 파문을 문장에 고스란히 실어서 내보낸다. 그 파문이 다시 독자의 내면에 일어나는 파문으로 전염될 때 그의 글은 성공한다. 우리는 흔히 '폐부를 찌르는' 이란 상투어를 자주 사용하는데 김훈의 글이야말로 읽는 사람의 폐부를 찌르는 글이라고 할 수 있다.

이처럼 쓴 사람과 읽는 사람 사이에 공명 작용을 일으키는 정서적 감응력 밑에 김훈 특유의 탐미적 허무주의가 도사리고 있다. 그의 글을 채색하고 있는 온갖 수사와 지식과 허세에도 불구하고 그의 글이 궁극적으로 말하는 것은 삶의 정처없음과 소멸하는 것의 아름다움으로 귀결된다. 그의 글을 읽을 때 받게 되는 하염없는 쓸쓸함은 바로 이 탐미적 허무주의에서 연유한다.

이 점과 관련하여 나는 이 자리에서 그가 들려준 인상적인 이야기 하나를 소개하고자 한다. 그것은 정비(靜飛)라는 낯선 단어에 관한 것이다. 고요한 비상, 정지한 듯 날아가는 비행, 이 말은 무슨 뜻을 함축하고 있는가. 저 먼 북쪽 나라에 사는 새들은 추운 계절이 다가오면 한 철을 깃들일 따뜻한 곳을 찾아 아래로 아래로 남하한다. 그중 한 무리는 시베리아에서 동쪽 해안을 타고 우리나라를 거쳐 동남아시아로 내려가고 다른 한 무리는 중앙아시아를 거치고 히말라야 산맥을 넘어 인도 쪽으로 내려간다. 그런데 이 철새 무리가 높은 산이나 광막한 바다를 만날 때 취하는 비행법이 바로 '정비'이다. 새는 보통은 죽지에 연결된 가슴뼈의 움직임으로 비상하지만 아주 먼 거리를 여행할 때에는 가만히 날개를 펴고 기류에 몸을 맡긴 채 예정된 공간을 통과한다. 사실 조그만

새가 근육이나 뼈의 힘으로 그 높은 산맥을 넘을 수는 없을 것이다. 거대한 장벽과 맞닥뜨린 새는 경망스런 날갯짓 대신 광대무변한 우주의 섭리에 몸을 의탁함으로써 목적을 성취한다.

이 에피소드는 탐욕스러운 독서가인 그가 분명 어느 책에선가 보고 자신의 상상력을 덧붙여 들려준 이야기임에 틀림없다. 그러나 이 이야기 속엔 인간 김훈이 동경하는 삶의 방식, 나아가 글쓰기의 형식이 암시돼 있는 것처럼 느껴진다. 그의 글엔 거대한 기류에 몸을 맡기고 '지금 이곳'이라는 허허로운 시공간을 가로지르는 한 존재의 긴장과 열정 그리고 지혜가 숨어 있다. 조금만 자세를 흐트려도 수천 미터 아래의 땅바닥에 내동댕이쳐질지도 모를 위험을 안고 그는 날고 있다. 그의 글의 표면을 관류하는 유유자적함 이면엔 실은 세상에 대한 원초적 허무와 절망이 입을 벌리고 있는 것이다.

『선택과 옹호』에 실린 글들은 고요히 멀리 날아가고자 한 새가 지상에 남긴 자취의 일부를 담고 있다. 때로 그 새는 시인이나 작가의 내면 공간을 스쳐 지나가기도 하고 때로 국토의 이곳 저곳에 발자국을 남기기도 한다. 물론 그가 선택하거나 옹호한 것에 동의하기 어려울 때도 있다. 그렇지만 그런 순간에도 그의 글이 뿜어내는 아름다움은 손상되지 않는다. 지금 이 순간에도 그 새는 막막한 세상 한복판을 초연하게 관통해 날아가고 있다. (1993)

세상과의 통정을 꿈꾸는 언어

신(神) 앞에서 모든 피조물은 다 암컷이라는 말이 있다. 이 말이 사실이라면 역으로 자연 앞에서 모든 인간은 다 수컷이라는 말이 가능할 수도 있을 것이다. 언어로 세계를 평정하고자 하는 글쟁이의 마음 깊은 곳엔 실은 언어로 세계를 범하고 싶어하는 불순한 욕망이 깃들어 있다.

김훈의 산문집 『풍경과 상처』(문학동네)는 자연의 몸 위에 자신의 육체를 포개고 싶어한 한 수컷의 편력의 기록이라 할 수 있다. 그가 이전에 펴낸 책과 다르게 이 산문집은 문학에 관련된 글모음이 아니라 그가 순례하듯 떠돌며 답사한 우리 국토 여러 곳의 풍경과의 만남을 스케치한 것이다. 그의 발길은 파주와 문산을 거쳐 전남 강진에 이르고 소래와 부안을 통과하여 경주 남산에 미친다. 그러나 그의 글은 단순한 기행문이 아니라 독창적인 사유인의 정신적 탐험기라 할 수 있다. 그 탐험의 끝에서 그는 항상 좌절과 절망만을 체험한다. 하지만 그 좌절과 절망을 딛고 쓰인 그의 글은 화사한 아름다움을 자랑한다.

책의 첫 장을 열면 저자가 어느 해 4월 벚꽃 핀 전군가도(全群街道)를 자전거로 달리다가 꽃잎이 쏟아져내리는 벚나무 둥치 밑에 자전거를 세워놓고 '열려지는 관능'에 진저리를 치며 나무둥치에 기대 앉았던 경험이 회상되고 있다. 이 진저리 속엔 살아 있는 것들이 어느 한순간 빚어낸 풍경의 아름다움에 대한 찬탄과 그 아름다움이 분명히 눈앞에 있는데도 불구하고 더이상 가까이할 수 없다는 것에 대한 안타까움과 그 아름다움을 완성하지 못하고 어떻게 해서든 자기 것으로 만들고 싶어하는 욕망의 하염없음에 대한 혐오가 한데 소용돌이치고 있다. 그리고 무엇보다도 그 아름다움이 영속하는 것이 아니라 조만간 소멸하고 말 것이라는 사실에 대한 슬픈 예감이 자리잡고 있다. 이처럼 김훈의 정교한 언어-성기는 세계 속으로 침투해들어가 세계와 살을 섞음으로써 도취와 열락의 순간에 빠지기도 하고 세계의 표면 밖에 내동댕이쳐진 채 그 아픔에 신음하기도 한다.

그래서 저자는 운주사를 돌아보면서 쓴 글에서 "꽃은 식물의 성기다. 여름의 꽃들은 그 치매한 천진성으로, 세상을 향하여 저들의 향기로운 성기를 자지러지게 벌린다"라고 그야말로 천진스럽게 언급하고 있으며, 정현종의 시를 살펴본 글에선 서두에 "세상과 사물의 가랑이를 벌려보자"라고 제안했다가 "그 가랑이는 결국 벌려지지 않은 것 같다. 억지로 하려니, 되는 일이 없다"라고 익살스럽게 결론 짓고 있다. 세상과의 은밀한 통정을 꿈꾸는 김훈의 언어는 그 대상에 따라 자유자재한 체위를 취한다. 화사한 대상 앞에선 더없이 감각적이고 장식적인 문장을 이루었다가도 쓸쓸한 풍경에 임해선 더없이 처연해진 계면의 음색을 띤다. 장엄함과 화려함, 단호함과 유연함, 찬란함과 덧없음과 같은 세상의 양면적 진실을 그는 어느 하나 버리지 않고 감싸안는다. 때문에 우리는 저자가 아무리 '진저리'를 치면서 삶에, 세상에 절망하고 허무에 침윤된 우울한 목소리를 들려준다 하더라도 거기서 이 세상에 대한 '속수무책의 사랑'과 '뜨거운 관능'을 발견할 수 있게 되는 것이다.

흔히 김훈이라는 이름 뒤에는 문학저널리스트 혹은 문학평론가라는 꼬리표가 따라붙는다. 그러나 그는 문학저널리스트나 문학평론가라는 호칭을 넘어서는 존재이다. 그는 '문장가'라는 예스러운 명칭이 어색하지 않은, 우리 시대의 몇 안 되는 글쟁이 중의 하나이다. 『풍경과 상처』는 우리 모국어가 도달할 수 있는 산문 미학의 한 단계를 보여주는 책으로 오래 기억될 것이다. (1994)

사원소의 교향악

우리 시대의 탁월한 산문가 김훈이 소설가로 변신했다. 그는 최근 문학계간지 『문학동네』 창간호에 장편소설 『빗살무늬 토기의 추억』을 발표하며 미답의 영역에 뛰어들었다. 김훈은 이미 『문학기행』 『내가 읽은 책과 세상』 『선택과 옹호』 『풍경과 상처』 등 여러 권의 산문집을 통해 독특한 사유와 작품 감식안을 보여준 바 있다. 특히 삶의 남루함과 힘

172

겨움이 고스란히 실려 있는 긴 문장으로 이루어진 그의 매혹적인 문체는 후배들에게 큰 영향을 끼쳐 '김훈체' 라는 말이 나올 정도였다. 따라서 그가 과연 소설이란 새로운 장르에서 어떤 성과를 거둘 것인지 하는 것은 관심의 대상이 되지 않을 수 없는 형편이다. 이 작품에서도 김훈은 산문에서 선보인 바 있는 인간과 세상에 대한 도저한 허무의식을 보여준다.

주인공은 화재 진압을 지휘하는 소방대장이다. 그는 이른 새벽부터 늦은 밤까지 부하들을 이끌고 불이 난 곳을 향해 달려가 화마(火魔)와 싸우는 임무를 수행한다. 작가가 묘사하는 화재 현장은 거의 전쟁터나 다름없다. 관창수들은 물줄기를 쏘아올리고 특공대원들은 도끼를 휘둘러 불타는 건물을 찍어 넘기고 사람들을 구조해낸다. 불과 연기와 아우성 속에 살이 타는 비릿한 냄새가 퍼져나가고 사지가 으스러져 나뒹구는 시체의 모습을 작가는 카메라처럼 집요하게 추적하고 있다.

그래서 이 작품의 진정한 주인공은 인간이 아니라 그 인간을 한계상황 속으로 몰아넣고 고문하는 자연의 지칠 줄 모르는 힘인 것처럼 느껴진다. 아울러 소설의 무대가 되는 현대의 대도시는 고대인들이 세계를 구성하는 사원소(四元素)로 생각한 물, 불, 공기, 흙이 서로 어우러져 빚어내는 거대한 교향악 내지 우주적 춤이 연출되는 터전이 된다. 그러나 작가는 사원소에 대한 끈질긴 천착을 통해 바슐라르식 몽상의 시학을 펼치지는 않는다. 그의 작품 속에 나타난 타오르는 불이나 휘몰아치는 바람 혹은 황량한 대지의 풍경은 바슐라르가 이론화한 것처럼 인간을 포근히 감싸주거나 부드러운 꿈의 세계로 인도하는 것이 아니라 잠시도 쉬지 않고 그를 위협하고 끝내 그를 아득한 허무의 심연 속으로 밀어 넣기 때문이다.

작가는 주인공인 소방대장이 무사히 임무를 마치고 귀가하여 잠깐 동안이나마 가족들과 식탁 옆에서 일상적 안락을 누리는 광경을 매우 섬세하게 그리고 있는데 이는 그러한 안락이 얼마나 광대한 불확실성과 위험에 둘러싸여 있는가를 역으로 드러내기 위해서인 것처럼 보인다. 작가의 눈에 비친 인간의 삶은 "죽을 때까지 자신이 나아가고 있다고 믿고 쳇바퀴를 돌리다 허무하게 죽고 마는 다람쥐"에 불과하다. 이 세상의 진정한 의미는 "인간의 시선이 가닿지 않는 먼 곳에서 표류하고 있을 따름"이다.

소설의 제목에 나오는, 고대인들이 남긴 토기의 빗살무늬는 아마도 이처럼 허허로운 무위의 공간을 흘러가며 인간이 남기는 안타까운 삶의 자취를 의미할 것이다. 그러나 그 자취조차 조만간 사라지고 지상엔 거대한 침묵만 남으리라는 것을 주인공은 불이 다 타고 난 뒤의 잿더미를 보며 뼈저리게 인식한다.

작가는 "나는 늘 말하여질 수 없는 것들에 관해 말하고 싶었다. 그리고 그것들은 결국 말하여지지 않았다"라고 이 작품을 쓰고 난 후의 소감을 밝혔다. (1994)

균형 잡힌 문학적 사유의 흔적
— 김주연 『사랑과 권력』

    중진 문학평론가이며 독문학자인 김주연 교수가 급변하는 시대 상황 속에서 우리 문학이 걸어가야 할 길에 대한 성찰을 담은 비평집 『사랑과 권력』(문학과지성사)을 펴냈다. 언뜻 대중적인 소설이나 방송극을 연상시키는 제목과 달리 이 비평집에 실린 글들은 대단히 무게가 있으면서도 균형 잡힌 사유의 궤적을 서늘하게 펼쳐 보여주고 있다.

    잘 알려진 대로 저자는 우리 문단에서는 보기 드물게 문학과 종교(특히 그중에서도 기독교)의 상호관계에 대해 깊은 관심을 기울여온 문학인으로서 그의 이러한 개성은 이번 비평집에서도 그대로 관철되고 있다. 『문학을 넘어서』 이후 저자가 지속적으로 탐색해온 신중심주의적 세계관에 바탕을 둔 문학적 실천을 향한 모색과 권면은 이제 이번 비평집으로 한 봉우리를 이룬 듯하며 이런 결과를 토대로 저자는 다시 새로운 단계로 도약하고자 하는 의욕을 표출하고 있다.

    여기서 새로운 단계란 세계관이나 문학관의 변화와 같은 근본적인 변모를 가리키지는 않는다. 저자가 꾸준히 제기해온 신중심주의적 세계관은 그대로 견지하되 이를 당위적인 차원에서 주장하는 데 머무르지 않고 구체적인 현실 및 작품과의 대조를 통해 검증 확인하고자 하는 노력을 말한다. 그런 작업을 통해 그는 우리 문학의 모자라고 왜곡된 면을 가차없이 비판하고 시급히 도입하고 바로잡아야 할 점을 지적해 주고 있다. 따라서 그의 글쓰기는 항상 극복해야 할 대상을 상정하고 이루어지는 대타의식이 충만한 행위가 된다. 즉 그는 포괄이나 절충보다는 명료한 배제와 선택을 선호하며 현실의 모순을 무화시키기보다는 치열하게 살아내는 입장에 서 있는 것이다. 그런 의미에서 그는 본질주의자이다. 그 본질주의는 신비주의로부터 신중심주의를 분리해내고 대중문화의 위협으로부터 문학의 본래적인 가치 — 창조와 사랑과 초월의 정신을 구출해내게 만든다.

나아가 그는 문학이라는 것 자체가 '운명론적인 모순'의 소산이라고 본다. 그 모순 역시 이중적이다. 먼저 신과 대중 사이에 찢겨 있는 작가의 존재론적 기반에서 기인한 모순이 있다. 작가는 신의 창조를 모방하는 자인 동시에 대중사회의 일원이기도 하다. 한편에 사랑과 초월이 있다면 다른 한편에 권력과 제도가 있다. 저자는 "사랑도 못하면서 사랑을 말하는 문학의 허세"를 겸허하게 자아비판하고 "문학은 제도를 부수는 제도"라는 자칫 망각하기 쉬운 사실을 상기시킨다.

그러나 순응적인 대중문화나 억압적인 사회제도에 도전하는 것만으로 작가의 임무가 완성되는 것은 아니다. 문학은 그 어떤 제도나 권력과도 싸운다는 점에서 혁명적이지만 그러한 파괴와 저항이 작품이라는 실체를 통해 구현되어야 한다는 점에서 보수적이다. 이념적 진보와 형태적 보수라는 모순을 또한 문학은 견뎌내야 하는 것이다.

과연 총론이라 할 수 있는 1부에 이어지는 2부의 시인론과 3부의 소설론에서 저자는 이 두 가지 모순과 성실히 싸워온 시인, 작가들의 발자취를 뒤쫓으며 그 문학적 성과를 엄정하게 평가하고 있다. 다양한 연령층의 작가를 두루 넘나들며 분석하는 저자의 작업을 보노라면 우리는 비평이란 영원히 '젊음'의 행위일 수밖에 없다는 사실을 깨닫게 된다. 김주연, 그는 여전히 젊고 여전히 단호하다. (1995)

신세대 비평의 현주소

―권성우·우찬제·이광호 평론집

『비평의 매혹』『욕망의 시학』『위반의 시학』― 흔히 신세대 비평의 대표 주자로 거론되어온 권성우·우찬제·이광호가 최근 펴낸 문학평론집의 제목들이다. 요즘 평단에서 가장 활발하면서도 도전적인 목소리를 들려주고 있는 이들의 처녀평론집은 풍문과 오해에 둘러싸인 채 극단적인 평가를 받아왔던 1990년대 문학이 이제 베일을 벗고 그 실체를 드러내기 시작했다는 사실의 한 단면으로 받아들여진다. 왜냐하면 이들의 평론집은 모호함과 불확실함으로 특징지워졌던 1990년대 문학의 다양한 가닥을 정리하고 그 역사적·사회적 원천과 계보를 성실하게 밝혀내고 있기 때문이다.

이들은 1980년대라는 '살육과 야만의 시절'에 문학적 할례식을 거쳤으며, 권위주의 정권의 붕괴와 소련 및 동구 사회주의권의 몰락과 함께 사회에 진입했다. 전혀 상반된 성격의 이 극단적인 경험이 이들의 글쓰기에 미친 영향의 강도를 짐작하기란 어렵지 않을 것이다. 이들은 진리의 단일성을 믿기엔 지나치게 영민하며, 그렇다고 진리 추구를 포기하고 허무주의에 탐닉하기에는 지나치게 건강하다. 계몽의 불꽃과 쾌락의 속도전 사이에서 이들의 글쓰기는 조심스럽게 진행돼왔으며 이는 앞으로도 상당기간 변함없이 지속될 전망이다.

이들의 글쓰기가 가닿은 지점은 권성우의 경우 동경·대화·진정성·다원주의 등이며, 우찬제의 경우 욕망·권력·정보·주체 등이며, 이광호의 경우 맥락·징후·전략·일상 등이다. 이러한 '열쇠어'들은 그러나 어느 한 사람의 독점물이 아니라 서로 겹치며 엇갈리는 공동의 탐구대상이라 할 수 있다. 작품을 관류하는 내밀한 정신과 일체가 되기를 열망하는 권성우의 글쓰기는 후기산업사회의 각종 징후를 예각적으로 분석하는 우찬제의 글쓰기와 어느 틈에 조응하며 다시 냉철한 논리로서 위반과 전복의 상상력을 부추기는 이광호의 글쓰기와 합류한다. 이들은 각자 나아가고 있지만 그 전진은 보다 높은 지점에서 보면 동일한 세대의 글쓰기라는 테두리 안에 포함되는 것이다.

현재 우리 평단은 1980년대의 미국과 비슷하게 '황무지에서의 비평'이 되어가는 조짐을 보여주고 있다. 이념 투쟁이 종언을 고하고 마땅한 작품이 나오지 않는 상황에서 현학 취미에 빠지지 않은 창조적 비평을 밀고 나가기란 여간 어려운 일이 아니다. 그런 점에서 이들 세 젊은 평론가는 1990년대 우리 문학의 작은 희망이다. 그들이 과연 황무지에 어떤 길을 닦아낼 수 있을지 지켜보도록 하자. (1993)

미술작품에 묘사된 '성과 사회'
—이섭 『에로스 훔쳐보기』

한 프랑스 비평가의 재치 있는 말을 빌린다면 "육체에서 가장 선정적인 부분은 옷이 하품하는 곳"이다. 살짝 드러난 속살, 틈새 ─ 바로 이것이 모든 매혹의 원천이다. 뒤집어 이야기하면 성적 욕망은 바로 보기보다는 훔쳐보기에 의해 조장된다. 나타남과 사라짐, 금지와 위반이 엇갈리는 짧은 순간이야말로 장난꾸러기 신 큐피드가 날개를 펼 수 있는 절호의 기회인 것이다.

그러나 역사는 때로 바로 보아야 할 것을 훔쳐보거나 훔쳐봐야 할 것을 바로 봄으로써 발생하는 여러 불상사를 전해주고 있다. 최근 간행물윤리위원회와 출판사-저자 간의 공방전으로 세인의 관심을 끌었던 『에로스 훔쳐보기』(심지) 역시 이러한 맥락에서 살펴볼 수 있는 책이다.

제목과 달리 저자는 훔쳐보는 것으로 치부돼왔던 것을 정면에서 바라보는 모험적인 노력을 보여주고 있으며 바로 거기서 건강한 불온성을 획득하고 있다. 이와 반대로 간행물윤리위측은 바로 보면 그것으로 충분할 것을 수고스럽게도 훔쳐보아야만 되는 것으로 내몲으로써 스스로의 입지를 축소시켰다는 비판을 면하기 어려울 것으로 보인다.

저자는 이 책에서 선사시대의 암각화에서부터 현대의 팝아트에 이르기까지 99편의 작품에 묘사된 에로티시즘을 통해 성과 미술 그리고 사회의 상호관계를 쉽게 풀어보이고 있다. 비전문가의 입장에서 이 책을 일독하고 느낀 점은 대담한 도판도 없지 않았지만 전체적으로 매우 신선하고 균형 잡힌 인상을 주었다는 점이다. 따라서 이 책은 미술에 관한 대중적 교양서가 부족한 우리 실정에 비춰볼 때 유익한 읽을거리가 될 것으로 여겨지며 성에 대한 우리 사회의 이중적 관점을 해체시키는 데도 일정한 역할을 해낼 수 있을 것으로 기대된다.

그러나 성과가 적지 않았던 만큼 오류도 더러 눈에 띄었다. 영화 「길」의 여주인공 젤소미나를 메소미나(90쪽)로 표기한 것은 교정 실수라고 쳐도 프랑스 작가 플로베르를 프라우베르트(209쪽)라고 한 것은 납득하기 어려웠다. 그리스 신화에 대한 저자의 무지도 여러 군데서 발견됐다. 구스타프 클림트의 그림 「다나에」(19쪽)에서 다나에를 둘러싼 것은 '화려한 장식'이 아니라 황금비로 변신한 제우스이다. 존 반덜린의 「넥소스 섬에서 잠든 아리아드네」(85쪽)에서 아리아드네는 저자의 설명과 달리 제우스의 아내가 아니라 디오니소스의 아내이다. 그리고 그림의 후경은 "배 한 척이 뭍에 닿아 뱃사람이 물가에 오르"는 것을 담은 것이 아니라 아리아드네가 잠든 사이 그녀의 연인이었던 테세우스가 배를 타고 떠나는 장면을 의미한다고 봐야 온당할 것이다. 또 장 뱁티스트 르노의 「파리스의 심판」(193쪽)을 설명하면서는 엉뚱하게 비너스를 베누스라고 표기하고 있다. "베누스는 이미 메넬라오스의 아내였던 비너스를 파리스에게 주었다"라는 우스꽝스러운 문장은 "비너스는 메넬라오스의 아내였던 헬렌을 파리스에게 주었다"로 고쳐야 할 것이다.

어쨌든 이 책의 출판을 계기로 '미풍양속' '청소년 정서에 악영향' 운운하는 우리 간행물윤리위의 현실감각도 정보화·세계화의 구호에 걸맞은 세련미를 얻을 수 있게 되기를 바란다. (1996)

동양화의 여백을 꿈꾸는 언어

—김화영 『바람을 담는 집』

　　1970년대 이후 우리 지성사의 흐름에 둔감하지 않은 사람이라면, 참으로 다양한 분야에서 다양한 형태로 개화된 김화영 교수의 지적 모험과 독특한 사유의 중요성을 감지했을 것이다. 불문학계에서 "더이상의 카뮈론은 없다"는 찬사를 받기도 한 박사학위 논문『문학상상력의 연구―알베르 카뮈 연구』는 길다고 할 수 없는 우리 현대 문학사에서 국내외 작가를 대상으로 씌어진 숱한 작가론, 작품론을 단숨에 침묵시키며 모름지기 문학에 대한 연구가 어느 정도의 깊이와 치열성, 그리고 해박한 지식을 동반해야 하는지를 알려주었다. 또 젊은 시절 지중해 연안에 머물며 쓴 산문들과 예술기행문인『행복의 충격』이나『예술의 성』이 안겨준 그윽한 동경과 낭만 역시 읽은 사람에겐 지울 수 없는 감미로운 추억으로 남아 있을 것이다.

　　그는 시인이자 문학평론가이자 불문학자이자 번역가이지만 이 모든 것을 통틀어 빼어난 산문가라 할 수 있다. 감상적인 넋두리에 머물지 않는, 그러면서도 다가서기 힘든 현학을 노련하게 자제하는 산문의 미학을 그만큼 탁월하게 체득하고 있는 작가도 드물다.『바람을 담는 집』

(문학동네)에도 그의 진지하면서도 경쾌한 삶의 태도와, 폭넓은 예술체험, 존재의 다채로운 이면과 관계의 미묘한 빛깔들을 새롭게 발견해내는 혜안, 그리고 삶의 조그마한 현상에서도 근원적인 느낌을 표현해내는 언어적 재능 등은 여실히 발휘돼 있다.

이 책에 실린 산문들을 일독하며 느낄 수 있는 점 중의 하나는 과학기술과 자본이 무소불위의 힘을 자랑하는 오늘날에도 인문주의의 참다운 가치와 역할은 조금도 퇴색하지 않았다는 점이다. 인문주의의 위기와 문학의 죽음이 운위되는 지금 이 시대에도 사람들에게 미래의 희망과 현실에 대한 뼈아픈 비판의 고언을 던져줄 수 있는 것은 바로 '전체적인 시각'을 잃지 않고 있는 인문주의와 문학이란 점을 이 책은 존재 자체로써 웅변해주고 있다.

이와 더불어 지적할 수 있는 또다른 특징은 그의 글이 매우 묘사적이라는 점이다. 그는 추억 속의 풍경을 더듬든 문학이나 영화, 미술 같은 예술 작품을 논하든 항상 대상을 언어로 재현하여 장면화하는 노력을 집요하게 기울인다. 그래서 그의 산문은 언제나 어떤 영상을 떠올리게 만들고 영상 속에 숨어 있는 의미를 되새기게 만든다. 이는 그의 상상력이 시간보다 공간에 특히 민감하게 반응하는 데서 잘 드러난다. 그가 예전에 펴낸 산문집 제목이 『공간에 관한 노트』이며 이번 산문집 제목에 '집'이 들어가 있는 것은 결코 우연이 아니다. 이 점은 허무하게 사라지는 시간의 선조적 흐름에 저항해서 삶 속에서 마주칠 수 있는 다양한 공간을 현재화·거점화하고자 하는 저자의 욕망을 암시해주고 있다.

그런데 김화영 교수가 동경하는 공간은 세속적 욕망과 열정으로 가득 차 있기보다는 흔히 동양화의 여백처럼 텅 비어 있는 공간이다. 파시스트적 가속도가 지배하는 이 세계에서 그는 고요와 평화, 그리고 휴식을 찾고 있는 것이다. 그러나 안팎이 자유롭게 통하는 텅 빈 공간을 꿈꾸는 그의 언어는 여전히 아름다움으로 충만해 있다. (1996)

우리 문학계의 우상 파괴 시도
— 임우기 『그늘에 대하여』

임우기라는 이름은 언제나 내게 두 가지 상반된 이미지로 다가온다. 그 하나가 엄청난 에너지와 남성적 활력, 기개 같은 것이라면 다른 하나는 섬세하고 여린 감성과 삶에 대한 하염없는 연민으로 가득 찬 수줍고 고독한 모습이다.

큰 덩치에 봉두난발을 하고서 며칠을 술로 보내기도 하는 그의 과격한(?) 몸짓 뒤에는 긴 우수의 그림자가 깔려 있다. 그래서인지 임우기라는 이무기 같은 사내에게선 승천하지 못한 용의 분출하는 힘과 내면적 고뇌가 진하게 풍겨 나온다.

우리 지식사회는, 1980년대와 1990년대를 일관해서 출판과 문학비평 분야에서 험한 길만 골라 걸으며 힘든 작업을 수행해온 그의 고집과 노력에 대해 마땅히 경의를 표해야 할 것이다. 그런 의미에서 그가 오랜만에, 정말 오랜만에 펴낸 평론집 『그늘에 대하여』(강)는 적잖은 감회를 불러일으킨다. 지난 몇 해 동안 솔 출판사 대표로서 좋은 책을 내기 위해 몸을 혹사해가며 동분서주하던 그이지만 그 바쁜 일과 속에서도 문학에 대한 순정한 열정과 진지한 천착은 조금도 소홀히 하지 않았다는 것을 이 책은 증명해주고 있다.

더욱이 이 평론집은 그 성격상 보통의 평론집과는 판이하게 다른 면모를 보여주고 있기도 하다. 저자는 일정 기간 청탁받아 쓴 원고를 적당히 장르별로 엮어 펴내는 일반적 방식을 따르지 않고 시종일관 일정한 주제를 파고드는 집중력과 돌파력을 보여주고 있다. 그 주제란 한국문학의 근대성에 대한 전면적이고도 근본적인 비판으로 요약된다. 잘 알려진 대로 이 땅에 '근대문학'이라는 게 이식된 이래 문인들은 줄곧 '모더니티에 대한 강박'에 짓눌려왔다. "현대적일 것, 절대로 현대적일 것"이란 한 서구 시인의 명제가 이 땅에선 후발주자로서의 복잡미묘한 열등의식과 맞물려 어떻게 해서든 서구의 근대를 따라잡아야 한다는 집단적 열망을 광범위하게 창출하기에 이르렀다. 때로 우리가 언제까지 '모더니즘의 망령'에 사로잡혀 있어야 하는가, 라는 비판이 제기되기도 했지만 대개 그것은 선언적 수준에 그치고 말 뿐이었다. 하지만 임우기는 우리가 당연시해온 근대문학의 패러다임을 의문에 부치고 있으며 그것을 뿌리에서부터 해체하고자 하는 과감한 시도를 보여주고 있다. 그의 우상파괴 작업은 거침이 없되 매우 주도면밀하게 실제 작품 분석을 통해 구체성을 획득하고 있다.

그는 근대 이후 우리 문학을 주도해온 서구 문예의 여러 개념들, 예컨대 형식·구조·이미지 같은 것들이 과연 작품의 창작과 평가에 있어 절대적인 위치를 차지할 수 있는가를 비판적으로 탐문하고 있으며 동아시아 사상에서 새로운 사유의 광맥을 찾고 있다. 이러한 시각은 암암리에 서구적 자유주의·인간중심주의·합리주의·로고스주의에 대한 비판을 동반하고 있는 것이기도 하다. 이번 평론집에 자주 등장하는 '그늘' '주름' '심연' '침묵' 등의 용어는 그가 서구적 문예개념에 대항해 새로운 문학적 패러다임을 구축해가는 과정에서 착목한 열쇠어들이다.

이런 새로운 문학적 프리즘을 통해 그는 김지하, 이문구, 김현, 기형도 등을 독창적으로 읽어내는 한편 우리 문학을 사로잡고 있는 근대의 망령을 축출하는 데 상당한 성과를 거두고 있다. 빛보다는 그늘을, 세련된 인공미보다는 투박한 자연 그대로의 생명력을 더 중시하는 그의 입장은 논리화되기 이전의 삶의 미세한 기미를 직관적으로 포착한 작가와 작품을 복권시키는 데 기여하고 있다.

물론 이 책 한 권으로 저자가 제기한 문체가 다 그 답을 얻은 것은 아니다. 그러나 이 책이 함축하고 있는 도전적인 문제의식은 앞으로의 우리 문학 연구와 창작에 적지 않은 그늘을 드리울 것으로 보인다. 그러나 불행히도 이 책에서 제기된 문제를 더 심화 발전시킬 인적 자원이 현실적으로 그리 많지 않다는 점에서 지상에 남은 이무기의 고독은 당분간 더 계속될 수밖에 없을 것으로 여겨진다. (1996)

두 사회학자의 영화 읽기

─김용호·이진경의 영화 에세이집

　많은 사람들이 지적했듯이 1980년대가 '이념'의 시대였다면 1990년 대는 '문화'의 시대이다. 거의 폭발적이라 해도 될 만큼 문화에 대한 사회 구성원의 관심이 증대하는 한편 문화연구가 젊은 층을 중심으로 붐을 이루고 있다. 그중에서도 가장 주목을 끌고 있는 분야는 역시 영화이다. 우리 영화계의 전반적 낙후성에도 불구하고 이 분야에 쏠리는 안팎의 열기 어린 시선은 놀라울 정도이다. 명실공히 영화는 1990년대 들어 문화의 왕좌에 올랐으며 여타의 예술 장르에도 막강한 영향력을 미치고 있는 것으로 보인다.

　하지만 우리 영화가 지금보다 더 나아지기 위해서는 적잖은 장벽을 넘어서야 한다. 그 가운데서도 시급히 필요한 것 중의 하나는 뛰어난 영화평론의 등장이라 할 수 있다. 수준 높은 비평이 동반되지 않은 상태에서 좋은 작품이 나오기를 기대하는 것은 어리석은 생각일 따름이다.

　물론 지금 우리 주위엔 영화평론가라는 직함을 달고 있는 사람들이 상당수 있다. 그러나, 약간의 결례를 무릅쓰고 말한다면, 그들이 발표하는 대다수 글들은 즉흥적인 인상기의 범주를 벗어나지 못하고 있다.

치밀한 분석과 깊이 있는 성찰 대신 영화를 보고 난 후 매체의 요청에 따라 쓴 짤막한 단평이 영화평의 주류를 차지하고 있다. 그것은 엄밀히 말해 본격적인 평론이라기보다는 소모적인 감상문에 지나지 않는다. 더욱이 그 길지 않은 글에 온갖 사상가의 이름과 현학적인 수사가 넘쳐나는 것을 보는 것은 짜증을 넘어 실소를 자아낸다.

그래서인지 얼마 전부터 문인들이 이 분야에 진출해 그 공백을 메워주는 역할을 하고 있다. 몇몇 시인, 소설가, 문학평론가들은 호사가적 관심을 넘어 영화 보기와 읽기에 대단한 정열을 쏟고 있다. 그러나 이들의 글 역시 김화영·도정일 교수의 평문을 제외하면 오랜 되새김질을 가능케 하는 참신하고 진지한 해석을 담고 있지는 못한 것 같다.

오히려 요즘 영화평론 분야에서 두각을 나타내는 사람들은 김종엽·이진경·주은우 같은 소장 사회학자들이라 할 수 있다. 특히 사회학을 전공한 이진경의 『필로시네마 혹은 탈주의 철학에 대한 7편의 영화』(새길)와 언론학을 전공한 김용호의 『와우』(박영률 출판사)는, 우리 시대에 영화를 대상으로 한 글이 도달한 가장 높은 수준을 구현하고 있다. 이들은 흔히 상업영화로 치부되는 작품들을 찬찬히 들여다보고 거기서 인간과 역사와 사회와 우주에 대한 다채로우면서도 일관된 사색거리를 도출해내고 있다. 즉 이들의 영화평론은 단순히 해당 영화의 소개에 머물지 않고 그 영화 속에 잠복된 주제와 그것이 현실과 맺는 관련성을 심층적으로 해석해내는 혜안을 보여주고 있다.

이진경은 「벽」이나 「블레이드 러너」「토탈 리콜」「모던 타임스」 등 일곱 편의 영화를 재료 삼아 프랑스 사상가 들뢰즈의 '탈주의 철학'을 쉽게 풀어보이고 있으며(그런 의미에서 이 책은 영화평론서인 동시에 흥미로운 들뢰즈 입문서이기도 하다), 김용호는 「스타트랙」「터미네이터」「서편제」「의천도룡기」 등의 영화를 넘나들며 특유의 '융합진화론'을 설파하고 있다. 이진경의 글이 영화를 통해 강고하기 이를 데 없는 자본주의 질서의 틈새로 빠져나가는 '바깥으로의 사유'를 실험하고 있다면 김용호는 대립과 경계와 반목을 넘어 이루어지는 상생과 화엄의 세계를 꿈꾸고 있다.

이들의 지적 모험은 영화 속에서, 영화를 통해, 영화를 넘어 진행된다. 진정 우리 영화에 필요한 것이 자본이 아니라 상상력이라는 진단이 맞는 것이라면 우리 영화비평에도 절실히 요구되는 것은 잡다한 영화이론이 아니라 상상력에 바탕한 역동적 작품 읽기라는 점을 이 두 권의 책은 증명해주고 있다. (1996)

소외된 여성의 말과 몸
—황도경 『우리 시대의 여성 작가』

여성 비평가들이 부상하고 있다. 지난 연대까지는 아무래도 희귀종에 가까웠던 여성 비평가들이 최근엔 빠른 증식 속도를 자랑하며 다양한 분야에서 발언의 강도를 높여가고 있다. 최근 역동적인 활약을 보여주고 있는 여성 비평가들의 글쓰기는 단순화시켜 이야기하자면 크게 두 유형으로 대별된다. 그 하나가 메두사형이라면 다른 하나는 아테네형이다.

메두사형의 경우 두드러지는 것은 기존의 지배적 남성 담론에 대한 강한 거부와 도전의식이다. 보는 사람을 돌로 만들어버리는 메두사처럼 이들은 대상이 되는 텍스트를 비평이라는 이름 아래 거세시켜버리고자 한다. 그런 의미에서 이들은 '남근 달린 여성'이라 할 수 있다. 누구보다도 열렬하게 '남근비평'의 폭력성을 저주해온 이들은 정작 자신의 평문에선 이론과 지성이란 환상의 남근을 유감없이 휘두른다. 흥미로운 사실은 이들의 일차적 과녁이 남성들의 텍스트가 아니라 문학적으로 혹은 대중적으로 인정받고 있는 여성들의 텍스트라는 점이다. '여성의 적은 여성이다'라는 속설을 생각나게 하는 이들의 글쓰기는 남근

비평을 비판하는 또 다른 남근비평의 하나로 존재한다. 이에 비해 아테네형은 보다 사려깊은 분석과 균형감각을 보여준다. 이들은 우리 사회에서 여성은 아직 '타자'이며 '소수세력'이란 점을 인정하고 조심스러운 행보를 통해 자신의 논리와 입지를 구축해가고자 하는 자세를 보여준다. 자궁이 아니라 제우스의 머리에서 태어난 여성답게 그녀는 지배적 남성담론과 상대적으로 밀착돼 있는 편이다.(상징적이게도 신화에서 영웅 페르세우스는 아테네의 도움을 얻어 메두사의 목을 자를 수 있었다). 이들은 항의와 전복의 언어 대신 차분한 설명과 해석의 언어로 텍스트에 접근한다.

다시 한번 거친 분류 작업을 감행하자면, 황도경은 아마도 후자에 속하는 여성 비평가로 자리매김할 수 있을 듯하다. 박완서·오정희에서 한강·배수아에 이르기까지 아홉 명의 여성 작가를 다루고 있는『우리 시대의 여성 작가』(문학과지성사)는 문단에서 공인받고 있는 여성 작가들에 대한 비평적 추인에 가깝다. 극히 예외적인 한두 대목을 제외하면 대상이 되는 작가에 대한 비판은 찾아보기 어렵다. 메두사적 공격 대신 저자는 온건한 아테네의 지혜를 동원해 작품이 담고 있는 내밀한 의도와 욕망을 읽어낸다.

거기서 드러나는 것은 우리 시대의 여성들이 자신의 "말과 몸으로부터 얼마나 소외돼 있는가" 하는 점이다. 소설 속의 여성들은 남성들이 지배하는 불모의 현실에 의해 흔히 말을 잃거나 말하는 법을 잃어버린다. 이렇게 좌절된 말의 욕망은 몸으로 옮겨가 다양한 증상을 일으킨다. 따라서 여성 작가의 글쓰기는 "남성 지배 담론의 국외자로서의 여성의 말"을 대변한 것일 수밖에 없다.

저자가 페미니즘을 표나게 내세우지 않은 채 섬세한 작품 읽기를 통해 여성 작가들의 텍스트에서 발굴해낸 사실들은 우리 시대 문학과 여성의 처지에 대한 이해를 한 단계 증진시키는 데 도움을 줄 것으로 보인다. 하지만 때로 그녀의 글에서 아테네의 우아하고 안정된 목소리만이 아니라 메두사의 광기에 찬 외침 또한 듣고 싶다고 말한다면 지나친 욕심일까. (1999)

사진이 주는 매혹과 충격

─신현림의 사진 에세이집

비평을 쓸 때 나 자신도 간혹 느끼는 바이지만 훌륭한 예술작품은 거기에 따라붙는 모든 글을 '소음'으로 전락시킨다. 시인 신현림의 사진 에세이집 『희망의 누드』(열림원)에 실린 글도 그런 운명을 피하기는 어려웠을 것으로 보인다. 침묵으로 말하는 사진 앞에서 정작 말은 얼마나 무력한가.

이 책을 받고서 거기 실린 사진을 이리저리 넘겨보다가 우연히 얀 샤우데크의 사진에 눈이 머물렀다. 허름한 작업실, 옷을 벗은 채 바닥에 한쪽 손을 짚고 비스듬한 자세로 앉아 있는 한 소녀의 뒷모습. 열린 창 바깥으로 보이는 어둑한 하늘과 흰 구름의 대비. 퇴폐적이면서도 환상적인 이 사진작가의 취향이 그대로 드러난 작품이다.

몇 해 전 동구를 여행하고 돌아온 친구가 내게 이 사진작가의 작품으로 꾸며진 달력을 선물한 적이 있다. 거기 실린 음침하고 기괴하면서도 아름답고 요염한 인물들의 모습에 반한 나는 체코를 여행하게 되었을 때 서점에 들러 프랑스 소설가 미셸 투르니에의 서문이 실린 그의 사진집을 구입했다. 그리고 시간이 날 때마다 펼쳐보곤 했다. 때로 자기 자신의 성기까지 뻔뻔스럽게 드러낸 그의 사진들은 보는 사람을 불유쾌하게 만들면서도 끌어들이는 묘한 유인력을 갖고 있다.

작업실이라는 협소한 공간에 놓인 다양한 소품들, 그러니까 인형이나 시계, 거울, 의자, 밀짚모자 등을 최대한 활용하여 샤우데크는 천국과 지옥을 번갈아 창조해내고 있다. 그리고 추할 정도로 적나라하게 드러난 남성과 여성의 육체, 임신한 여성의 부푼 배와 미성숙한 소녀의 뭔가 불안을 자아내는 나신…… 빛과 그늘이 만들어내는 매혹적인 환영이 거기 있었다.

나는 방금 '매혹적인 환영'이라고 했는데 사진은, 그것이 아무리 리얼리즘에 충실하려 해도, 아니 리얼리즘에 충실하려 하면 할수록 더욱 그 속성상 매혹적인 환영으로 스스로를 드러낸다. 그래서 사진은 위험하다. 그것은 종종 진실과 가상이 숨바꼭질 하는 현기증나는 소용돌이 속으로 보는 사람을 인도하기 때문이다.

이 책에 실린 다른 사진들, 예컨대 세바스티앙 살가도의 작품이나 허버트 베이어, 마리오 자코멜리의 작품에서도 바로 이런 은밀한 전율을 맛볼 수 있다. 중남미의 소외된 계층에 대한 애정 때문에 카메라를 든 세바스티앙 살가도의 작품에서 볼 수 있는 것은 단순한 현실 고발이나 가난한 이들에 대한 애정이 아니라 인간을 에워싸고 있는 삼라만상에 대한 외경에 가까운 엄숙한 느낌이다. 무거운 짐을 지고 산길을 걸어가는 인부들 옆으로 한없이 넓게 펼쳐진 구름은 살고, 사랑하고, 긍정하라는 무언의 외침을 시각화한 것처럼 보인다.

허버트 베이어의 포토 몽타주 '소외된 도시인'은 단조롭고 갑갑한 도시 빌딩의 외관과 양복을 입은 남자의 두 손, 그리고 손바닥 가운데의 눈동자를 겹쳐 보여줌으로써 현대문명이 주는 속박과 감시의 정서를 효과적으로 전달하고 있다. 도시는 거대한 관음증의 공간이며 그 바깥으로 탈출할 수 있는 길은 없다, 라고 이 한 장의 사진은 주장하고 있는 듯하다.

마리오 자코멜리의 작품은 또 어떤가. 경쾌하고 서정적이면서 역동적이고 불가사의한 수수께끼로 가득 차 있는 작품이다. 흑백의 선명한 대비로 이루어진 그의 작품은 마술사의 모자처럼 금방이라도 어떤 초현실의 세계를 우리 앞에 펼쳐놓을 것만 같다.

물론 이 책에 실린 모든 사진이 다 내 마음의 현을 건드리는 것은 아니다. 인공적으로 만들어진 이미지라는 게 빤히 보이는 작품도 없지 않았다. 풍경에도 깊이가 있어서 어떤 사진은 무한한 심연으로 통하기도 하지만 또 다른 사진은 메마른 표면만을 펼쳐놓고 있을 따름이다. 그러나 저자가 나름대로의 감식안을 통해 선정한 사진들은 보는 사람을 시각적 이미지의 향연으로 초대하는 데 부족함이 없다. 책을 덮고 오랜만에 포식한 눈을 감는다. 내 동공에 들러붙은 무수한 이미지들이 불꽃을 튀기며 싸우기 시작한다. (1999)

『옛 그림 읽기의 즐거움』을 읽는 즐거움

— 오주석『옛 그림 읽기의 즐거움』

    최근 볼 수 있는 우리 문화계의 특징 중의 하나는 '향수'라는 단어로 집약될 수 있는 경향이 대단히 광범위하게 확산되고 있다는 점이다. 문학, 영화, 출판 할 것 없이 사라져간 과거를 낭만적으로 복원하고 의미를 부여하는 데 많은 노력이 경주되고 있으며 그것에 대한 대중들의 호응도 상당히 뜨거운 편으로 여겨진다. 최근의 경향이 1970년대의 이른바 한국학 붐과 유사한 면이 있으면서도 차별성이 뚜렷하게 드러나는 것은 바로 이 대목, 즉 소수 엘리트 지식인들의 선도만이 아니라 대중들의 자발적이고도 적극적인 동참이 수반되고 있다는 사실이다.

    오직 물질적 부의 획득과 축적이라는 지상목표를 향해 일직선으로 뻗어 있는 모노레일을 빠른 속도로 질주해왔던 사람들도 이제 한숨 돌릴 만한 여유가 생겼는지 자신의 어제와 오늘을 돌이켜보고 새삼 반추하는 데 적잖은 시간을 소비하고 있다. 이때 그들의 시선에 유서 깊은 우리의 문화 유산이 들어오는 것은 필연적이고도 당연한 일이다. 기실 서양문물의 압도적 공세 속에서 침묵과 무관심 속에 방치되어온 우리 문화의 복권을 위해 분야별로 다양한 시도가 행해지는 것은 그 자체로 충분히 값진 일이 아닐 수 없다.

하지만 이러한 관심의 증가가 자연스럽게 이해와 애정의 심화로 이어지는 것은 아니다. 우리 주변에서 기승을 떨치고 있는 상업주의와 선정주의의 물살은 대중들의 건강한 관심을 왜곡된 방향으로 유도하여 일회용 거품처럼 잠시 반짝했다가 사그라들게 만드는 경우가 종종 있기 때문이다. 따라서 이런 때일수록 대중의 동향을 민감하게 파악하고 이를 한 단계 끌어올려 줄 수 있는 지식인의 능력과 역할이 긴요해진다. 이제 우리 문화에 대한 계몽적 저술 역시 평면적인 '답사'의 수준을 넘어 보다 입체적인 관찰과 해석의 '대장정'이 요구되는 시점에 이르렀다. 오주석의 『옛 그림 읽기의 즐거움』(솔)이 특히 가치가 있는 것은 바로 이러한 시대적 요청에 적절히 부응한 노작이라는 점에 있다.

아마도 이러한 판단은 오래 전부터 나 자신 어둡고 무디고 낮은 내 시각과 시력을 교정시켜 줄 수 있는, 우리 옛 그림에 대한 명석한 해설서를 소망해왔다는 점과도 관련이 있을 것이다. 시중에 그런 유형의 책이 전혀 없지는 않았지만 어떤 책은 너무 전문적이어서 내 눈높이에 비해 너무 높은 편이었고 또 어떤 책은 너무 빤한 내용으로 가득 찬 입문서여서 이렇다 할 깨우침이나 감흥을 전해주지 못했다. 그러다 읽게 된 이 책은 그런 갈등을 싹 가시게 해주는 듯한 청량한 감동을 선사해주었다. 김명국의 〈달마상〉, 안견의 〈몽유도원도〉, 윤두서의 〈자화상〉, 김정희의 〈세한도〉 등 일반인들도 능히 알고 있을 만한 조선조 명화들을 다루고 있는 이 책은 우리 옛 그림이 지닌 깊고 그윽한 정취를 참신하면서도 세련되게 드러내고 있다. 아울러 저자는 폭넓은 교양과 자료 섭렵을 바탕으로 대상이 되고 있는 작품이 화가 자신의 삶이나 당대의 정치 사회 상황과 맺고 있는 관계를 구체적으로 되살림으로써 작품이 내장하고 있는 심오한 의미를 증폭시키는 데 성공하고 있다.

이 책에 실린 글에서 저자는 한결같이 우리 선조들이 남긴 그림은

'보는' 것이 아니라 '읽는' 것이라는 점을 강조하고 있다. 겉에 드러난 조형미를 감상하는 차원을 넘어 작품에 담긴 화가의 고결한 정신의 높이와 깊이에 접근해 들어가는 고투가 요구된다는 것이다. 그래서 그의 글은 때로 화가가 그림을 그리는 순간 바로 옆에서 지켜보며 그 과정을 현장중계하는 듯한 현실감과 박진감마저 자아내고 있다. 화자가 그리는 대상과 일체가 되듯 저자는 그림을 그리는 순간의 화가와 일체가 되어 그 은밀한 탄생의 비밀을 같이 체험하는 것이다. 그에 따라 그의 글은 분석적 평문의 메마름을 훌쩍 뛰어넘어 소설적 묘사가 주는 생생함과 시적 암시가 주는 여운을 획득하기에 이른다.

그런데 옛 그림에 대한 저자의 설명에서 지속적으로 관철되고 있는 것은 예로부터 동양화에서 가장 중시했던 기운생동(氣韻生動)의 원리라는 점에 주목할 필요가 있다. 서양화가 전통적으로 시각적이고 조형적인 효과를 추구하는 '표면적 사실주의'에 치중했다면 동양화는 그림 속에 자연의 창조적인 힘과 생명감을 불어넣는 '고고한 정신주의'에 더 경도되어왔다. 흔히 동양화의 대가에 대해 이야기할 때 동원되는 '신기(神氣)의 소유자'라든가 '질풍 같은 붓놀림' 같은 표현이 지시하는 것도 바로 이 점일 것이다. 우리 옛 그림에 대한 저자의 설명은 자상하고 친절하지만 바로 이러한 고정관념에 대한 근본적인 도전을 보여주지는 않는다. 우리는 이미 명작으로 공인된 옛 그림을 보며 그것을 그린 이의 천재성을 다시 한번 확인하는 절차를 밟게 된다.

그리하여 김명국의 〈달마도〉의 약동하는 선에서 본질이 아닌 부차적인 온갖 껍데기를 떨구어낸 호방한 정신의 들끓는 역동성과 고요한 침잠의 역설적 공존을 보아내며, 강희안의 〈고사관수도〉의 대범한 붓놀림에서 세부에 집착하지 않음으로써 인위와 자연의 경계를 무화시키는 마음의 경지를 읽어낸다. "〈세한도〉란 결국 석 자 종이 위에 몇 번의 마른 붓질이 쓸고 지나간 흔적에 지나지 않는다. 그러나 거기에는 세상의 매운 인정과 그로 인한 쓸쓸함, 고독, 선비의 굳센 의지, 옛사람의 고마운 정, 그리고 끝으로 허망한 바람에 이르기까지 필설로 다하기 어려운 많은 것들이 담겨져 있다"라고 한 대목은 우리 옛 그림이 지닌 초시간성의 유래를 짐작하게 해주고 있다. 또 윤두서의 〈자화상〉이 미완성작이면서도 예술적 탁월함을 가진 이유를 설명하는 대목이나 정선의 「인왕제색도」에 서린 압도적인 힘과 비장한 감정의 근원을 파 들어가는 대목은 비범하다고 아니할 수 없다.

우리 선조의 명품이 왜 훌륭한가에 대해 말하기는 쉬울지 모른다. 그러나 그것들이 얼마나 사랑스러운 것인가를 느끼게 만드는 일은 결코 쉽지 않다. 그런 녹록지 않은 일을 저자는 성공적으로 해내고 있다. 한 가지 아쉬운 것은, 앞에서도 암시했지만 그림의 위대성을 화가의 위대성으로 환원시켜 설명하는 방식이 지닌 한계이다. 그의 글을 읽다 보면 때로 훌륭한 그림의 작가가 반드시 위인전의 주인공이 될 필요는 없지 않을까 하는 생각이 슬그머니 들기도 하는 것이다. 그러나 이러한 의문은 어디까지나 사소한 투정에 지나지 않을 뿐, 저자가 이 책에 들인 공력과 성취에 대해선 마땅히 응분의 찬사가 뒤따라야 할 것이다. (1999)

세계의 작가들

사랑의 위대함에 대한 찬가

—가브리엘 가르시아 마르케스『콜레라 시대의 사랑』

　제2차 세계대전 이후 문화적 선진국임을 자부해온 서구 문단에서 더 이상 주목할 만한 작품이 나오지 못하고 있다는 지적은 제기된 지 상당히 오래되었다. 그 대신 세계의 문학애호가들은 1960년대 이후 새롭게 떠오르고 있는 제3세계 문학에 시선을 돌리고 있다. 그중에서도 특히 라틴아메리카 문학은 19세기 러시아 문학의 수준에 육박하는 위대한 서사문학의 곡창지대로서 각광을 받고 있다. '중남미 문학의 황금시대'라는 말이 하등 부자연스럽지 않을 정도로 금세기 중엽 이후 이 지역에서 쏟아져 나온 숱한 시와 소설은 '상상력의 동맥경화 상태'에 빠진 서구 문단에 충격을 주기에 충분했다. 즉 서구 사회가 국가독점자본주의 단계에 접어들면서 소설에서 개성적 인물이 사라지고 스토리가 증발해버린 것과 달리 남미 문학은 이 지역 특유의 토착성과 정치적 격변에 뿌리를 내리고 찬란한 이야기의 꽃을 피워올린 것이다. '핏기 없는' 인간들의 '맥빠진' 이야기로 채워진 서구 현대소설에선 도저히 맛볼 수 없는 낭만성과 관능과 자유로움, 이른바 '로맨스의 정수'가 생생하게 살아 숨쉬고 있다.

홉사 남미 대륙을 종단하는 아마존 강의 도도한 흐름을 연상시키는 이 지역의 문학인들 가운데 우리는 마르케스라는 찬란한 별을 기억하지 않을 수 없다. 중남미 문학의 오늘을 이룩하는 데 결정적으로 기여한 이 작가는 무엇보다 탁월한 이야기꾼이라고 할 수 있다. 소설은 우선 재미있어야 된다고 믿는 이 작가는 예술성이나 공리성을 따지기 이전에 '읽는 재미' 그 자체를 작품마다 독자들에게 듬뿍 선사해주곤 했다. 그래서 대학교수로부터 사무실 사환에 이르기까지 다양한 계층의 독자를 남미의 강렬한 태양과 인간의 손이 닿지 않은 오지로 안내해서 다채로운 인물들이 빚어내는 드라마를 만끽하도록 해주었다.

　그의 대표작이자 금세기 최고의 걸작 중의 하나로 손꼽히는 『백년 동안의 고독』을 비롯, 『족장의 가을』 『아무도 대령에게 편지하지 않다』 『예고된 죽음의 기록』 등은 내란과 독재, 서구 자본의 침탈로 얼룩진 중남미의 정치현실을 예각적으로 보여주면서도, 최상의 문학만이 가져다 줄 수 있는 감동과 재미를 안겨주었다. 마콘도라는 가상의 소읍을 무대로 현실과 환상을 종횡으로 직조해가며 중남미의 현대사, 나아가 인류 역사를 축약해서 보여주었던 『백년 동안의 고독』을 읽고 난 독자들은 압도된 나머지 일종의 '탈진상태'에 빠지게 된다. 그래서 문학평론가 유종호는 "이 작품을 읽고 나면 이보다 더 재미있고 규모가 큰 작품을 다시 써내기는 어려운 일이 아닐까 하는 감회에 젖게 마련이다"라고 평하기도 했다. 물론 그의 근작 『콜레라 시대의 사랑』(동아)이 『백년 동안의 고독』을 능가하는 '더 재미있고 규모가 큰' 작품이라고 할 수는 없을 것 같다. 그러나 읽고 나면 '역시 마르케스구나' 하는 찬탄을 금할 수 없을 만큼 거장다운 스케일과 세세한 이야깃거리의 재미들로 가득 찬 작품이다.

　소설의 무대는 작가의 고향이기도 한 카리브 해안의 항구도시. 페르미나 다자라는 여인을 향한 플로렌티노 아리자라는 사나이의 일생에

204

걸친 순애보가 작품의 뼈대가 되고 있다. "도저히 그것은 피할 수 없는 일이었다"라는 암시적인 첫 문장으로 시작하는 이 소설은 53년 7개월 11일이라는 긴 세월에 걸친 한 사나이의 집요한 사랑과 더불어 여러 인간들의 갖가지 사랑 이야기가 피륙으로 짜여지면서 때로는 폭소를 때로는 연민을 자아낸다. 반전에 반전을 거듭해가며 펼쳐지는 이야기를 통해 우리는 삶의 덧없음이 어떻게 사랑의 영원불멸함으로 승화될 수 있는지 목격하게 된다.

　마르케스의 소설엔 전염병이 자주 등장하는데 이 소설에선 제목처럼 콜레라가 등장하고 있다. 그러나 작중인물들은 콜레라로 상징되는 온갖 재난에도 불구하고 사랑을 통해서 구원을 얻을 수 있게 된다. 그러나 그 사랑이 사랑에 빠진 사람에게 콜레라와 비슷한 증세를 유발시킨다는 것은 얼마나 아이로니컬한 일인가. 이 소설을 읽는 독자들은 아마도 다음과 같은 질문을 스스로에게 하게 될 것이다. 권력과 고독의 문제를 집요하게 파고든 이 작가가 만년에 '사랑'을 발견하게 된 것은 우연일까. 아니면 숙명일까. (1988)

역사의 소용돌이와 인간의 나약함

— 밀란 쿤데라에 대한 세 편의 글

혁명적 낭만주의에 대한 풍자

처음이라는 것은 항상 신선한 느낌을 동반하는 법이다. 우리나라에 처음 소개되는 작가 밀란 쿤데라의 소설 『생은 다른 곳에』(까치)에서도 우리는 그 신선함을 확인할 수 있다. 한번 책을 손에 들면 도저히 중간에서 놓지 못하게 할 만큼 이 작품은 재미있고 경쾌하다. 그러나 이 재미있음과 경쾌함은 그 자체로 끝나지 않고 우리에게 삶과 세계에 대한 진지한 성찰을 유도해내는 계기가 된다는 점에서 더욱 의의가 있다.

그가 지난해 노벨문학상의 강력한 수상 후보였다는 사실이나 체코 출신의 동구권 작가인데도 현재 프랑스에 거주하면서 글을 쓰고 있다는 사실, 그리고 그의 또 다른 대표작 『참을 수 없는 존재의 가벼움』을 각색하여 만든 영화가 곧 수입, 개봉된다는 사실 등은 실은 그리 중요한 것이 아닐지 모른다. 더욱 핵심적인 것은 이 작가가 작품 속에서 그리고 있는 현실이 우리의 현실과 너무도 닮은 데가 많다는 점, 그런데도 그것을 형상화하는 방법은 전혀 다르다는 데서 오는 놀라움이다. 체코의 현실을 보는 시각에 관한 한 그는 공산권의 공식적·교조적 관점을 거부하는 한편 서방측의 시각 역시 왜곡되고 편향된 면이 있다고 비판한다. 그가 주로 관심을 보내는 것은 역사적 폭풍에 휩쓸린 지식인의 심리와 행동양태이다. 그는 현실과 이념 양편에서 배반당하는 현대인의 실상을 '현기증' 나게 보여준다. 레비스트로스의 말을 빌린다면 "역사가 인간에게 가까이 올 때 사회집단 내부에서 일어나는 온갖 어리석음과 병적 징후들"을 그린 작품인 것이다.

이 작품은 시인이 되기를 지망하는 야로밀이라는 젊은 예술가의 일대기이다. 실패한 결혼을 아들을 통해 보상받으려는 어머니의 과잉 애정과 부르주아적인 분위기 속에서 자란 그는 청년기의 진입로에서 사회주의 혁명의 소용돌이와 맞부딪친다. 제2차 세계대전이 끝나고 중부 유럽에 공산주의가 들어오면서 벌어지는 이념의 혼돈과 가치 전도 현상, 여기에 따른 인간들의 기회주의적인 행동이 작가의 예리한 시각에 의해 때로는 희화적으로 때로는 역설적으로 포착되어 있다.

당시 상황을 작가는 "러시아로부터 수입하여 군대와 경찰의 보호 아래 실천된 사이비 혁명"이 지배하던 시기라고 정의한다. 이런 상황에서 야로밀을 비롯한 젊은 행동대원들은 열정적으로 혁명에 참여하지만 잠시 이용만 당할 뿐 곧 역사의 무대에서 퇴장 명령을 받는다. "혁명기의 불확실성은 아버지들이 도전을 받는 시대이기 때문에 젊은이들에게 혜택을 주었다. 기성 세계의 산산이 부서진 성벽을 넘어 성숙의 시대로 들어간다는 것은 얼마나 신나는 일인가."

그러나 과연 그것은 신나는 일인가. 야로밀은 한때 자신이 추종하던 노시인을 향해 야유를 보내며 과거의 모든 유산은 다가오는 새 시대를 위해서 완전히 청산되어야 한다고 부르짖는다. 그것은 흡사 러시아 혁명 직후 시인 마야코프스키가 외쳤던 "모든 박물관에 불을 질러라!"라는 모토를 연상시킨다. 그러나 과거를 깡그리 지운다고 과연 지상에 천국이 건설될 것인가. 야로밀을 가득 채우고 있던 혁명의 열기 역시 결국 지배 권력의 음험한 원격 조종에 놀아난 것밖에 되지 않는다는 것을 작품의 결말은 예시해준다.

작가 자신이 서두에서 밝힌 대로 시인은 그가 속한 사회에서 자유를 알리는 종소리의 구실을 해왔다. 셸리, 바이런, 랭보, 푸시킨, 레르몬토프 같은 시인들은 언어의 광맥이 더듬는 고독한 내면세계의 순례자인 동시에 어두운 상황 속에서 빛나는 미래의 도래를 알리는 예언자였다. 그러나 이 똑같은 배역이 제2차 세계대전 직후 동구에서는 정반대의 결과를 낳았다. 현실의 전면적인 개혁을 원하던 시인들은 어느 틈엔가 지배자의 대변인 역할을 하고 만 스스로를 발견해야 했던 것이다.

이처럼 이 작품은 우리가 처해 있는 관료적 권위주의의 억압, 급진주의의 대두, 미래에 대한 불확실한 전망들과 같은 정치·사회적 현실과 관련하여 많은 생각을 하도록 이끄는 한편 독특한 형식과 문체 또한 우리의 관심을 끈다. 전통 소설이 취하는 사실적이고 연대기적인 서술에서 탈피하여 현재와 과거와 미래가 뒤바뀌면서 전개되는 만화경적인 이야기의 구성은 우리로 하여금 하나의 사실에 대한 다양한 시각과 평가를 가능케 하는 동시에, 지금 벌어지고 있는 사건이 단 한 번에 그치는 일회적 사건이라기보다는 역사와 더불어 끝없이 계속되어왔고 앞으로도 되풀이되리라는 느낌을 받게 한다. 우리는 여기서 이 작가의 세계관이 비관적임을 엿볼 수 있거니와 거대한 역사적 지진에 휘말린 개체의 덧없는 몸짓을 통해 한낱 무대의 소도구로 전락하고 만 현대인을 목격하게 되는 것이다.

작가는 하이데거의 말을 빌려 "인간의 본질은 질문의 형태를 취하기 때문에 질문 자체가 이미 하나의 해답이다"라고 말하고 있다. 야로밀의 짧은 생애를 통해 작가는 우리에게 무엇이 진실이고 무엇이 허위인지, 젊음과 혁명과 사랑과 문학은 어떤 관계에 있는지 준엄하게 묻고 있다. (1989)

현대의 속악함과의 투쟁

작고한 한 문학평론가는 생전에 자신은 마음이 어지럽고 갈피를 잡을 수 없을 때면 헤르만 헤세의 『유리알 유희』를 펼쳐든다고 이야기한 바 있다. 나의 경우 그럴 때 손이 제일 많이 가는 책은 밀란 쿤데라의 소설들이다. 쿤데라의 예리하면서도 통렬하기 이를 데 없는 문장들을 읽다 보면 이상스럽게도 마음이 가라앉고 사물을 다른 각도에서 바라볼 수 있는 여유 비슷한 것을 얻게 되곤 한다.

독설과 풍자로 가득한 쿤데라의 소설 어디에 그런 위안의 힘이 숨어 있는 것일까. 인간의 속물성과 운명의 짓궂음을 극단까지 파고 드는 쿤데라의 소설엔 역설적으로 인간의 연약함과 세상살이의 어려움에 대한 너그러운 관조가 담겨 있는 듯하다. 그래서 그의 소설을 읽는 일은 한편으로 고통스러우면서도 다른 한편으로 즐겁다. 그의 소설은 삶에 대한 무한한 연민과 애정을 불러일으킨다.

지금까지 쿤데라가 펴낸 많은 소설 가운데서도 『불멸』(청년사)은 단연 압권이다. 체코에 머물던 시절에 씌어진 작품이 상대적으로 이데올로기의 허구성과 전체주의 체제의 비인간성을 해부하는 데 많은 지면을 할애했다면 작가가 프랑스에 정착해 쓴 이 소설은 자본주의 사회의 만화경 같은 풍속도를 가차없이 추적해 들어가면서 사랑·욕망·자아·이미지·이데올로기·명성·죽음·현대성 등의 문제에 대한 쿤데라만이 보여줄 수 있는 성찰을 풍부하게 제시하고 있다.

이 작품은 작가가 수영장에서 우연히 한 노부인의 매력적인 손짓을 보고 아녜스라는 여주인공을 떠올린 후 그녀의 삶에 대해 상상의 나래를 펼치는 것으로 시작된다. 현대 세계의 속악함에 어울리지 않는 가녀린 심성의 소유자의 그녀의 일상생활과 가족들에게 품고 있는 감정, 남편 아닌 남자와의 정사 등이 차례로 그려진다. 세상의 추함을 참을 수 없어하는 그녀의 유일한 소망은 물망초 한 송이를 사서 얼굴 앞에 세우고 외출하는 것이다. 혼자 여행하다 교통사고로 죽기까지 그녀가 걸어나가는 삶의 궤적은 아무에게도 이해받지 못하고 오직 자신의 내면만을 응시하며 살다 간 한 순수한 영혼의 초상을 보여준다.

그런데 작가는 이 작품을 단순히 아녜스라는 여성의 행로를 직선적으로 뒤따라가는 식의 서술로 짜나가지 않고 무수히 다른 층위의 인물과 이야기들이 곁가지를 치고 뻗어나가는 것을 허용하는 독특한 구성 방식을 택하고 있다. 그래서 괴테나 헤밍웨이 같은 역사적 실존인물이 저승에서 만나 토론하는 장면이 나오는가 하면 아베나리우스라는 소설 속의 인물이 작가와 직접 대화를 나누는 장면이 제시되기도 한다. 쿤데라의 그러한 소설적 모험은 실험을 위한 실험이 아니라 복잡미묘한 오늘날의 현실을 소설이란 양식으로 거머쥐기 위한 남다른 고투의 소산이라는 점에서 흥미롭고도 신선한 감흥을 던져주고 있다.

20세기 문학이 탄생시킨 가장 아름다운 여성 중의 하나로 꼽힐 아녜스를 만나볼 수 있다는 것만으로도 『불멸』은 읽을 만한 가치가 있는 소설이다. 아녜스가 죽기 직전 중얼거리는 다음 말보다 삶에 대한 더 나은 정의가 어디 있을 것인가. "산다는 것, 거기에는 어떤 행복도 없다. 산다는 것, 그것은 이 세상을 통해 자신의 고통스러운 자아를 나르는 것일 뿐." (1997)

나와 타자 사이의 근원적 어긋남

밀란 쿤데라, 체코 출신으로 현재 프랑스에서 활동하고 있는 이 작가의 글을 읽을 때마다 이상하게도 내 머릿속엔 '유럽 문학의 마지막 자존심'이란 문구가 떠오르곤 한다. 이는 단순히 쿤데라가 세계적으로 높은 지명도와 많은 독자층을 확보하고 있으면서도 고급한 문학성을 유지하고 있는 몇 안 되는 유럽 작가 중 하나이기 때문만은 아니다. 보다 근본적으로 이 작가야말로 현재 기세 등등하게 전세계를 석권하고 있는 미국식 문화산업의 해일 앞에서 소설이란 방패를 들고 외로이 변방의 성을 지키고 있는 늙은 영주의 역할을 떠맡고 있다는 생각을 떨칠 수 없기 때문이다.

그는 처녀작에서부터 근작에 이르기까지 러시아적 사회주의의 망령과 미국적 자본주의의 침공에 맞서 근대 이후 유럽이 지향해온 인문주의의 제반 가치를 수호하고자 하는 힘든 싸움을 일관되게 벌여오고 있다. 그에겐 20세기를 지배한 좌우 이데올로기 모두 비인간적인 전체주의 체제로 직결되는 일반통행로에 다름아니다. 따라서 이에 대항하기 위해선 바흐의 음악과 세르반테스의 소설에 그 원천을 두고 있는 유럽적 가치관의 부흥이 시급히 필요하다고 역설한다.

샐먼 루시디가 「악마의 시」란 작품으로 이슬람 세력에 의해 죽음의 위협을 받던 시절 그가 분연히 이를 비판하고 나선 것은 단순히 동료 작가에 대한 애정이나 표현의 자유에 대한 신념이란 원론적 차원을 넘어 현대성 전반에 대한 반성에 토대를 두고 있다. 즉 소설의 죽음은 곧 유럽 문화의 쇠퇴이며 유럽의 인문주의가 대표해온 정신의 종말이라는 것, 따라서 루시디에 얽힌 사건은 바로 이러한 역사 철학적 시각을 통해 바라보아야 한다는 의미가 담겨 있다. 이러한 그의 태도에서 아직도 거대담론의 유혹에서 벗어나지 못한 유럽 중심주의자의 오만을 읽어내고 이를 비판하기는 쉽다. 그러나 보다 중요한 것은 쿤데라의 문학이 보여주는 통찰력의 적실성과 박진성, 그리고 그것이 읽는 사람에게 던지는 호소력일 것이다. 그는 '비판적 사유의 정지'를 획책하는 할리우드식 우민화에 대항하여 소설이란 장르가 지닌 인식과 탐구의 가능성을 최대한 계발하고자 해왔으며 또 매번 발표하는 작품마다 이를 성공적으로 구현해왔다.

그가 즐겨 택하는 '에세이적 스타일'의 소설 작법은 이 점을 잘 말해준다. 그의 소설은 등장인물이 나오고 줄거리가 있는 철학교재라도 해도 될 정도로 어떤 쟁점에 대한 구체적이고도 깊이 있는 성찰을 보여주고 있다. 우리는 그의 소설을 읽으며 이데올로기와 체제에 대해, 인간 운명의 불확실성에 대해, 죽음에 대해, 사랑과 성과 우정에 대해, 예술과 키치에 대해, 문명과 속도에 대해 끊임없이 생각하도록 자극받게 된다. 그러면서도 그것은 무겁고 일방적인 강요에 의해서가 아니라 경쾌한 희극성과 유희성의 추동에 의해 이루어지기 때문에 괴롭지 않고 즐겁다. 그런 의미에서 쿤데라의 소설은 철학이 더이상 계몽의 적절한 수단이 되지 못한 시대에 철학의 역할을 전혀 철학적이지 않은 방식으로 떠맡고 나선 '잡종적 글쓰기'의 전형이라고 할 수 있을 듯하다.

최근작 『정체성』(민음사) 역시 쿤데라의 이런 특성을 유감없이 보여주고 있다. 소품인 만큼 교향악 같은 웅장함을 맛볼 수는 없지만 실내악다운 섬세함과 아기자기함이 빛을 발하고 있는 이 작품에서 작가는 얼핏 샹탈이라는 여성과 장 마르크라는 남성 사이에 벌어지는 별것 아닌 사랑의 실랑이를 시시콜콜하게 뒤따르고 있는 데 지나지 않는 것처럼 보인다. 그러나 이 작품은 실은 우리 시대에 인간이 처한 조건을 극명하게 파헤친 소설이다. 사랑한다고 굳게 믿었던 두 남녀가 아주 사소한 오해 때문에 결별 직전에 이르렀다가 다시 합쳐지게 되기까지의 과정을 통해 작가는 나와 타자 사이의 근원적 어긋남을 추적하고 있다.

나이가 들었음에도 불구하고 쿤데라의 독설은 여전히 냉혹하고 무자비하다. 달관을 모르는, 아니 달관하기를 아예 거부한 듯한 이 심술궂은 노작가의 작품을 읽으며 진정한 소설이 우리에게 주는 것은 위안이 아니라 각성이라는 점을 새삼 깨닫는다. (1998)

평범 속에 깃든 심오한 의미

—장 그르니에의 산문

    그르니에의 음성은 나직하다. 그는 잔잔한 목소리로 인간을 둘러싸고 있는 주변의 가시적 물상을 넘어서 있는 어떤 존재에 대한 이야기를 들려준다. 그 존재는 너무나도 어렴풋하고 불가사의한 것이어서 방금 우리를 스치고 지나갔지만 이제는 흔적조차 찾아볼 수 없는 미풍과 같은 것이다. 축제가 끝난 뒤의 텅 빈 광장, 물이 말라버린 분수, 한적한 양로원 뜨락에 내린 저녁 햇살…… 그르니에의 글은 이러한 풍경을 연상시켜준다.

    그르니에의 제자이기도 한 카뮈는 젊은 시절 그르니에의 글이 "마치 취기처럼 일종의 음악과도 같이" 다가왔다고 말한 바 있다. 그리고 "이 책을 읽었을 때 나는 스무 살이었다. 오늘 이 책을 열어보게 되는 저 알지 못하는 젊은 사람들이 너무나도 부럽다"라고 찬탄하고 있다. 여기서 카뮈가 진정 이야기하고자 한 것이 그르니에의 책과의 첫 대면이 준 환희인지 아니면 지나가버린 젊은 시절에 대한 회한인지 명확히 구분하기는 쉽지 않다. 다만 한 가지 카뮈의 지적을 통해 더욱 확실해지는 것은 그르니에의 글이 젊은이, 특히 이제 막 성년의 문턱에 접어든 연령대의 사람에게 더할 나위 없는 호소력을 지니고 있다는 점이다.

이러한 점은 어쩌면 보통의 예상과는 어긋나는 것일지도 모른다. 결코 흥분하는 일 없이 잔잔한 어조로 삶의 무상함과 머나먼 곳을 향한 동경을 들려주는 그의 목소리엔 기나긴 순례 끝에 목적지에 도달한 사람, 그러나 그 도달의 허망함을 알아버린 사람만이 가질 수 있는 달관과 초연함이 배어 있기 때문이다. 그의 책을 읽으면서 우리는 '젊은 그르니에'를 상상할 수 없다. 마치 '늙은 카뮈'를 상상하기 힘든 것처럼. 하지만 이처럼 우리 시대에 조우하기 힘든 노년의 지혜를 담고 있다는 바로 그 점이 젊은 사람들로 하여금 그르니에의 글에 끌리도록 만든 결정적인 요인이 되었는지도 모른다.

그르니에의 이러한 특성이 가장 잘 드러나 있는 책은 역시 『섬』(민음사)이다. 현대인 모두가 지니고 있는 일상적 속박으로부터의 탈출 욕망, 지금 이곳이 아닌 어느 먼 곳으로 가고 싶다는 낭만적 동경, 바로 이것을 이 책은 제목부터 암시하고 있는 듯하다. 그 먼 곳은 그러나 환락과 관능으로 가득 찬 곳이라기보다는 모든 지상적·육체적·감각적 가치의 허망함을 다 알고 난 뒤의 고요로움으로 가득 찬 곳이다. 그런 의미에서 그르니에의 산문은 서양인의 것으로는 보기 드물게 금욕적인 맛이 난다. 마음이 울적하거나 평정을 잃게 된 날 이 책의 아무 페이지나 펼쳐 들고 천천히 읽어나가노라면 어느새 갈등의 앙금은 다 가라앉고 자신의 내면이 투명하게 들여다보이는 듯한 고즈넉한 느낌에 젖어들게 된다. 삶이라는 것이 결론이나 해답이 아니라 함께 추구하고 찾아가는 것이라는 점을 이처럼 설득력 있게 보여주는 책도 흔치 않을 것이다.

『섬』이 일상 바깥으로부터의 부름을 담고 있다면 『일상적 삶』(청하)은 정반대로 일상으로의 초대라고 할 수 있다. 이 책에서 그르니에는 제목 그대로 일상적 삶이 보여주는 다양한 양상 중에서 열두 개의 테마를 골라 분석하고 있다. 열두 개의 테마란 여행·산책·술·담배·비밀·

침묵·독서·수면·고독·향기·정오의 시간·자정의 시간 등으로서 사람들이 흔히 보고 듣고 겪고 행하는 일상의 자잘한 편린들이다. 사람들은 지나치게 일상적인 사물이나 행동에 대해서는 생각을 거의 하지 않는 편이다. 무심코, 혹은 습관적으로, 그냥 좋으니까 한다고 여기고 만다. 그런데 그르니에는 이러한 일상적인 삶에도 다 나름대로 깊은 의미가 깃들어 있음을 적절한 실례를 들어가며 말해주고 있다.

그르니에의 글은 철학이라는 것이 멀리 있고 어려운 것만이 아니라 이렇게 우리 주변 가까이 있으며 친숙하게 접할 수도 있는 것이라는 점을 일깨워준다는 점에서 소중하다. 아마도 먼 훗날 나이를 먹고 다시 그르니에의 글을 펼쳐들게 된다면 그때 우리는 어떤 감회를 느끼게 될까. 혹시 카뮈처럼 이 책을 처음 펼쳐드는 젊은 사람을 부러워하게 되지나 않을지. (1989)

왜 하루키인가

—무라카미 하루키에 대한 두 편의 글

소비사회의 정신적 공허 탐색

연애하듯 읽는 책이 있다. 일본 작가 무라카미 하루키의 소설이 바로 그런 경우이다. 내게 있어 그의 작품은 독서나 분석의 대상이기보다 차라리 매혹의 대상이다. 그의 소설은 강한 흡인력과 감미로운 도취감으로 읽는 사람을 사로잡는다.

『바람의 노래를 들어라』를 시작으로『양을 찾는 모험』『세계의 끝과 하드보일드 원더랜드』『노르웨이의 숲』『댄스 댄스 댄스』로 이어지는 그의 일련의 소설들은 이념 부재와 가치관의 상실에 직면한 현대 도시인의 스산한 내면을 극히 감각적이면서도 세련된 방식으로 포착, 형상화했다. 책이라는 '일용할 양식'을 기다리고 있는 독자들에게 그의 이름은 항상 실망을 주지 않는 몇 안 되는 언어의 연금술사 가운데 하나로 자리잡아왔다. 이런 우리 앞에『태엽감는 새』(문학사상사)가 펼쳐졌다.

직장을 그만두고 아내 대신 집안일을 하며 지내는 한 남자가 있다. 어느 날 기르던 고양이가 사라지는가 하면 정체불명의 여인으로부터

전화가 걸려오는 등 이상한 일들이 연이어 벌어진다. 그는 고양이를 찾기 위해 집 주변을 돌아다니다 이웃집 소녀와 만나 이런저런 이야기를 주고받게 된다. 그러다 아내마저 뚜렷한 이유 없이 사라져버린다. 여기까지는 우리가 잘 아는, 어떤 의미에서는 전형화된 하루키식 이야기 전개이다.

하지만 그 다음부터 우리는 조금씩 이미 친숙해 있는 하루키 특유의 소설 공간을 벗어나 낯선 이방의 지대로 접어들게 된다. 거기서 우리가 만나게 되는 것은 '역사를 말하는 하루키' '현실과 싸우는 하루키'이다. 물론 그렇다고 이 작가가 갑자기 개인의 내면이란 성채에서 벗어나 앙가주망의 깃발을 치켜들거나 계급투쟁의 전선으로 나아가거나 하지는 않는다. 하루키는 고도 소비 사회의 정신적 공허와 전후 일본 사회를 떠도는 국가주의의 망령을 비판적으로 조망하고 그러한 현실을 주도하는 인물의 허위성과 싸우되 그답게 싸운다.

작가는 이 작품에서 현재와 과거, 현실과 환상을 넘나드는 독특한 작법을 통해 일본인의 아이덴티티를 추궁해 들어가는 한편 현대인이 물질적 풍요를 위해 기각해버린 그 무엇의 시급한 복권을 주장하고 있다. 그런 점에서 주인공이 물이 말라버린 우물에 들어가 환상여행을 시도하는 장면은 자아의 죽음과 재생의 드라마를 함축한 통과의례인 동시에 일본이 저지른 역사적 죄과에 대한 대속행위라고 볼 수 있을 것이다.

무거운 주제를 다루면서도 하루키의 소설은 여전히 경쾌하다. 그 경쾌함이 그러나 경박함으로 떨어지지 않고 광대한 문명사적 시야를 확보하고 있다는 점에서 하루키는 우리 시대 동아시아를 대표하는 작가임에 분명하다. 우리 문학이 세계 문학의 대열에 합류하기 위해서는 하루키에 대한 문단 일각의 피상적인 경멸부터 청산해야 할 것이다. (1996)

하루키의 미국 읽기

왜 하필이면 무라카미 하루키인가. 1990년대의 개막과 더불어 독서계를 휩쓴 하루키 열풍을 지켜보며 많은 사람들이 던진 질문이다. 하루키의 거의 모든 소설이 소개되고, 상당수 작품이 베스트셀러의 반열에 오르고, 심지어 표절시비가 일 정도로 젊은 세대 작가들에게 큰 영향을 주고 있다는 사실이 밝혀질 때마다 제기된 이 질문엔 질시와 곤혹, 자괴감 등 복합적인 감정이 개입돼 있다.

일본 문학은 우리나라에선 여타의 다른 외국 문학과 달리 아직도 객관적인 분석이나 향수의 대상으로 자리잡지 못하고 있다. 우선 국내에 소개된 현대 일본 작가의 수가 극히 한정돼 있을 뿐 아니라 그 작품들 또한 소수 문학 독자의 관심을 끌었을 뿐 대중적인 반향을 일으키지는 못했다. 오히려 1980년대 중반까지 우리에게 친숙한 일본 문학은 추리물이나 역사물, 무협물 같은 대중소설류였다. 우리가 그동안 일본 문학을 얼마나 등한시해왔는가 하는 것은 가와바타 야스나리나 오에 겐자부로가 노벨문학상을 수상했을 때 국내 문인들이 보인 냉소에 극명히 드러나 있다. 물론 이러한 일본 문학에 대한 거리감 내지 상대적 경시 이면엔 당연히 지난 시절 우리 민족이 겪어야 했던 아픈 역사적 기억이 버티고 있지만 그것 못지않게 일본 문학은 무조건 서구 문학보다 한 수 아래로 놓고 보려는 분위기가 작용한 면도 없지 않았던 듯하다.

이런 가운데 갑자기 불어온 하루키 바람은 정말 평지돌출이라고 하지 않을 수 없다. 결과적으로 하루키는 나츠메 소세키 이후 아쿠타가와를 거쳐 다자이 오사무나 미시마 유키오, 아베 코보, 나가카미 겐지 등 기라성 같은 여러 일본 작가들도 달성하지 못한 한반도 상륙을 성공리에 마친 거의 유일한 작가가 되어버렸다. 여기서, 왜 하필이면 하루키인가, 라는 질문이 다시 제기된다. 하루키의 어떤 점이 한국 독자들의 강한 일본 혐오를 무장해제시키고 그를 받아들이게 만들었는가. 무엇이 하루키를 여타의 현대 일본 작가들과 구분시켜주고 있는가.

많은 답변이 주어질 수 있겠지만 현재까지 나온 설명 가운데 가장 그럴듯한 것은 하루키 문학이 담고 있는 '신세대 정서'에 모아진다. 하루키의 본래 의도와는 무관하게 그의 소설은 이 땅에서 경쾌하고 재미있으면서도 산뜻한 이야기를 선호하는 신세대의 감수성에 적절히 부합하는 작품으로 읽혀지고 있다. 그의 소설을 늘 따라 다니는 '가벼움' '무국적성' '상실감' 등의 수식어는 하루키의 어떤 측면이 우리 독자들에게 어필했는지를 말해준다. 하루키의 소설은 소비 자본주의 사회에서 단자로 살아가야 하는 현대인의 단절감과 고독을 적절히 반영하고 있는데 이는 사회주의권의 몰락 이후 이데올로기에 대한 관심의 퇴조와 더불어 새롭게 사회 전면에 나선 세대의 감성을 대변해주고 있다는 것이다.

그러나 이러한 견해는 하루키를 한 시절 잠시 반짝했다 사라지는 인기작가로 치부하게 만들 위험이 있다. 하루키를 만만한 일본의 대중작가 중 한 사람으로 여기는 태도는 국내의 일부 하루키 모방자들에 대한 비난의 근거가 될 수 있을지는 몰라도 하루키의 올바른 수용에는 아무런 도움을 주지 못하게 된다.

그런 점에서 이번에 번역된 하루키의 산문집 『슬픈 외국어』(문학사상사)는 하루키에 대한 국내 독자들의 시각 교정에 어느 정도 보탬이 될 것으로 보인다. 이 산문집에서 우리가 보게 되는 것은 '감상적'인 혹은 '환상적'인 하루키가 아니라 이지적이고 성찰적인 하루키이기 때문이다. 그는 낯선 이국땅에서 끊임없이 자신의 내면과 주위 풍물을 관찰하고 거기서 어떤 통찰 내지 지혜를 끌어내고 있다. 그리고 이러한 하루키의 관점은 다른 일반적인 미국 견문록(체험기)과는 다른 매우 흥미로운 요소를 내장하고 있다. 그것은 하루키 자신 그 누구보다도 미국 문화의 영향을 짙게 받은 '미국 취향적' 작가이기 때문이다.

여기서 새삼 젊은 시절 하루키가 미국 문화에 얼마나 경도됐는지 구체적으로 밝힐 필요는 없을 것이다. 다만 그가 인터뷰에서 종종 고백했듯이 일본의 사소설보다 미국의 현대 작가들로부터 더 많은 영향을 받았고 그의 작품에 할리우드 영화나 록음악, 재즈 등에 대한 남다른 애호가 드러나 있다는 사실을 환기하는 것으로 족하다. 『슬픈 외국어』는 이처럼 미국 문화의 다시 없는 수혜자인 그가 미국에 도착해서 현장을 가까이서 지켜보며 쓴 기록이라는 점만으로도 충분히 그 가치를 인정받을 수 있는 책이다.

그는 한때 자동차 판매를 둘러싸고 일어난 미일 양국인 간의 감정적 대립을 고찰하기도 하고 육상경주를 예로 들어 일본 사회의 관료적 분위기와 엘리트 의식의 허위성을 공박하기도 한다. 또 그가 머물던 프린스턴 대학촌의 분위기를 스케치하며 지식인의 속물근성을 꼬집기도 한다. 미국 사회의 보수화와 여성의 지위 향상, 중산층의 불안 심리를 설득력 있게 진단하기도 한다. 급변하는 사회 분위기를 이야기하며 "정보가 음미를 앞서고 감각이 인식을 앞서고 비평이 창조를 앞서고 있다. 그것이 나쁘다고 하는 것은 아니지만 솔직히 피곤하다"(「대학촌 스노비즘의 흥망」)고 토로하는 대목을 읽으면 우리는 일반적으로 각인된 하루키와는 다른 하루키, 첨단적인 것에 편승하기보다는 어떤 근원적인 것에 더 관심을 둔 작가 하루키를 만나게 된다.

하루키는 광범위한 주제를 극히 평이하면서도 심층적으로 다루고 있으며 사물을 다른 각도에서 볼 수 있는 시야를 제시해주고 있다. 그는 일본 문학의 세계화 가능성을 타진하면서 "일본어로 소설을 쓰면서 다시 한번 일본어를 상대화하는 것, 일본인이면서 다시 한번 일본인의 성격을 상대화하는 것"(「버클리에서 돌아오는 길」)의 중요성을 언급하고 있는데 이는 이 책의 성격을 정확히 말해주는 것이기도 하다. 이 책에 실린 글들이야말로 상대적인 시각, 반성적인 관점에서 일본·일본인·일본어를 점검하는 내용으로 엮어져 있기 때문이다.

하루키를 읽는 것은 즐거운 일이다. 그러나 정작 하루키를 즐겁게 읽고 있는 자신을 의식하는 것은 그리 즐거운 일이 아니다. 아직도 우리는 하루키를 포함한 일본 문학, 나아가 일본 문화를 상대화 해서 바라보기 힘든 조건 속에 살고 있는 모양이다. (1996)

외롭지 않은 '외로운 남자'
—이오네스코 『외로운 남자』

언제부터 책 읽기가 지겨워지기 시작했는지 모르겠다. 새 책에 대한
갈망과 그 책을 손에 넣었다는 것만으로도 충분히 행복할 수 있었던 시
절에 비한다면 나는 확실히 '타락'했다. 어린 시절 친구와 선생들로부
터 책벌레라는 별명을 선사받을 정도로 나는 책에 탐닉했었다. 책이 특
별한 무엇을 내게 가져다줄 수 있다는 공리적 믿음 때문이 아니라 책 읽
기 그 자체가 즐거웠기 때문이었다. 나는 친구들과 어울려 뛰노는 것보
다 방에 틀어박혀 책 속에 펼쳐진 상상의 왕국으로 잠입해 들어가는 편
이 훨씬 더 좋았다. 집에 있는 책을 다 읽자 친구들의 책꽂이를 향해 손
을 뻗쳤고, 그것까지 대충 읽어치우자 집 부근의 대본점을 자주 들락거
리게 되었다.

나는 맛있는 음식을 아껴 먹듯 책의 한 페이지 한 페이지를 눈으로 먹
어치웠으며, 읽고 나선 뿌듯한 포만감에 젖곤 했다. 독서량에 비례해서
내 정신의 키도 자란다는 환상을 품고 있던 때였다.

그러나 책을 향한 이러한 경건주의적 신앙은 내가 대학을 졸업하고
군복무를 마치고, 직장에 취직하여 책에 '둘러싸인' 뒤부터 서서히 퇴

색하기 시작했다. 명색이 문학평론가이자 출판담당 기자인 내게 이제 책 읽기는 취미나 여가활용이 아니라 수행하지 않으면 안 될 하나의 의무가 되어버렸다.

편안히 글의 흐름에 몸을 맡기고 책이 들려주는 나직한 속삭임에 귀 기울이기보다는 과연 이 책 안에 무슨 '쓸거리'가 있을까 하는 것을 눈에 불을 켜고 찾아내야 하는 입장에 처하게 되어버린 것이다. 책 읽기가 겁나고 책이 무슨 괴물이나 되는 것처럼 여겨지기 시작했으며 책상과 서가에 차츰 읽지도 않고 꽂아두기만 하는 책이 늘어나기 시작했다.

물론 나의 이러한 푸념이 듣는 사람에 따라서는 행복에 겨워 내지르는 비명 정도로 받아들여질 수도 있을 것이다. 그러나 정작 나 자신에게 책에 대한 근래의 나의 불경스럽기까지 한 태도는 매우 위험한 징조처럼 여겨진다. 책에 대한 불감증은 결국 내 영혼이 그만큼 황폐해졌다는 객관적 사실의 반영이기 때문이다. 다행히 최근 읽고 있는 책 한 권이 나를 어느 정도 무기력의 늪에서 구출해주었는데 그 책은 바로 이오네스코의 『외로운 남자』(세계사)이다. 「무소」 「대머리 여가수」 등 부조리 극작가로 유명한 이오네스코의 유일한 장편소설이라는 이 작품이 천착하고 있는 것은 인간의 원초적 고독감인 듯하다.

평범한 회사원이었던 주인공은 어느 날 먼 친척이 상당한 유산을 남기고 죽는 바람에 하루아침에 '무위도식'하는 삶을 직업으로 갖게 된다. 이 소설은 이 남자가 회사를 그만두고 아파트에 살면서 자신과 주변에서 일어나는 일들을 관찰하는 내용으로 이루어져 있다. 한때 그는 식당의 종업원인 여인과 동거를 시도하기도 하지만 그녀도 떠나버리고 말며 그가 사는 도시를 휩쓴 내란도 먼 풍문처럼 여겨질 뿐이다. 주인공은 유리상자 속에 유폐된 채 상자 밖의 세계를 바라보고만 있는 것처럼 자신의 생을 소비해나간다. 아무것도 변화하지 않으며 그 어떤 변화가 일어날 수도 없다. 그는 그렇게 살다가 그렇게 죽어갈 뿐이다. 이 소설의 주인공이 마지막에 겪는 어떤 계시적 체험은 시적 환상에 그칠 뿐 현실의 역학에 구체적인 힘을 미치지는 않는다.

이 소설을 읽고 난 뒤 내 머릿속엔 이 외로운 남자처럼 무위도식하면서 살 수는 없을까 하는 한심한 생각에 이어서 이 남자가 왜 '외로운' 남자인가 하는 의문이 떠올랐다. 정말 외로운 남자에겐 유산을 물려줄 친척 따위란 존재하지 않는 법이니까. (1990)

금기와 폭력과 위반의 언어

—조르주 바타이유에 대한 두 편의 글

포르노를 넘어선 포르노

포르노가 읽는 사람의 성적 흥분을 조장하는 것이라면 조르주 바타이유의 소설 『눈 이야기』(푸른숲)는 명백히 포르노가 아니다. 이 소설에 지겹게 되풀이되는 성애 장면들은 성적 판타지를 제공하기는커녕 그것의 말살에 기여할 뿐이기 때문이다. 그러나 포르노가 읽는 사람의 성적 수치심이나 혐오감을 자극하는 것이라면 『눈 이야기』는 틀림없는 포르노, 그것도 최악의 포르노에 해당될 것이다.

그만큼 이 소설은 불온하며 읽는 사람을 불쾌하게 만든다. 개인적 선택을 존중하는 입장에서 포르노의 사회적 효용성을 인정하는 사람들도 이 소설에 그려진 온갖 성적 방종과 일탈, 그리고 비도덕적이라기보다는 무도덕적인 등장인물들의 행태에 대해선 선뜻 관용의 자세를 취하기 어려울 것이다. 그런 의미에서 이 소설을 읽는 것은 하나의 도전이다.

『눈 이야기』의 주인공인 일인칭 화자는 죽음이야말로 음경의 끝없는 발기에 대한 유일한 해결책이라고 보며, 그의 먼 친척으로 그와 함께 성과 죽음의 사육제에 뛰어드는 시몬느는 이 세계와 관련을 맺게 해주는 것은 격렬한 오르가슴뿐이라고 믿는다. 소설은 수음과 혼음, 강간, 계간, 관음증, 살인, 배설 등 변태적 행위의 연속으로 이어지고 그때마다 등장인물들은 침과 정액, 피, 오줌, 토사물로 범벅이 된다.

그들은 시체 옆에서 섹스를 하는가 하면 성당에서 신부를 능욕하고 죽인 뒤 그의 눈(안구)을 빼서 음부에 넣고 굴린다. 이처럼 그들은 의도적으로 '더러움'을 추구하는데 그것의 마지막 종착점은 한 개인의 육체와 영혼에 국한되지 않고 온 우주를 더럽히는 방탕이다. 이 점을 잘 나타내주는 것이 결말부의 투우 장면이다. 눈부신 태양 아래 이루어지는 야만적 살육행위를 보며 등장인물들은 달걀과 인간의 눈과 태양 등 둥글고 뜨거운 물체에 대한 상상적 동일시를 통해 극단화된 감각의 백열상태—인식의 제로상태에 도달한다. 그것은 곧 삶과 죽음이, 외설과 신성이 만나는 순간이기도 하다. 이처럼 이 작가는 성을 낭만적으로 이상화하거나 심미화하고자 하는 모든 시도와 결별한다. 그의 소설에서 성은 육체적 파열이자 유출로 나타나며 죽음의 심층으로의 아슬아슬한 접근을 의미한다. 등장인물을 사로잡고 있는 정신착란에 가까운 난폭한 열정이나 경련 혹은 발작과 유사한 성행위는 이 소설을 일반적인 의미에서의 포르노와는 다른 각도에서 보게 만든다.

"철학은 철학을 부정할 때, 또는 철학에 조소를 보낼 수 있을 때에 가능하다"는 작가의 말을 빌린다면 이 소설은 문학의 부정이자 문학에 대한 조소인지도 모른다. 또 그는 어쩌면 우리 시대에 유일하게 의미 있는 일을 자청해서 저주받은 존재가 됨으로써 세계의 허위성과 억압성에 대항하는 것이라고 생각했는지도 모른다.

우리에게 바타이유는 『에로티즘』『문학과 악』 같은 이론적 저작물로 널리 알려져 있다. 또 실제로 그는 소설가로는 그리 뛰어난 인물은 아닐 것이다. 하지만 '위반'과 '폭력'을 통해 인간적 한계의 극한에 다다르고자 한 그의 독특한 사유와 상상력은 응분의 조명을 받을 여지가 있다고 여겨진다. 매독환자에 맹인인 데다가 미치광이인 사람을 부친으로 두고 한때 성직자가 되기 위해 수도원에 머물기도 했으나 그 누구보다 신성모독적인 저술을 많이 남긴 이 이단적인 지식인은 그가 살다 간 모순에 가득 찬 삶처럼 모순에 가득 찬 소설을 남겼다. (1996)

에로스와 죽음의 경계 허물기

일찍이 사르트르가 '새로운 신비주의자'라고 불렀으며 미셸 푸코가 '현대의 중요한 사상가 중 한 사람'이라고 평했던 인물. 동시대의 독일 철학자 하이데거조차 '현재 프랑스에서 활동하고 있는 철학자 중 가장 뛰어난 사람'이라고 언급했던 인물. 그런데도 한때 프랑스 내에서조차 무시와 억측을 받았을 만큼 대단히 독특한 사고의 소유자― 조르주 바타이유. 사망 후 오랫동안 잊혀져온 그는 1972년 전위적인 문학지 『텔켈』이 특집으로 다루면서 복권이 되었고 이젠 프랑스 최대 출판사인 갈리마르사에서 전집이 나와 있는 상태이다. 생전의 몰이해와 달리 사후에 더 많은 찬사와 주목을 받고 있는 존재인 것이다.

그는 한마디로 제도권과 규범문화가 허용하는 영역을 벗어난 부분을 탐구한 사상가다. 따라서 프랑스에선 그를 사드나 로트레아몽과 같은 계열인 '악(惡)을 추구한 작가'로 보고 있다. 그가 지속적으로 관심을 보인 대상은 동성애, 죽음, 빈곤, 신성모독 같은 것들이다. 그의 연구와 작품을 가리켜 흔히 '배변학' '배설문학'이라고 하는데 이는 그가 인간 속에 숨어 있는 암흑지대, 외설적이고 동물적인 영역에 얼마만큼 가까이 접근했는지 말해준다. 일반인들이 억압하고 외면하려 하는 부분을 그는 오히려 적극적으로 파고든 것이다.

그런 그가 인간의 중요한 특성 중 하나인 '에로티즘'을 그냥 지나칠리 없다. 『에로티즘』(민음사)에서 그는 문학, 인류학, 종교학 등 다양한 분야를 넘나들며 에로티즘의 의미를 심층적으로 분석하고 있다. 에로티즘의 이편에 동물적이고 물리적인 행위로서의 성(性)이 자리잡고 있다면, 그 반대편엔 초월적이고 신비주의적인 성(聖)이 자리잡고 있다는 생각은 하나의 상식이 된 감이 있다. 바타이유의 사유의 특이성은 모든 개체는 서로 다르며 한 존재와 다른 존재 사이에는 뛰어넘을 수 없는 심연이 가로놓여 있다고 주장하는 데 있다. 죽음에 대한 관념이 불러일으키는 현기증과도 유사한 그 심연을, 살아서 순간적으로라도 건너뛸 수 있게 해주는 몇 안 되는 방법 중의 하나가 바로 에로티즘이다. 때문에 에로티즘은 불연속적인 개체를 이어주는 연속성의 의미를 지니고 있지만 동시에 그것은 죽음의 위험을 동반하고 있다. 에로티즘, 그것은 "죽음까지 파고드는 삶"인 것이다. 이런 전제에서 "육체의 에로티즘은 대상을 범하는 죽음에 가까운, 살해에 가까운 행위"라거나 "사랑의 행위와 제의적 희생이 서로 멀지 않"으며 "에로티즘에 빠진 두 남녀 중에서 여성은 희생자, 남성은 제물 헌납자로 보인다"는 등의 기발한 명제가 탄생하게 된다.

　이를 다른 각도에서 설명할 수도 있다. 인간은 이성과 노동을 통해 동물의 영역에서 벗어난다. 그리고 이를 지탱하기 위한 갖가지 금기 체계가 만들어진다. 그러나 인간에겐 그 금기에서 벗어나고자 하는 위반의 충동 또한 내재해 있다. 에로티즘은 바로 이 위반의 한 형태이며 이 위반을 통해 인간은 인간에게만 주어진 '저주받은 몫'을 처리할 수 있게 되는 것이다. 따라서 이때의 위반은 단순히 금기의 부정이 아니라 오히려 금기의 초월이자 완성이라 할 수 있는 어떤 것이다. 다시 한번 "성적 폭력과 무질서는 죽음의 심연과 다른 것이 아니다."

　『에로티즘』은 보통의 이론서와 달리 정연하고 단계적인 노선을 따르지 않는다. "언어를 태워 소멸"시키려 했다는 바타이유의 격렬한 문체는 이 책 곳곳에서 화염을 일으켜 읽는 사람의 머리를 열기에 휩싸이게 만든다. 그런 의미에서 과감한 붉은색 표지와 검은색 테두리의 본문 편집은 책 내용을 시각적으로 적절히 구현한다. 관능의 붉은색과 죽음의 검은색의 충돌이 자아내는 묘한 분위기는 금기의 위협과 위반의 쾌락 사이에서 방황하는 인간의 숙명을 말해주는 게 아닐까. (1999)

형이상학적 의미 함축한 추리소설

—로렌스 샌더스『연인들』

　외국의 일급 작가들의 작품을 읽고 절망감을 느끼는 것은 충분히 있을 수 있는 일이다. 밀란 쿤데라나 마르케스 혹은 존 파울스의 작품은 읽다 보면 "맞아, 이런 게 바로 소설이야"라는 탄성이나 "우리 문학은 아직 멀었어"라는 탄식을 부지불식간에 내뱉게 된다. 그러나 더 곤혹스러운 것은 외국의 대중작가의 작품을 읽다가 경탄을 느끼게 될 경우이다. "아니 고작 상업적인 대중소설인데도 이처럼 잘 썼단 말이야"라는 생각이 들 때의 묘한 질시감과 허망함이란!

　미국의 추리작가 로렌스 샌더스의 소설『연인들』(한길사)은 바로 그런 경우에 해당하는 전형적인 작품이 아닌가 싶다. 대다수 추리물 범죄물이 그렇듯 이 작품엔 엽기적인 사건이 있고 특이한 인간형의 범인이 있고 믿음직한 탐정이 있다. 수사관과 살인자, 사냥꾼과 사냥감 사이의 물고 물리는 싸움이 이야기를 끌어나가는 근본 동력이다. 그러나 이 작품의 진정한 강점은 이러한 추리소설의 평면적 도식을 그 내부에서 전복시키고 인간 존재의 심연을 섬뜩하게 드러내는 데 있다.

　원제가『제1의 대죄』라는 사실에서 유추할 수 있듯이 이 작품은 기독교적 배경을 가지고 있다. 모든 인간이 짊어지고 있는 일곱 가지 죄악 가운데 이 소설이 겨냥하고 있는 것은 '교만'이다. 소설에서 범인 대니얼 블랭크는 자신의 존재 증명을 위해 연쇄살인을 저지른다. 그는 탐욕이나 복수심 때문에서가 아니라 단지 보통의 일상인과 자신을 구별시킬 수 있는 최고의 수단이라는 이유로 살인을 선택한다. 그런 의미에서 살인자 블랭크는 『죄와 벌』의 라스콜리니코프나 『이방인』의 뫼르소의 후계자이며 그의 살인 행각은 일종의 형이상학적 의미마저 함축하고 있다고 여겨진다. 그런데 재미있는 것은 이 살인자를 추적하는 경찰관 에드워드 델러니 역시 스스로가 하느님의 대리자가 되어 그 범인을 징벌하고자 하는 욕망으로 가득 차 있다는 점이다. 살인자와 수사관 모두 혼돈으로 가득 찬 세상을 자기 방식대로 정돈하고자 하는 의지로 가득 차 있으며, 쫓는 자와 쫓기는 자 모두 자만심이란 '인류학적 질병'을 앓고 있다. 그들은 어느 면에선 서로 분신이자 쌍생아라고 할 수 있다.

소설은 암벽 타기를 즐기는 블랭크가 경찰의 추적을 피해 달아나다 마지막으로 평소 자주 등반하던 교외의 높은 암벽 위에 올라가 서서히 탈진해 죽어가는 것으로 끝을 맺는다. 그는 죽음으로 정화되며 그의 죄악은 이제 지상에 살아남은 우리 모두의 몫으로 남는다.

끝으로 사족 한마디. 이 소설을 읽고 열광한 나머지 이 작가의 다른 작품을 구해 열심히 읽어보았지만 신통찮은 게 대부분이었다. 대중작가는 우리를 '가끔' 놀라게 할 수 있을 뿐 '항상' 놀라게 해주지는 못하는 모양이다. (1996)

펜의 다람쥐가 벌이는 지성의 축제
—이탈로 칼비노에 대한 두 편의 글

동화적 천진성으로 가득 찬 환상문학

문학의 하위 장르 가운데 하나로 환상문학이 있다는 사실을 모르는 사람은 별로 없을 것이다. 그러나 유독 진지함과 엄숙함을 선호하는 우리 문학계에서 환상문학은 가장 뒤처진 분야이기도 하다. 환상은 우리에겐 아직도 '현실도피'와 동의어로 취급되고 있는 실정이다.

전후 이탈리아가 배출한 세계적 작가 이탈로 칼비노가 우리에게 소중한 것은 그가 바로 이러한 환상문학이란 형식을 통해 현대소설이 다다를 수 있는 가장 높은 수준을 보여주었기 때문이다. 미국의 저명한 포스트모더니즘 계열의 작가 존 바스가 한 대담에서 마르케스와 칼비노가 빠진 그 어떤 문학적 분파에도 자신은 소속되고 싶지 않노라고 공언한 것은 현재 세계 문단에서 이 작가가 차지하고 있는 비중을 상징적으로 드러내준다.

이 작가의 명성 탓인지 이탈리아 문학에 대한 우리 사회의 전반적 무관심에도 불구하고 칼비노의 작품은 상당수 우리말로 옮겨졌다. 『거미

집 속의 오솔길』『보이지 않는 도시』 등 다 사랑스러운 작품이지만 그 중에 한 편을 고르라면 역시『코스미코미케』(열린책들)를 들지 않을 수 없다. 직역하면 '우스꽝스러운 우주' 쯤이 될 이 소설은 25편의 단편적인 이야기들이 모여 한 편의 유기적인 작품을 형성하고 있다. 소설의 주인공은 Qfwfq(번역서에서는 ㅋ프우프ㅋ)라는 좌우대칭의, 자음만으로 이루어진, 발음이 불가능한 이름을 가진 존재인데 그는 이야기마다 양서류, 공룡, 새, 조개, 맘모스, 낙타, 운석, 미립자 등으로 모습을 달리해서 등장한다.

이 특이한 존재가 아득한 태고시대부터 현재를 거쳐 먼 미래에 이르기까지 장구한 세월을 살며 겪는 짧막짧막한 이야기들이 소설의 큰 틀을 이루고 있다. 작가는 마치 유희하듯 시간과 공간의 한계를 자유롭게 넘나들며 상상력의 나래를 펼치고 있으며 독자는 그 이야기를 통해 때로는 삶의 불확실성과 조우하기도 하고 때로는 인간이 자랑하는 이성이나 지식이 얼마나 보잘것없는지 깨닫게 되기도 한다.

이 소설에서 각각의 이야기들은 하나의 중심을 향해 응집하지 않고 저마다 팽창과 분산을 계속해서 거대한 의미의 성운을 형성하기에 이른다. 다채롭기 이를 데 없는 이 소설을 몇 마디 개념적 설명으로 요약하긴 힘들지만 반복되는 에피소드를 꿰뚫고 지나가는 공통된 주제를 찾는다면 아마도 인간을 포함해서 모든 존재는 진정한 자기인식에 이를 수 없다는 것, 세계는 무한히 상대적이며 사람들이 희구하는 유일한 진실 따위란 없다는 것, 따라서 사랑하는 대상과의 진정한 합일 역시 영원히 불가능하다는 것 등이다.

그러나 어쩌면 음울한 비관론으로 함몰될 수도 있는 이러한 주제를 가지고 칼비노는 참으로 날렵하게 동화적 순진무구함과 낙관적 웃음으로 가득 찬 한 편의 소설을 만드는 데 성공하고 있다. 그런 의미에서 이 소설은 '지구의 어리석은 새로운 점령자' 인 인간이라면 한번쯤 꼭 읽어

봐야 할 것이다. (1996)

지중해적 낙천성으로 조명한 존재의 비밀

1980년대 우리 독자들에게 가장 서늘하게 다가왔던 이탈리아 소설은 아마도 이그나지오 실로네의 『빵과 포도주』였을 것이다. 공산주의 운동에 투신했으며 파시즘에 저항한 작가답게 그의 소설은 역사와 인간, 종교와 혁명, 사랑과 노동에 관한 진지한 성찰로 가득 차 있었다. 대지에 밀착한 삶을 영위하는 농부들을 지켜보는 한 젊은 혁명가의 시선을 통해 작가는 암울한 현실 상황과 그럼에도 불구하고 언젠가 오고야 말 밝은 미래에 대한 기대를 또렷이 아로새겨 놓았다.

그렇다면 1990년대 우리 독자들을 매혹시킬 만한 이탈리아 작가로는 누가 있을까. 현대문학의 동향에 민감한 사람이라면 흔히 환상문학으로 분류되는 다수의 작품을 남긴 거장 이탈로 칼비노를 빼놓을 수 없을 것이다. 실로네에서 칼비노로의 이동은 인문사회과학 분야에서 그람시에서 움베르토 에코로의 이동과 유사한, 우리 독자층의 '관심의 변화'를 압축해 보여준다고 할 수 있을 것이다.

'펜의 다람쥐'라는 별명이 말해주듯 칼비노의 소설은 경쾌하면서도 낙천적이다. 그의 소설은 지중해적 광명으로 가득 차 있다. 그의 소설은 지적이면서도 움베르토 에코와 달리 과도한 박식함으로 읽는 사람을 압도하지 않는다. 그는 동화라는 가장 단순한 형태 속에 인간과 사회를 둘러싼 다양한 논란거리를 담을 줄 아는 작가이다.

『존재하지 않는 기사』(민음사)는 제목이 말해주듯 중세를 배경으로 한 동화적 소설이다. 주인공 아질울포는 육체 없이 오직 존재하고자 하는 의지와 의식만으로 존재하는 환상적 존재이다. 존재는 의식에 선행

한다는 고전적 명제가 전복당한 곳에 이 인물은 자리하고 있다. 작가는 그를 이슬람 군대와 싸우는 전쟁터로 내보내기도 하고, 시체 파묻기나 식사 같은 일상적 행위에 임하게 하기도 하고, 그가 옛날 구해준 처녀의 순결성을 증명하기 위한 모험에 오르게 하기도 한다. 그래서 이 작품을 읽다 보면 자연스럽게 존재와 비존재, 정신과 물질, 주관과 객관 같은 어려운 철학적 쟁점에 대해 하등 어렵지 않게 사유하게 된다. 여기에 권력자에 대한 풍자와 위선적인 경건주의에 대한 혐오, 그리고 사랑에 대한 찬양이 곁들여진다.

작가는 이 작품을 테오도라라는 수녀가 서술하는 것으로 설정해 소설 속에서 소설에 대해 성찰하는 메타픽션의 방식을 선보이고 있다. 그러나 대다수 메타픽션이 그렇듯이 글쓰는 이의 복잡한 자의식과 고뇌를 날것으로 노출하기보다는 읽는 사람을 즐겁게 해주는 유희 정신의 정수를 선보이고 있다. 그래서 웃으며 페이지를 넘기다보면 어느새 이야기의 끝에 도달하게 된다. 날렵한 펜의 다람쥐와 벌인 한바탕의 숨바꼭질, 아마도 이것이 칼비노의 이 소설을 읽고 난 후 갖게 되는 일반적인 감회일 것이다. (1997)

안타깝게 속삭이는 유언 같은 고백

—마르그리트 뒤라스 『이게 다예요』

    산문이라기엔 너무 시적인 글, 행간의 여백이 본문보다 더 강력하게 읽는 사람을 사로잡는 글—얼마 전 타계한 프랑스 문단의 큰 별 마르그리트 뒤라스의 산문집 『이게 다예요』(문학동네)를 펼치는 순간 받게 되는 인상이다.

    뒤라스의 언어는 대리석처럼 차갑고 단정한 모습으로 흰 종이 위에 띄엄띄엄 놓여 있다. 단어와 단어 사이 문장과 문장 사이에 입을 벌리고 있는 백색의 심연. 자신의 생명의 불꽃이 서서히 꺼져가는 것을 응시하고 있는 노작가의 연약한 목소리는 이따금씩 그 심연의 물살 위로 힘겹게 솟아올랐다가 이내 사라지고 만다. 그래서일까. 내게 이 책은 '읽는' 책이 아니라 귀 기울여 들어야만 되는 책, '보는' 책이 아니라 점자를 앞에 둔 장님처럼 조심스럽게 손을 뻗어 백지에 박힌 글자들을 하나하나 더듬어보고 만져봐야 진정한 의미를 알 수 있는 책으로 여겨진다.

    여느 에세이집과 달리 이 산문집은 단일한 구성 방식을 취하고 있지 않다. 작가 스스로 '밤의 연인'이라고 정겹게 불렀던 인생의 마지막 동반자 얀 앙드레아와 주고받는 대화가 단막극처럼 이어지는 가운데 갑자기 떠오른 단상이나 체념 어린 독백, 분명치 않은 대상을 향한 애탄 호소가 끼어든다. 이러한 파편적인 형식을 통해 뒤라스는 지금 이 순간 이루어지는 삶 그대로를 그때그때 포착하여 재생하는 독특한 글쓰기를 선보이고 있다.

뒤라스의 거의 모든 소설이 그렇듯이 이 작품의 주제 또한 '사랑의 불가능성'이다. 뒤라스는 일체의 분장이나 가식 없이 작품 속에 직접 출연하여 자신의 내면을 적나라하게 고백하고 있다. 그녀는 앙드레아를 향해 "나는 당신에게 말하고 싶었지요. 당신을 사랑한다고. 그렇게 외치고 싶었지요. 그게 다예요"라고 말하다가도 "당신은 아무것도 아니에요. 아무것도. 이중의 제로"라고 회한에 잠겨 되뇐다. 뒤라스의 언어는 이처럼 모든 것이면서 아무것도 아닌 대상을 휩싸고 돌며, 부재를 현존으로, 죽음에 대한 공포를 삶에 대한 정열로 뒤바꾸고자 하는 지난한 노력을 보여주고 있다.

그녀의 언어는 전부와 전무(全無) 사이에서 환희와 절망, 축복과 저주 사이에서 애처롭게 흔들린다. 사랑하는 사람과의 영원한 별리를 예감하고 써내려간 이들 페이지 속에서 그녀는 오만한 듯하면서 침울하고 격렬한 듯하면서 초연한 모습으로 나타난다. 그녀는 "나는 내게 꼭 들어맞는 자유 속에서 나 자신과 접촉하고 있다"고 차분한 어조로 말하다가도 "헛되고 헛되도다. 모든 것이 헛됨이요 바람을 뒤쫓음이라"고 비통하게 토로한다.

책을 통한 작별의 예식은 글쓰는 사람만이 누릴 수 있는 마지막 특권인지 모른다. 그러나 프랑스인들이 즐겨 쓰는 관용어 '쎄 뚜'(C'est Tout)의 뜻 그대로 이게 전부라고, 그저 그뿐이라고 속삭이는 뒤라스의 처연한 목소리 저 밑에서, 이게 다는 아니라는, 다일 수는 없다는, 삶에 대한 뜨거운 갈망의 흔적을 발견하게 됨은 어인 일일까. 뒤라스는 가고 지상엔

이제 그녀가 쓴 책만이 남아 있다. 나는 속으로 묻는다. 과연 이게 다일까. (1996)

나는 도주한다, 고로 존재한다

—파트리크 쥐스킨트『좀머 씨 이야기』

나 혼자만 좋아하고 싶은 대상이 어느 날 갑자기 대중의 시선을 한몸에 받는 유명한 존재가 되어버렸을 때 이상하게도 배신감 비슷한 것을 느끼게 되는 경우가 있다. 그 대상은 영화배우일 수도 있고 알고 지내던 사람일 수도 있고 한 권의 책일 수도 있다. 내게 있어 독일 작가 파트리크 쥐스킨트는 바로 그런 경우에 해당되는 작가이다.

그의 소설이 국내에 소개되기 시작할 무렵부터 죽 따라 읽으며 그를 좋아해온 나로서는 어느 날 갑자기 그가 국내 독서시장을 휩쓰는 베스트셀러 작가로 부상하자 자신의 문학적 안목이 공인받은 것에 대한 자부심(?) 못지않게 일말의 당혹감과 미심쩍음을 떨쳐버리기 어려웠다. 그 당혹감의 근저엔 과연 우리 독자들이 쥐스킨트를 제대로 이해하면서 그를 좋아하고 있는가, 라는 의혹이 자리잡고 있다.

특히『좀머 씨 이야기』(열린책들)의 경우 이 작품이 상페의 귀여운 삽화 덕분에 청소년을 위한 성인동화로 환영을 받고 있다는 분석이 나옴에 따라 나의 의혹은 더욱 강화될 수밖에 없었다. 과연 이 작품은 외양 그대로『어린 왕자』류의 예쁘고 사랑스럽고 아기자기한 동화풍의 소설에 불과한가. 좀머 씨를 "가만히 앉아 있지 못하고 지나치게 활동적인 사람"으로, 혹은 "끊임없이 걸어다니는 수도승 같은 인물"로 본다는 일부 한국 독자들의 시각은 해석의 자유의 차원을 넘어 거의 난센스이지 않은가. 한국 독자들의 이런 기상천외한 설명을 듣는다면 정작 쥐스킨트 자신은 얼마 남지 않은 자신의 머리칼을 쥐어뜯지나 않을까.

적어도 내 판단으로는, 쥐스킨트 작품의 핵심엔 세상에 대한, 인간에 대한 '지독한 냉소'가 자리잡고 있다. 그 냉소의 집약적 표현이 『비둘기』의 서두에 인용돼 있으며 『좀머 씨 이야기』 본문에도 나오는 다음 구절, "이런 세상이 나와 무슨 상관이 있단 말인가"라는 비명에 가까운 탄식이다. 좀머 씨의 끝없이 걷기는 바로 이러한 세상으로부터의 도주를 의미한다.

그는 죽음으로부터, 운명으로부터, 타인의 시선으로부터, 그리고 무엇보다 자기 자신으로부터 도주하려고 하는 자이다. 그의 "나를 좀 제발 그냥 놔두시오"라는 애원이나 반쯤 벌린 입과 공포에 질린 커다란 눈동자는 이 세상에서의 삶에 대한 본능적 두려움을 말해준다. 물론 그 두려움이 젊은 시절 전쟁 때 겪었을지 모를 참혹한 체험 때문에 생긴 것이라고 추측해볼 수는 있다. 그러나 그러한 추측을 넘어서 좀머 씨에게 걷기는 그의 실존 자체라는 점에 주목할 필요가 있다.

이 점은 이 작품이 좀머 씨의 걷기와 병행해서 화자의 정신적·육체적 성장을 기록하고 있다는 사실에서도 그 근거를 찾아볼 수 있다. 작품 도입부에서 키가 1미터가 간신히 넘는 꼬마로 소개되었던 화자는 소설 후반부에 이르면 키가 1미터 70센티에 달하는 청소년으로 자라나 있다. 이러한 그의 성장엔 좀머 씨와 관련된 에피소드를 제외하면 크게 다음 두 가지 이야기가 중요한 비중을 차지하고 있다. 그 하나가 짝사랑하던 소녀 카롤리나로부터 배반을 당하는 것이라면 다른 하나는 히스테릭한 피아노 선생 때문에 자살까지 결심하는 대목이다. 이 두 이야기는 모두 소박하게나마 삶에 대한 환멸의 체험이라는 점에서 동일하다.

나무 오르기를 즐기던 꼬마는 성장과 더불어 이제 지상에서의 환멸에 가득 찬 삶을 감수해야 하는 어른으로 변모한다. 상승과 비행의 꿈은 먼 추억이 되고 그 앞엔 "불공정하고 포악스럽고 비열한" 세상이 버티고 있다. 좀머 씨는 바로 그러한 세상 바깥으로 나가기를 애타게 희구한 사람 가운데 하나였을 뿐이다. 화자의 소년기가 끝나갈 무렵 좀머 씨의 죽음 장면이 배치된 것은 그 때문이다.

마지막으로 떠오르는 의문 하나. 세상 '밖'으로 나가기 위해 그토록 부지런히 돌아다니던 좀머 씨는 호수 '안'으로 걸어 들어가 죽는다. 모태의 양수를 의미하는 그 물 속에서 좀머 씨는 과연 원하던 휴식과 평안을 얻을 수 있었을까. (1996)

최대의 복수는 즐겁게 사는 것

― 무라카미 류 『69』

『69』(예문)라는 소설 제목을 보고 이상야릇한 상상을 하는 사람이 있을지 모르겠다. 그러나 이 제목이 일차적으로 의미하는 것은 너무 평범하게도 '1969년'이라는 연대상의 숫자를 가리킨다.

1969년은 단순히 지나간 시절의 한 단락에 그치지 않고 지금도 끊임없이 많은 논란과 흥분을 자아내는 신화적인 연대다. 서구와 일본 사회를 휩쓴 학생운동의 열기, 비틀스와 롤링 스톤즈 그리고 히피의 물결······ 그때 그곳에 있었던 사람에게나 그렇지 못했던 사람에게나 69년은 언제나 혁명과 젊음 그리고 영원한 반항을 상징하고 있다.

그렇다면 96년에 69년을 다룬 소설을 읽는다는 것, 그것은 어떤 색다른 감회를 줄 것인가. 나는 이런 기대와 함께 이 책을 펼쳤다. 그러나 일단 읽기 시작하니까 감회고 뭐고 할 것 없이 시종 낄낄거리며 순식간에 페이지를 다 넘기게 되었다. 그만큼 이 소설은 재미있었고 속도감이 있었다. 오랜만에, 정말 오랜만에 후련하게 잘 읽히는 소설 한 편을 만났다는 느낌이 들었다.

개인적인 취향을 말하자면, 나는 무라카미 류라는 일본 작가를 별로 좋아하지 않는다. 약관의 나이에 발표되어 작가를 일약 스타덤에 올려놓았으며 이 땅에선 한동안 판매금지의 수난을 당해야 했던 화제작 『끝없이 투명에 가까운 블루』를 나는 무덤덤하게 읽었으며 『코인로커 베이비스』는 어지러웠고 『오분 후의 세계』는 그저 그랬다. 오직 『69』만이 내게 이 작가의 재능을 어느 정도 확인시켜주었다.

자전적 형식을 취하고 있는 이 작품에서 작가는 고등학교 3학년이었던 69년을 회상하고 있다. 소설의 무대는 미군이 주둔하고 있으며 그에 따라 미국의 대중문화가 일상생활에 밀착되어 있는 사세보라는 작은 도시이다. 소설의 주요 갈등은 "인간을 가축으로 개조하는 일을 질리지도 않고 열심히 수행"하는 학교 당국 및 기성세대와 여기에 반항하는 주인공과 그 동료들 사이에 일어난다.

억압적인 현실에 대항하기 위해 주인공이 꿈꾸는 것은 음악·영화·행위예술 등이 한데 어우러진 '페스티벌'이다. 그 페스티벌은 소도시 사세보에는 풍문으로만 전해지던 혁명의 대용품이라 할 수 있다. 그러나 그마저도 쉽게 이루어지지 않는다는 데 문제가 있다. 작가는 이처럼 페스티벌의 성사를 둘러싸고 벌어지는 기성세대와 학생들의 싸움을 경쾌하면서도 발랄하게 보여주면서 기성세대의 자기보신적 행태를 신랄하게 풍자하고 있다. 하지만 이 작품을 더욱 빛나게 하는 부분은 페스티벌을 주도하는 젊은이들의 허위의식과 감춰진 욕망을 솔직하게 까발리는 대목에서이다. 그들은 과연 진정 혁명을 꿈꾼 것일까. 혹시 그들이 진정 원했던 것은 자신을 바라보는 여성들의 선망에 찬 눈길이 아니었을까.

'69'라는 숫자는 머리와 꼬리를 물고 돌아가는 형상이 암시하듯이 대립적인 두 진영의 물고 물리는 싸움을 나타내기도 하고 그 싸움이 이제는 하나의 완결된 원환을 이룬다는 것을 의미하기도 한다. 자신의 젊은 시절을 반추하면서도 작가는 감상에 빠지지 않고 객관적 시각을 확보하는 데 성공하고 있다.

어쨌든 작가는 말한다. 어느 시대나 있기 마련인 권력의 앞잡이들에게 해줄 수 있는 최대의 복수는 그들보다 즐겁게 사는 것이다, 라고. 이 소설을 읽고 나서 제일 궁금한 것은 바로 이러한 낙천성이 어디서 연유한 것일까 하는 점이다. 그것은 단순히 작가의 기질과 관련된 문제일까. 아니면 혹시 1960년대의 좌우 대치 정국을 성공적으로 청산하고 고도 소비사회로 진입한 일본인들의 자신감을 반영하고 있는 것은 아닐까. 아, 이 소설을 낄낄대며 읽고 있는 나 자신은 정작 얼마나 비관적인 사람인가. (1996)

쫓는 자와 쫓기는 자, 그 끝없는 순환
─폴 오스터『뉴욕 삼부작』

내게 폴 오스터는 소설가로서보다는 영화〈스모크〉의 시나리오 작가로 먼저 다가왔다. 미국을 다녀온 시인 최승자씨로부터 이 작가의 문학세계가 지닌 매력에 대해서 들은 적이 있지만 이 영화를 보기 전까지 별로 끌리는 감정을 느끼지 못했다. 그러다 본〈스모크〉는 정말 오랜만에 접해볼 수 있었던 '사람 냄새 나는' 할리우드 영화였고 당연히 원작자에 대한 관심을 불러일으켰다. 마침 그의 대표작이라 할 수 있는『뉴욕 삼부작』(웅진)이 번역돼 그의 독특한 문학세계에 입문할 수 있게 되었다.

『뉴욕 삼부작』의 이해를 위해선 우선 이 작품에 나오는 수다한 에피소드 가운데 특히 인상적인 이야기 두 가지를 음미해보는 것이 좋을 듯하다.

그 하나. 러시아의 위대한 사상가이자 문예비평가인 미하일 바흐친은 제2차 세계대전 당시 레닌그라드에 있었다. 독일이 그 지역을 봉쇄하자 남다른 애연가였던 그는 담배를 말아 피울 종이가 없다는 곤경에 직면했다. 그래서 그는 몇 년에 걸쳐 쓴『독일 소설론』원고를 한장 한장 담배 마는 종이로 써야 했다. 이리하여 어쩌면 금세기를 대표할 수도 있는 기념비적 저서 하나가 담배연기로 화해 허공으로 날아가 버렸다.

그 둘. 유명한 북극 탐험가 피터 프로이첸은 탐험 도중 눈보라에 갇힌 적이 있었다. 그는 이글루를 짓고 그 안에 들어가 폭풍이 지나가기를 기다리기로 했다. 그런데 심각한 문제가 발생했다. 작은 이글루의 벽이 점점 더 좁혀드는 것이다. 이는 추운 기후조건 때문에 그가 내뿜는 숨이 그대로 이글루 벽에 얼어붙어서 일어난 현상이었다. 살기 위해 내쉬는 숨이 자신을 가두는 얼음관이 된다는 무서운 사실 앞에서 그는 망연자실할 수밖에 없었다.

이 두 개의 삽화는 삶을 에워싸고 있는, 아니 삶이 내장하고 있는 운명의 아이러니를 예각적으로 보여주고 있다. 우리를 죽음으로, 파멸로 인도하는 것은 다름아닌 우리 자신이다. 앞의 사례가 말해주듯 숨을 쉬지 않고선 살 수 없지만 숨을 쉴 경우에도 살 수 없게 된다. 폴 오스터의 소설이 의미하는 바는 다양하겠지만 『뉴욕 삼부작』에 실린 세 편의 소설, 즉 「유리의 도시」「유령들」「잠겨 있는 방」을 관류하고 있는 것은 바로 이러한 운명의 아이러니이다.

이들 소설엔 한결같이 쫓는 자와 쫓기는 자, 관찰하는 자와 관찰 당하는 자가 등장한다. 「유리의 도시」에서 추리작가 퀸은 스틸맨을 추적하며 「유령들」에서 블루는 화이트의 의뢰를 받고 블랙을 감시하며 「잠겨 있는 방」에서 화자는 실종된 어렸을 적 친구 팬쇼를 찾아나선다. 그러나 세 편의 소설 모두 쫓는 자가 결국엔 쫓기는 자이며, 관찰하는 자가 그동안 관찰당하고 있다는 사실이 드러난다. 현실과 허구의 경계가 해체되고 진실과 거짓의 구분이 모호해진다. 사건은 해결되는 듯하다가 더 큰 미궁 속으로 빠져들고 주인공에겐 거대한 허무만이 주어진다.

폴 오스터의 소설은 자아의 정체성을 찾아나선 현대인의 모험을 통해 역으로 진정한 정체성의 부재라는 우리 시대의 한 징후를 포착하고 있다. 인생이란 무엇인가, 라는 질문에 작가는 답한다. 그것은 스모크, 한 모금의 담배연기에 불과하다고. 그러나 무서운 사실은 그 담배연기에 바흐친처럼 자기 일생을 건 사람도 있다는 것이다. (1996)

삶은 이해 가능한 대상인가
─줄리안 반즈 『플로베르의 앵무새』

"간통이란 인습을 뛰어넘는 가장 인습적인 방법이다." 이 그럴듯한 문장을 발설한 사람은 우리에겐 『롤리타』의 작가로 널리 알려진 나보코프이다. 그러나 나는 이 문장을 나보코프의 글에서가 아니라 다른 작가의 작품에서 읽었다. 그 작품은 영국 소설가 줄리안 반즈의 『플로베르의 앵무새』(동연)이다.

별 기대없이 이 책을 펼쳐든 나는 처음엔 뭐 이런 소설이 다 있어 하며 읽어나갔지만 중반을 지나면서부터는 그야말로 페이지 넘기는 것을 아까워할 정도로 완전히 몰입해 읽어나갔다. 이 소설만큼 세련되고 감칠맛 나는 생각거리를 풍부하게 제공해주는 작품도 흔치 않으리라.

주인공 제프 브레이스웨이트는 영국인으로 퇴역 의사이며 얼마전 아내와 사별한 인물이다. 그는 평소 19세기 프랑스 사실주의 소설의 거장 플로베르에 대해 각별한 관심을 갖고 그에 관한 정보를 수집하는 데 남다른 열정을 쏟고 있다. 그래서 플로베르의 고향 루앙 시를 방문하기도 하는데 여기서 한 가지 의문점에 부딪치게 된다. 전기에 따르면 플로베르는 「순박한 마음」을 쓰는 동안 영감을 얻기 위해 박제 앵무새를 책상 위에 놓고 지냈다. 그런데 루앙 시에 자리한 두 곳의 플로베르 기념관엔 각각 박제 앵무새가 한 마리씩 전시돼 서로 진품이라고 주장하고 있다. 과연 어느 것이 소설의 모델인 바로 그 앵무새인가.

플로베르의 소설 세계와 별 상관없는 지엽적이고 비본질적인 문제로 치부할 수도 있는 박제 앵무새의 진위 여부를 파들어가면서 브레이스웨이트는 사실의 포착이라는 것이 얼마나 힘들며 삶이란 것이 얼마나 불가해한 것인가를 냉철히 보여주고 있다. 인간은 과연 진실을, 과거를, 그리고 타인을 파악할 수 있는 존재인가. 아니면 인간의 끝없는 노력과 욕망에도 불구하고 최종적 해답은 끝내 주어지지 않는 것인가.

플로베르에 대한 전기적 접근과 병행해서 주인공 브레이스웨이트의 개인적 이력이 조금씩 드러난다. 그의 아내는 플로베르 소설의 여주인공 엠마 보바리처럼 바람둥이였는데 어느 날 충동적인 자살 유혹을 받아 호흡 보조장치에 의존하는 신세가 되고 말았다. 그 호흡 보조장치의 스위치를 끈 사람은 바로 브레이스웨이트 자신이었다. 사건이 종결된 후 브레이스웨이트는 자문한다. 자신은 과연 아내를 이해했는가. 이해하지 못했다면 그것은 이상한 것인가, 아니면 정상인가.

픽션과 문학비평, 그리고 전기를 현란하게 넘나들면서 삶과 문학의 본질에 대해 신랄한 문제를 제기하고 있는 이 작품은 독자를 당혹스럽게 만드는 여러 혁신적인 기법이 구사되고 있지만 포스트모더니즘에 대한 최소한의 이해만 있는 사람이라면 큰 어려움 없이 읽어낼 수 있을 것으로 여겨진다. 그러나 플로베르에 대한 '지식'은 물론이고 '관심'조차 없는 사람이라면 글쎄, 이 소설이 제공하는 흥미는 상당 부분 줄어들지 않을지. (1996)

금세기 유럽인의 원죄에 대한 심문
—존 파울스 『마구스』

존 파울스는 우리에게 『콜렉터』의 작가로 널리 알려져 있다. 아니 이 말은 정확하지 않다. 『콜렉터』의 작가로서보다는 외설연극으로 한때 화제가 됐던 〈미란다〉의 원작자로서 더 이름이 알려져 있다고 해야 할 것이다. 일체 외부와의 연락을 두절한 채 영국 남부의 해안에 위치한 저택에 은거하고 있는 이 노작가가 자신의 데뷔작이자 그에게 세계적 명성을 안겨다준 장편소설 『콜렉터』가 한국에선 엉뚱하게 외설연극으로 탈바꿈되어 사법부의 제재 대상이 되었다는 사실을 알면 어떤 표정을 지을까.

어쨌든 『콜렉터』로 1960년대 초반 영국 문단을 놀라게 하며 등장했던 이 작가는 그 뒤 여러 편의 후속작품을 통해 금세기 후반 영문학을 대표하는 가장 중요한 작가 중의 한 사람으로 자리를 잡았다. 그러나 우리에겐 『콜렉터』가 강한 인상을 던져준 것에 비해 그의 다른 작품들은 『프랑스 중위의 여자』를 제외하곤 제대로 소개되지 못한 형편이었다. 그런 점에서 최근 번역 출판된 파울스의 장편소설 『마구스』(문학동네)는 우리의 각별한 주목을 끄는 바 있다.

『마구스』는 방대한 분량에 걸맞게 스케일이 대단히 크고 주제 의식 또한 매우 깊은 작품이다. 이 작품은『콜렉터』보다 먼저 씌어졌다는 점에서 이 작가의 실질적인 처녀작이라 할 수 있다. 또 1966년 초판이 나온 뒤에도 수정을 거듭한 끝에 10여 년 뒤 다시 전면 개정판을 냈다는 사실을 봐도 이 작품에 대한 작가의 남다른 애정을 엿볼 수 있다.

과연『마구스』는 속도감 있게 아주 잘 읽힐 뿐 아니라 고급한 문학만이 줄 수 있는 감동과 교양을 선사해주는 작품이기도 하다. 이 작품은 남녀간의 사랑과 이별과 섹스를 다룬 연애소설이자 추리적 요소가 짙게 깔린 스릴러이기도 하며 신비주의의 실체를 탐구하는 철학소설의 면모까지 갖추고 있다. 작품의 주인공은 니콜라스 우르페라는 청년으로서 그는 영국 최고의 명문인 옥스퍼드대를 졸업한 후 그리스의 외딴섬 프락소스에 있는 고등학교의 영어 선생으로 부임한다. 그곳에서 맡은 직무를 수행하며 무료한 나날을 보내던 그는 어느 날 우연히 콘치스라는 신비스러운 노인과 만나게 되면서 불가사의한 사건의 미궁 속으로 빠져들어가게 된다.

콘치스가 펼쳐 보여주는 세계 속엔 전쟁의 살육이 있고, 죽었다고 믿은 사람의 부활이 있고, 릴리와 로즈 같은 쌍둥이 자매와의 비밀스런 사랑이 있다. 허구와 진실, 예술과 삶, 환상과 현실의 경계가 지워져버리는 그 미지의 영역 속에서 우르페는 지금까지 신봉해왔던 모든 의미와 가치가 붕괴되는 경험을 하게 된다.

대도시 런던과 지중해의 아름다운 풍경을 오가며 전개되는 이 작품을 통해 우리는 단순히 한 청년이 겪는 이색적인 모험을 추체험하는 데 그치지 않고 금세기 유럽인의 정신적 방황사와 현대문명의 근원적 문제점을 인식하기에 이른다. 따라서 이 소설을 가리켜 한 평자가 "위대한 영국 소설을 향한 흥미있는 시도"라고 한 지적은 어느 정도 타당한 것으로 보인다. (1996)

남성적 힘에 대한 찬양
─마루야마 겐지 『봐라 달이 뒤를 쫓는다』

　1980년대 후반부터 우리 독서계를 잠식해 들어오기 시작한 일군의 일본 현역 작가 중에서도 마루야마 겐지는 독특한 위상을 차지하고 있다. 그는 무라카미 하루키나 요시모토 바나나 같은 감각적이고 도시적인 작품세계로 대중적 성공을 거둔 작가들과는 뚜렷이 구분되는 특징을 보유하고 있다.

　그의 소설에서 우리가 확인하게 되는 것은 오히려 고전적인 문학주의자의 면모이다. 글쓰기에 자신의 전부를 걸고 잠시도 냉철한 자기응시와 금욕적인 수련을 멈추려 하지 않는 그의 자세는 우리 시대에 보기 드문 '장인으로서의 작가상'을 떠올리게 한다. 그가 창작에 방해가 된다는 이유로 문단에 발길을 끊고 고향에 칩거하며 쓰고 싶은 작품만 집필한다는 사실은 상업주의나 대중추수주의와 타협하지 않겠다는 그의 강인한 의지를 나타내주고 있다. 귀에 워크맨을 꽂고 록음악을 들으며 분방하게 컴퓨터 자판을 두드리는 어떤 일본 작가와 아직도 원고지엔 펜으로 새기듯 글을 쓴다는 이 작가 사이엔 얼마나 깊은 협곡이 가로놓여 있는가.

그의 작품 또한 일본 문학의 사소설적 전통과는 어느 정도 거리를 두고 있지만 하루키 등 여타의 다른 일본 작가와 비교할 때 상대적으로 일본 특유의 미의식이나 생사관에 더 충실한 편이다. 그의 소설에 짙게 드리워진 탐미적이고 서정적인 분위기도 그렇지만 죽은 사람의 혼령이 등장한다거나 자연 만물이 의식을 지니고 살아 움직이는 것처럼 묘사되는 것은 일본인의 물활론적 세계관을 반영하고 있다.

그런 의미에서 그는 가장 반현대적인 의식과 사유로 현대라는 괴물과 싸우고 있는 작가라 할 수 있다. 바로 이 싸움에서 그의 소설의 남성적 힘이 표출된다. 그의 소설은 산문시에 육박하는 문체의 아름다움과 현란한 이미지에도 불구하고 여성성에 대한 경멸과 남성의 발기력에 대한 찬양으로 가득 차 있다. 이 작가의 근작인 『봐라 달이 뒤를 쫓는다』(하늘연못) 역시 질주하는 오토바이의 배기음이 메아리치는 가운데 물처럼 고여 있는 세상을 질주하는 남성성에 대한 희구가 관류하고 있다.

오토바이를 화자로 내세운 이 특이한 소설에서 작가는 쇠락해가는 바닷가 마을과 번화한 도시를 대비시킨다. 한편에 서서히 마멸돼가는 시골의 적막한 풍경이 있다면 다른 한편엔 협잡과 위선과 폭력이 판치는 악의에 찬 도시가 있다. 시골과 도시 모두 진정한 생명력을 손상당했다는 점에선 마찬가지이며 그 속에 사는 사람들은 '무미건조한 나날'과 '평범한 운명'에 갇혀 있다. 오토바이는 이러한 죽어 있는 세계를 흔들어 깨우고 다른 가능성을 찾아나서는 '유동(流動)의 철학'을 실천하고자 한다. 그러나 소설 말미에서 오토바이에 탄 두 남녀가 튕겨나가 죽고 오토바이 자체도 재생 불가능한 상태로 망가짐으로써 탈일상의 모험은 종말을 고하게 된다. 오직 밤하늘의 달만이 이 모든 과정을 지켜보며 교교히 달빛을 뿌리고 있을 따름이다.

여성성의 수호자인 달과 남성성의 화신인 오토바이, 그것은 곧 천상과 지상, 자연과 인공, 질주와 정지, 삶과 죽음의 대립이기도 하다. 달은 모든 인간적 노력을 비웃으며 한사코 인간 뒤를 쫓아온다. 마루야마 겐지는 이 작품을 통해 일본 특유의 탐미적 허무주의와 남성적 저항의 식을 접합시키는 데 일정한 성과를 거두고 있다. (1996)

진정한 자아 찾아가는 고난의 항로

—크리스토프 바타이유『다다를 수 없는 나라』

프랑스 문학의 영광은 이제 종말을 고했는가. 사르트르와 카뮈로 대표되던 전후 황금기와 실험성을 과시했던 누보로망의 물결이 지나간 지금 프랑스 문학은 일견 적막해 보인다. 미셸 투르니에나 르 클레지오 등이 대가로 군림하고 있긴 하지만 프랑스 문학은 예전의 활력을 찾아보기 힘들며 세계 문학시장에서의 주도권 역시 상실해가고 있는 듯이 보인다.

그러나 프랑스 문학이 여전히 건재하며 새로운 인물들이 계속 등장해 소설의 가능성을 더욱 풍요롭게 해주고 있음을 증명해주는 작품이 나왔다. 지난 30년 가까운 세월 동안 프랑스 현대 소설의 동향을 누구보다 민감하게 포착하고 중요한 작품을 선별해 유려하게 소개해온 김화영 교수가 번역한『다다를 수 없는 나라』(원제 Annam, 문학동네)가 바로 그 문제의 작품이다.

역자에 따르면 이 아름다우면서도 무한히 긴 여운을 남기는 작품을 쓴 작가 크리스토프 바타이유에 대해 알려진 바는 거의 없다고 한다. 불과 스물한 살의 나이에 이 작품을 완성했다는 것, 이 작품으로 그해 처녀작상 및 되마고상을 수상했다는 정도이다. 그러나 문학적 감식안이 있는 독자라면 이 작품을 읽고 의심할 여지 없이 한 천재의 탄생을 예감하게 될 것이다.

소설은 베트남의 어린 황제 칸이 구원병을 요청하기 위해 멀리 프랑스 대혁명 전야의 궁전으로 찾아오는 데서 시작한다. 그는 뜻을 이루지 못한 채 낯선 이국 땅에서 외롭게 죽는다. 하지만 소년이 살았을 때 잠시 그와 교분을 나눴던 한 주교의 노력에 의해 일단의 프랑스 병사와 선교사가 베트남으로 출발하게 된다. 뱃길은 포르투갈, 모로코, 마다가스카르, 인도를 거쳐 드디어 베트남에 닿는다.

이 기나긴 항로는 곧 죽음과 상실의 여정이기도 하다. 처음 두 척이었던 배는 한 척으로 줄고 짐이나 의복도 점차 줄어든다. 거기에 탄 사람들도 병에 걸리거나 베트남군에게 학살당해 하나 둘씩 죽어간다. 오직 도미니크 수사와 카트린느 수녀만이 살아남아 북부의 깊은 산골로 들어가 그곳에서 최후를 마친다. 거대한 역사적 흐름을 놓고 생각하면 베트남의 어린 황제 칸이나 프랑스 선교사들의 운명이란 급류 속의 물방울처럼 덧없고 순간적인 것에 지나지 않는다. 그들의 삶과 죽음은 모두 망각 속에 묻혀 사라진다. 소설의 한 문장을 빌리면 "세계는 속이 빈 조가비"에 지나지 않는다.

그러나 작가가 말하고자 한 것이 단순히 허무만은 아닌 듯하다. 성경은 마음이 가난한 자만이 천국에 들어갈 수 있다고 가르친다. 프랑스 수사와 수녀들이 "세상의 저 끝"이라 할 수 있는 베트남의 오지에서 겪는 일련의 고난과 고독은 진정한 자아를 발견하기 위한 영혼의 헐벗음을 암시하고 있다. 그들은 모든 것을 잃고 모든 사람으로부터 잊혀짐으로써 존재의 진실에 다가간다.

그런 의미에서 소설 후반부에 그려진 도미니크 수사와 카트린느 수녀와의 정사 장면은 장엄하다 못해 신성하기까지 하다. 신앙마저 버린

(혹은 초월한) 상태에서 두 사람이 육체를 나누는 광경은 천상과 지상, 인간과 자연 사이의 간극이 해소되고 순간과 영원이 교차하는 신비의 세계로의 입문을 나타내고 있다.

이 작품에서 작가는 역사적 현실을 일종의 깨어서 꾸는 꿈처럼 만들어버렸다. 베트남군의 야만성마저 잠재운, 실오라기 하나 걸치지 않고 잠든 도미니크 수사와 카트린느 수녀의 저 편안한 모습에 비하면 소란스럽고 번잡하기만 한 이 삶이란 도대체 무어란 말인가. 이런 가슴 저리게 투명한 작품을 불과 스물한 살의 젊은이가 쓰다니. 아, 나는 정말 너무 오래 살았다. (1997)

눈먼 현자의 소설

—보르헤스에 대한 두 편의 글

거대한 상상력의 만화경

"형용할 길 없는 아이러니와 함께/신은 내게 책들과 밤을 동시에 주었다."

금세기 중남미가 낳은 위대한 작가 중의 한 사람인 호르헤 루이스 보르헤스는 자신을 박해하던 페론 정권이 무너지고 새로 들어선 정부가 자신을 국립도서관장에 임명하자 이렇게 노래했다. 세상을 거대한 도서관에 비유하기를 즐겨 했던 그는 당시 이미 시력을 거의 상실한 상태였다. 책들의 미로에 둘러싸인 채 그는 인생의 황혼기에야 찾아온 명성과 영예를 초연하게 누렸다.

그리하여 사르트르와 함께 보르헤스는 지독한 책벌레이면서 그 벌로 시각적 어둠 속에서 만년을 보내야 했던 운명의 작가로 기억되고 있다. 그러나 고대 그리스의 시성 호메로스가 그렇듯이 외적 눈을 상실한 그는 내면의 눈을 통해 보통 사람들이 갖지 못한 통찰력과 투시력을 보여주었고, 또 이를 아름답고 농축된 언어에 담아냈다.

그가 남긴 여러 권의 작품집 가운데 내가 가장 사랑하는 책은 시도 아
니고 소설도 아니고 그렇다고 일반적인 의미에서의 산문집이라 하기에
도 어려운 『상상동물 이야기』(까치)라는 책이다. 보르헤스가 마르가리
타 게레로와 함께 저술한 이 책은 형이상학적 유희와 백과사전적 인용
으로 가득 찬 보르헤스 특유의 글쓰기에 지친 사람에게 잠시 숨돌릴 수
있는 여유를 준다.

이 책에서 저자들은 인류가 상상해낸 갖가지 환상적인 동물들을 소
개하고 간략한 평가를 곁들이고 있다. 기독교나 불교, 이슬람교에 등장
하는 신화적 동물들은 물론이고 아메리카 대륙의 인디언이나 중국, 일
본의 민간전승에 나오는 괴물들과 신령스러운 존재들에 이르기까지 저
자들은 동서고금을 넘나드는 상상력의 만화경을 뒤따르고 있다.

당연히 그리스 로마 신화나 『아라비안 나이트』도 중요한 참고자료가
되고 있으며, 카프카나 에드거 앨런 포, C. S 루이스 같은 작가들도 상
상동물학의 주요 구성원으로 얼굴을 내밀고 있다. 용이나 봉황, 일각
수, 불도마뱀 살라만드라, 그리핀, 켄타우로스, 사이렌 등 어느 정도 익
숙한 이름들도 보이고 반시나 하르피아, 호치간 같은 낯선 존재들도 귀
퉁이에 자리잡고 있다.

이들 기상천외한 동물의 생김새와 유래에 대한 설명을 읽다 보면 현
실과 상상의 경계가 점차 흐려져 나중엔 리얼리티라는 것 자체가 의심
스러워지는 지경에 이른다. 즉 이 책에 나오는 동물들은 불가해한 우주
에 맞서 인간이 상상해낸 또 다른 불가해한 존재들의 목록이라 할 수 있
다. 그들은 시간 속에서 모든 존재는 환영이며 실재와 가공 사이에 거
리는 없다는 것을 가르쳐준다.

예컨대 고대 중국에서는 거울 속의 세계와 인간 세계가 지금처럼 단
절되어 있지 않으며 서로 왕래할 수 있다고 믿었다. 그러나 어느 날 거
울 속의 사람들이 인간들을 공격해옴에 따라 평화가 깨졌다. 그래서 황

제는 침략자들을 몰아내 거울 속에 가두고 그들을 인간과 사물에 종속된 단순한 그림자로 만들어버렸다. 지금도 거울 속의 존재들은 언젠가이 신비한 동면상태에서 깨어나기만을 기다리고 있다는 것이다. 이러한 에피소드는 거울, 꿈, 분신 등과 관련해서 무한한 상념에 잠기게 만든다.

개인적으로 이 책에 나오는 여러 기기묘묘한 존재들에 대한 이야기 중 가장 마음에 든 것은 스웨덴의 신비주의적 철학자 스웨덴보리의 천사에 대한 언급이었다. "지상에서 서로 사랑한 두 사람은 하나의 천사가 된다. 천사들의 세계는 사랑으로 다스려진다." 사랑에 대한, 사랑하는 사람들에 대한 이보다 더한 축복이 어디에 있을까. (1997)

미로 속에서 미로 창조하기

보르헤스 소설을 읽는 것은 고난도 퍼즐을 푸는 것과 유사하다. 작가가 설치한 정교한 언어의 미로 속으로 들어가 길을 잃고 헤매다가 문득정신을 차리고 보면 어느새 다시 미로 바깥으로 밀려나 있는 자신을 발견하게 되곤 한다. 이러한 경험은 어떤 사람에겐 허망할 뿐 별다른 의미가 없는 것으로 여겨질 수도 있지만 다른 사람에겐 책 읽기의 욕망을자극하는 신선한 원천이 될 수도 있다.

바꿔 이야기해서 보르헤스는 소설이라는 형식을 빌려 독자에게 일종의 지적 게임을 제안하고 있는 것이다. 그 게임에 흥미를 느끼고 이에적극적으로 동참하는 사람은 그의 소설에서 많은 흥미로운 점을 발견하고 점점 더 깊이 빠져들게 될 것이고 그렇지 않은 사람은 읽다가 뭐이런 따분한 소설이 다 있어 하며 던져버릴 것이다. 보르헤스의 소설은이처럼 찬미와 몰이해라는 양극단의 반응 사이에 자리잡고 있다.

그의 소설은 주제면에선 형이상학적이고 기법면에선 알레고리적이며 형식면에선 짧은 미니소설이라고 요약할 수 있다. 이 점은 보르헤스라는 이름을 구미 군단에 널리 알리는 결정적인 계기가 된 대표적 작품집 『픽션들』(민음사)을 펼쳐만 봐도 잘 드러난다. 여기 수록된 「원형의 폐허」 「끝없이 두 갈래로 갈라지는 길들이 있는 정원」 「죽음과 나침반」 「삐에르 메나르, 『돈티호테』의 저자」 등의 소설은 한결같이 사람들이 믿고 확신하는 개개인의 정체성이라는 게 하나의 환상에 불과하며, 인간은 자신의 이지와 예측을 넘어서는 운명의 불가사의를 어떻게 해볼 도리가 없음을 역설하는 한편 우리에게 익숙한 저자와 독자의 개념을 해체하고 있다. 그가 즐겨 다루는 테마는 죽음이나 시간, 영원, 동일성과 차이 같은 형이상학적이고 관념적인 것들이다. 물론 보르헤스라고 해서 이런 철학적 난제들을 풀 수 있는 명확한 해답을 준비하고 있는 것은 아니다. 그의 입장은 대개 불가지론에 기울어져 있는데 그는 수수께끼로 가득 찬 세상에 수수께끼를 더함으로써 읽는 사람을 혼란 속에 빠뜨린다.

그가 장편소설을 거부하고 유난히 압축적인 단편 형식을 선호한 것도 불가지론적 태도의 연장선상에 있다. 삶의 본질을 꿰뚫는 지혜는 찰나의 섬광 속에서 빛나는 것이지 긴 스토리라인을 따라가며 형성될 수 있는 성질의 것이 아니기 때문이다. 즉 보르헤스가 노리는 것은 상식과 통념의 순간적 전도이며 근대적 합리성이 놓치고 있는 삶의 다른 영역에 대한 조심스러운 접근이다. 그 결과 보르헤스적 세계가 결국 도달하는 곳은 현실과 환상, 사실과 허구, 나와 타자가 구분되지 않는 인식의 카오스 상태일 따름이다.

세상이란 미로 속에 살며 책이란 또 다른 미로를 창조하는 작업, 이것이 보르헤스가 일생 동안 한 일이다. 보르헤스 덕분에, 그렇지 않아도 미로 같은 세상은 더욱 미로가 되어버렸다. 그래서일까, 보르헤스가 탐정소설의 형식을 즐겨 차용한 것은, 하지만 그 어떤 영민한 탐정도 미로의 출구를 찾아내지는 못한다. 자신을 가두고 있는 미로에서 벗어났다고 생각한 그 순간 그는 또 다른 미로의 입구에 발을 디딘 것에 불과하다. 그런 점에서 건조하기 이를 데 없는 보르헤스의 소설은 놀라움만이 아니라 때로 일말의 서글픔을 안겨주기도 한다. (1998)

진부한 소재, 색다른 접근

―알랭 드 보통『로맨스』『섹스, 쇼핑, 그리고 소설』

밀란 쿤데라는 한 산문에서 소설이 모든 이야기와 형식을 다 써먹은 나머지 위기에 봉착했다는 세간의 통설을 단호히 부인하면서 새로운 소설의 출현을 가능케 해줄 요소로 다음 네 가지를 들고 있다. 그것은 곧 유희, 꿈, 사유, 시간이다. 아마도 쿤데라의 발언엔 그 자신은 이 네 요소를 두루 적절히 응용해서 그만의 독특한 소설 공간을 이룩했노라는 은근한 자부심이 담겨 있을 것이다.

영국의 신세대 작가 알랭 드 보통은 쿤데라가 말한 네 요소 중 '사유'의 측면에서 눈여겨볼 만한 참신성을 구현하고 있는 작가이다. 1969년 생, 부친은 부유한 스위스 은행가, 케임브리지 대학 졸업 등의 약력이 말해주듯이 그는 평탄하고 순조롭기 이를 데 없는 삶을 살아온 것으로 보인다. 그의 소설은 별다른 정치 사회적 갈등이나 고민 없이 물질적 풍요를 구가하며 남녀간의 애정문제에 진력해도 되는 세대의 삶의 방식과 인간관계가 잘 반영돼 있다.

그의 이름을 구미 문단에 널리 알린 두 편의 소설『로맨스』와『섹스, 쇼핑, 그리고 소설』(한뜻)을 읽어보면 이 작가의 특질이 여실히 드러나는데 그것은 첫째, 주제면에서 이 작가의 관심은 자신이 속해 있는 여피족 젊은이들의 사랑에 집중돼 있으며, 둘째, 형식면에서 사랑의 이모저모를 철학적·심리학적으로 분석하는 에세이 스타일을 택하고 있다는 점이다. 그는 사랑을, 오직 사랑을 그린다. 그러나 그가 그리는 사랑에 무슨 극적인 드라마나 아름다운 로맨스가 등장하는 것은 아니다. 지면을 채우고 있는 것이라곤 사랑에 빠진 두 남녀의 태도와 심리에 대한 시시콜콜한 분석과 유머러스한 주석이 있을 뿐이다. 그런 의미에서 그는 사랑을 그리기보다는 사유한다고 해야 옳을 것이다.

줄거리라고 할 만한 것이 있긴 하지만 극히 단순하고 진부하다는 점에서 두 작품은 동일하다. 『로맨스』는 건축기사인 남자가 비행기에서 우연히 매력적인 여성 클로를 만나 사랑에 빠졌으나 그녀가 다른 남자를 사귀면서 파경을 맞게 된다는 것이고 『섹스, 쇼핑, 그리고 소설』은 앨리스라는 감상적인 여자가 파티에서 에릭이라는 지나치게 이지적이고 실용적인 남자를 만나 역시 사랑에 빠졌으나 결국엔 헤어진다는 내용으로 이루어져 있다. 그러나 이 작가의 소설의 재미는 그런 줄거리에 있는 것이 아니라 이야기 사이사이에 펼쳐지는 사랑에 관한 갖가지 경쾌하면서도 세련된 담론들에 있다. 프로이트와 비트겐슈타인이 동원되며 때로 도표까지 곁들여져 진행되는 그 담론들은 사랑에 빠진 사람들의 내면과 미묘한 감정의 파장을 그럴듯하게 포착해낸다.

그래서 그의 소설을 읽다 보면, 맞아, 그때 나도 그랬어, 이렇게 볼 수도 있는 것이군 하며 공감할 수 있는 대목을 상당수 발견하게 된다. 하지만 아쉬움은 여전히 남는다. 그래, 사랑 거 좋지, 그런데 사랑이 전부란 말인가, 라는 항변에 이 작품이 그리고 이 작가가 들려줄 말은 별로 없는 듯하다. 이 세상엔 사랑말고도 우리가 관심을 기울이지 않을 수 없는 일들이 엄청나게 많으므로.

작가의 관심사가 지나치게 지엽적이고 협소하다는 원천적 약점 외에 이 두 소설은 번역에서 몇 가지 실수를 드러내는 문제를 안고 있다. 앞뒤 문맥이 맞지 않거나 뜻이 통하지 않는 문장도 더러 눈에 띄지만 플로베르의 『감정교육』을 『낭만주의 교육론』으로 옮기거나 미국 여배우 진 세버그를 장 스베르라고 프랑스식으로 표기하고, 거꾸로 프랑스 정신분석학자 라플랑슈를 래플런치라고 영어식으로 표기한 부분 등은 실소를 금치 못하게 했다. 문화인류학자 루스 베네딕트를 무슨 카톨릭 단체로 알았는지 "루스 베네딕트에서 편찬한 『국화와 검』 운운" 한 대목도. (1997)

인간 조건의 비극성

─이스마일 카다레 『죽은 군대의 장군』

    전쟁이 끝나고 상당한 시일이 흐른 후 한 장군이 상대편 나라의 산하에 흩어져 있는 자국 병사의 유골을 회수하러 온다. 험준한 산악지대로 이루어진 그 나라는 시종 진눈깨비와 비가 흩뿌리는 음울한 날씨가 계속된다.

    이방인인 그를 기다리고 있는 것이라곤 과거 한때 적으로 만나야 했던 그곳 나라 사람들의 의심에 가득 찬 시선과 황량한 자연 풍경뿐이다. 불확실한 기억과 정보에 의지해서 궁벽진 산하 여기저기를 옮겨다니며 땅을 파는 작업을 계속해나가지만 그것은 사람들로부터 잊혀진 채 편히 쉬고 있는 사자(死者)의 잠을 방해하는 것에 지나지 않는다. 장군은 결국 그가 그 나라에서 한 모든 행위는 도로에 불과하며 그곳 사람들과 자신 사이엔 영원히 뛰어넘을 수 없는 벽이 가로놓여 있다는 씁쓸한 사실을 인정하지 않을 수 없게 된다.

    현존하는 세계 최고의 작가 가운데 한 사람인 이스마일 카다레의 처녀작이자 대표작인 『죽은 군대의 장군』(문학세계사)은 이처럼 읽는 사람을 스산하고 암담한 상황 속으로 안내한다. 드라마틱한 사건이 벌어

266

지는 것도 아니고 흔히 볼 수 없는 독특한 성격의 등장인물이 나오는 것도 아니다. 그런데 이 작품은 조금씩 읽는 사람의 내면을 침식해 들어와 끝내 통증과 같은 둔중한 감동을 선사한다.

처음엔 선의와 책임감으로 충만했던 장군이 시간이 지날수록 소외감과 무력감에 사로잡혀 마지막엔 자신에 대한 통제마저 상실하기까지의 과정을 작가는 침착하기 이를 데 없는 차분함과 엄밀함을 가지고 묘사한다. 간혹 블랙 유머에 가까운 차가운 웃음이 행간에 배어나올 뿐 작가가 견지하고 있는 삶의 비극성과 불가해성에 대한 인식은 그 어떤 초월이나 구원 가능성도 차단하고 있다.

이 작품을 읽으며 나는 여러 번 놀랐다. 우선 유럽에서도 변방인 나라, 문화적 불모지인 알바니아에 이런 탁월한 작가와 작품이 있었다는 사실이 놀라웠고 이 작품이 쓰어질 당시 공산정권이 지배하고 있었을 터인데도 전혀 교조주의적 상투성을 내비치지 않고 있다는 사실도 놀라웠다. 그리고 감정의 유출을 적극 배제하고 철저한 산문 정신에 의지해 쓰어진 작품인데도 이처럼 긴 시적 여운을 안겨준다는 사실도 경이로웠다.

현실과 꿈, 사실과 우화가 뒤섞인 이 작품에서 장군이 죽은 자의 흔적을 찾아 헤매는 알바니아라는 나라는 접근과 이해가 불가능한 신화적 공간으로 탈바꿈한다. 아마도 위대한 작가만이 이처럼 자신의 나라를 한편으로 세계를 향해 알리면서 다른 한편으로 은폐하는, 재현하면서 동시에 성화(聖化)하는 작업을 할 수 있을 것이다.

자신이 방문한 나라의 실체에 도달하지 못하고 다만 그 곁을 스쳐 지나가는 장군의 모습은 이 세계에 참여하지 못하고 떠돌다 갈 뿐인 인간의 실존을 함축적으로 보여주고 있다. 황량한 대지 위에 궂은 날씨만이 계속될 뿐, 장군에게 주어진 임무는 영원히 완수될 기미를 보이지 않는다. 이 도저한 비관주의가 나를 전율케 한다. (1997)

사랑은 최고의 사치

─아니 에르노 『단순한 열정』

"어렸을 때 나는 사치라고 하면 모피코트나 긴 드레스, 혹은 바닷가에 있는 저택 같은 것을 떠올렸다. 그리고 조금 자라서는 지성적인 삶을 사는 게 사치라고 생각되었다. 지금은 한 남자, 혹은 한 여자에 대해 사랑의 열정을 느끼며 사는 게 사치가 아닐까 생각한다."

아니 에르노의 소설 『단순한 열정』(산호)을 다시 펼쳐든다. 사랑의 열정이라는 진부하다면 진부한 주제를 다룬, 우리 기준으로는 중편 분량에도 미치지 못하는 얄팍한 작품. 이 책을 처음 읽은 때로부터 5년의 세월이 흘렀지만, 지금도 이 소설은 강렬한 힘으로 나를 빨아들인다. 그것은 이 작품이 지닌 문학성과는 전혀 무관한 것이다. 아니 이 소설은 소설이라는 장르가 암묵적으로 지키고 있는 규칙들을 아예 내동댕이친 자리에서 출발하고 있다는 점에서 문학성을 운위하는 것 자체가 '사치' 스러운 작품이다. 이렇다 할 줄거리도 구성도 없을 뿐 아니라 무엇보다 허구와 사실 사이의 경계를 무화시킨 채 이야기를 전개하고 있다. 그래서 이 책을 읽다 보면 소설이 아니라 한 편의 고백수기를 대하고 있다는 느낌이 든다.

그 고백의 내용은 앞서 지적했듯이 사랑의 열정에 관한 것이다. 여기 한 여자가 있다. 소설을 쓰는 중년의 여자. 그녀는 독신이고 장성한 아들이 있다. 어느 날 그녀 앞에 한 남자가 나타난다. 파리 주재 외교관인 그는 동구 출신이며 그녀보다 연하이고 잘생겼고, 유부남이다. 시간적 제약과 타인의 눈을 의식하며 진행된 두 사람의 관계는 그 남자가 다른 나라로 부임받아 떠나면서 자연스럽게 종말을 고한다.

그 남자와 헤어진 후 그녀는 그 남자와 보낸 시간을 반추하며 이를 글로 옮기는 고통스러운 작업을 해나간다. 작가는 일체의 가식이나 문학적 치장을 떨쳐버린 채 오직 사랑의 열정과 육체적 욕망, 그리고 남녀 간의 사소한 갈등을 적나라하게 드러내는 데 집중한다. 그 결과 소설이라기보다는 "사랑의 불길에 덴 자국" 같은 이 작품이 탄생한 것이다. 사랑이 지니고 있는 자기파괴적 욕망을, 때로 광기로까지 치닫는 그 위험한 열정을 이만큼 밀도 있게 표현한 산문이 달리 있었던가. 남자가 떠난 후 그 공백 때문에 괴로워하다 어느 날 에이즈 검사를 해봐야겠다는 생각이 들었다면서 "그 사람이 그거라도 남겨놓았는지 모르잖아"라고 하는 대목에 이르면 유머를 넘어 거의 허탈감마저 느끼게 된다.

그렇다. 사랑은, 그것이 진정한 것인 한 '사치'이다. 그것은 감히 인간이 누리려고 해서는 안 되는 금단의 영역 저편에 놓여 있는 것이다. 오직 사랑에 빠져 있는 두 당사자만 그 사실을 모를 뿐이다. 아니, 사랑이 사치라는 사실을 깨닫는 순간 그 사람은 이미 늙은 것인지 모른다. (1998)

글쓰기는 과연 구원일 수 있는가

─ 아고타 크리스토프 『존재의 세 가지 거짓말』

작가들이 종종 하는 거짓말 중에 "글쓰기만이 구원이다"라는 말이 있다. 삶의 누추함과 불합리함의 맞은편에 글쓰기의 견고함과 진정함을 위치시키는 이러한 논법은 아마도 낭만적 신화에 불과할 것이다. 글쓰기가 어떻게 삶의 모든 문제들에 대한 궁극적 해답이 될 수 있겠는가. 그러나 이러한 사실을 알고 있음에도 불구하고 작가들은 종종 글쓰기의 절대성 속에 자신이 은신할 수 있는 내밀한 성소를 마련하고 싶은 충동을 느끼곤 한다.

아고타 크리스토프의 장편소설 『존재의 세 가지 거짓말』(까치)이 탁월한 것은 바로 이러한 '글쓰기라는 종교'의 허구성을 잔인하리만큼 예리하게 드러내고 있기 때문이다. 작가는 글쓰기가 결코 삶의 비극성을 뛰어넘어 구원에 이르는 도정이 될 수 없으며, 오직 쓰기와 지우기가 끊임없이 교차되는 가운데 허무에 허무를 덧칠하고 수고로운 노동에 불과함을, 독창적인 문체와 구성을 통해 명료하게 보여주고 있다. 낮 동안 열심히 짠 직물을 밤사이에 풀어버리는 페넬로페처럼 작가는 이 작품에서 한편으로 이야기를 쌓아올리면서 다른 한편으로 계속해서 허물어버리는, 건축과 해체를 동시에 밀고 나가는 소설 공법을 선보이고 있다.

각기 『비밀노트』 『타인의 증거』 『50년간의 고독』이란 제목을 달고 있는 이 3부작에서 작가는 1권의 이야기를 2권이 배반하고 2권의 이야기를 3권이 뒤집어버리는 현기증 나는 서술 방식을 구사함으로써 신비와 미혹과 비애로 가득 찬 삶의 심연을 응시하게 한다. 거기서 우리가 만나볼 수 있는 것은 그 어떤 위안도 희망도 주어지지 않는 세계, 가족도 종교도 국가도 이데올로기도 아무 소용없는 삶의 진면목에 대한 냉혹한 통찰이다. 한 작중인물의 말을 빌린다면 "인생은 아무짝에도 쓸모없고, 무의미하고, 착오이고, 무한한 고통이며, 그것을 만들어낸 신의 악의가 상식을 초월한 발명품"이다. 이 도저한 비관주의 밑에 망명자의 슬픔이라는 이 작가의 전기적 사실이 잠복해 있다는 사실을 짐작하기란 어렵지 않다.

1936년 헝가리 출생. 어린 시절에 겪은 제2차 세계대전의 참화와 전후 공산치하에서의 억압. 열여덟 살이라는 비교적 이른 나이에 치른 결혼. 1956년 소련의 부다페스트 침공으로 갓난애를 안고 국경을 넘어야 했던 쓰라린 체험. 스위스에 정착한 뒤의 고달픈 공장 노동자 생활. 스물일곱의 나이로 대학에 들어가 처음 프랑스어를 배우며 시작한 소설 습작…… 그래서일까, 그녀의 작품은 같은 동구 출신의 망명 작가인 체코의 밀란 쿤데라나 알바니아의 이스마일 카다레와 다르게 대가연하는 게 없다. 다만 들릴 듯 말 듯한 가녀린 목소리로 상처받은 영혼에 대해서, 외롭고 망가진 운명에 대해서 이야기하기를 계속할 뿐이다. 그런데 자신에게 주어진 가혹한 여건에 대항하기 위해 작중인물이 시도하는 글쓰기마저 결국은 부질없는 노력에 지나지 않는다는 사실을 드러냄으로써 작가는 문학이 줄지도 모를 환상에 기대는 것을 거절하고 있다.

이 작품엔 살아서 지옥을 보아버린 사람의 깊은 절망과 인간의 어리석음 및 과오에 대한 한없는 연민이 담겨 있다. 금세기의 비극을 지켜보며 서구의 한 지식인이 했던 그 유명한 말—아우슈비츠 이후에도 서정시는 가능한가, 라는 물음은 이 작품 때문에라도 그 타당성을 상실했다고 봐야 할 것이다. 그 모든 비극에도 불구하고 뛰어난 작품은 마침내 쓰이고야 마는 법이다. 독자의 예상을 뒤엎는 반전과 블랙 유머, 그리고 불쾌하고 섬뜩하면서도 왠지 애달픈 느낌을 자아내는 인물과 삽화들로 가득 찬 이 작품을 읽는 것은 고역인 동시에 다시없는 행운이다. (1998)

문명과 인간에 대한 근원적 반성

—르 클레지오『사막』

　르 클레지오라는 이름은 내게 '젊음'이라는 말과 동의어이다. 문학 청년 시절 대학교 도서관에서 마주친 르 클레지오의 소설과 산문은 마치 번개처럼 내 몸을 통과해 지나갔다. 그리고 그 충격은 상당한 세월이 흐른 지금까지도 의식의 심층 어딘가에 남아서 그 이름만 들어도 내 몸과 정신은 미세한 떨림을 일으킨다.

　물론 그 당시 읽을 수 있었던 것은 그의 초기작인『홍수』와『침묵』그리고 몇몇 단편에 국한된 것이었다. 그러나 그의 소설에 그려진 미궁과도 같은 현대도시의 풍경과 현대인의 일상은 놀라움을 자아내기에 충분했다. 그의 주인공들은 구체적인 성격과 직업을 부여받지 못한 채 무료하게 거대한 도시를 배회하고 표류할 따름이다. 대신 도시의 온갖 소음과 색채와 냄새가 그의 집요하면서도 감각적인 묘사를 거쳐 생생하게 지면 위에서 되살아나 읽는 사람을 현혹시킨다.

　이처럼 르 클레지오는 가장 현대적이며 도시적인 작가로 우리에게 다가왔다. 그러나 정작 그 자신은 은밀히 배반을 준비하고 있었던 모양이다. 1980년대 이후 하나 둘 선을 보인 그의 근작들은 도시가 주는 매혹과 공포에 대한 집착에서 벗어나 광대한 자연을 향해, 바다와 사막을 향해 조금씩 전진해나가고 있었기 때문이다.

『몽도, 그리고 다른 이야기들』에서 『사막』을 거쳐 가장 최근의 『황금물고기』에 이르는 이런 계열의 작품에서 볼 수 있는 것은 현대 도시문명에 대한 강한 혐오와 거부, 그리고 순결하면서도 너그러운 자연의 품으로의 귀환이라고 요약할 수 있다. 주인공도 이제 무기력과 권태에 찌든 백인 청년이 아니라 검은 피부의 흑인들이 맡고 있다. 그들은 서구인들이 자랑하는 물질적 풍요와 공고한 제도를 비웃으며 끊임없이 도시 바깥으로, 문명의 저편으로 달아날 기회를 엿보는 문제적 인물들이다.

『사막』(책세상)은 크게 두 개의 이야기가 병행해서 전개되고 있다. 그 하나가 아프리카의 한 부족이 유럽인들의 침입에 저항하다 패배한 후 사막 깊숙이 이동하는 이야기라면 다른 하나는 그 부족의 후예로 여겨지는 릴라라는 처녀가 아프리카와 프랑스를 오가며 겪는 체험을 뒤따르고 있다. 그녀는 젊은 목동 하르타니와 사랑에 빠져 사막으로 탈출하지만 실패하고, 마르세유를 거쳐 파리에 입성한다. 무허가 호텔에서 일하기도 하고 사진사를 만나 유명한 잡지 커버걸이 되기도 하는 등 그녀는 도시생활에 점차 익숙해지지만 그녀의 내면에 잠재된 사막과 바다에 대한 그리움은 사그라들지 않는다. 소설은 그녀가 고향으로 돌아와 새벽바다를 보며 모래사장의 무화과나무 아래서 아기를 낳는 것으로 끝을 맺는다.

장엄하고 아름다운 이 소설은 일직선적인 현대문명의 전횡성을 비판하고 그것에 대비되는 삶의 방식을 예찬하고 있다. 물론 그러한 주제 자체는 익숙한 것이다. 르 클레지오의 탁월함은 그러한 하등 새로울 것 없는 주제를 깊이 파고들어 문명과 인간에 대한 근원적인 반성을 이끌어낸다는 점에 있다. 르 클레지오는 아프리카인을 대신해서 인류 역사의 찢겨진 페이지를 복원해내는 데 성공했다. (1998)

고독한 은둔자의 사색

—미셸 투르니에 『짧은 글 긴 침묵』

언젠가 무슨 일로 무척 마음이 괴로웠던 적이 있다. 그때 우연히 펼쳐든 문예지에 불문학자 김화영 교수의 산문이 실려 있었다. 프랑스 작가 미셸 투르니에의 집을 방문하여 그와 나눈 대담을 정리한 글이었다. 그런데 거기 인용된 투르니에의 산문 한 구절이 나에게 참으로 큰 위안을 주었다.

"어젯밤은 잘 잤다. 나의 불행도 잠이 들었으니까."

당시 나는 이 구절을 읽고 또 읽으며, 그래, 잠이 들면 불행도 잠이 드는 법이지. 아니 불행도 잠이 들었으니 잠을 잘 수 있었겠지……라고 되뇌었다. 그러자 가시처럼 나를 찌르고 있던 고뇌도 얼마간 가시는 느낌이 들었다. 그 글엔 다음과 같은 구절도 인용돼 있었다.

"이 밤, 내 잠든 육체를 스치는 날갯짓과 은밀한 박동이 느껴진다. 내 잠자리 속으로 새들이 날아든 것일까. 새들이거나 박쥐들이." 밤의 고요와 신비, 그리고 잠자는 이에게 주어지는 잠시 동안의 불안한 평화를 이보다 더 잘 표현할 수 있을까. 이 대목을 읽으며 나는 마치 지난밤 가만히 내 꿈속을 찾아와 잠자는 나를 지켜보다 간 존재가 무엇인지 알 것 같은 기분이 들었다.

그리고 몇 개의 계절을 떠나 보낸 지금 그 구절이 담긴 산문집 전체가 김화영 교수의 손에 의해 번역돼 나왔다. 제목은 『짧은 글 긴 침묵』(현대문학사). 집, 도시들, 육체, 어린이들, 이미지, 풍경, 책, 죽음 등 여덟 개의 소제목 아래 짤막한 단장들을 모아놓은 이 산문집을 읽으며 나는 다시 오랜만에 그리운 옛집에 돌아온 듯한 평온한 기분을 즐길 수 있었다.

투르니에의 산문은 묵은 포도주처럼 읽는 사람의 내면으로 조용히 스며들어와 서서히 취기를 불러일으키는 글이다. 그의 산문에서 나는 그의 스승이기도 한 바슐라르의 메아리를 듣는다. 신화에 대한 깊은 이해와 관심, 물질적 상상력에 기초한 글쓰기 방식 등 이 두 사람을 이어주는 요소를 들자면 한이 없을 것이다. 그러나 무엇보다 두 사람 다 독신의 늙은 현자 같은 풍모를 지니고 있다는 점이 나에게 그런 연상을 불러일으키는 모양이다. 바슐라르의 경우 대학교수라는 직책 때문에 어쩔 수 없이 파리 시내에 살아야 했지만 직장에 매일 필요 없는 소설가 투르니에는 아예 도시에서 멀리 떨어진 시골의 사제관에서 홀로 지내고 있다. 바슐라르가 벽난로의 불꽃을 응시하며 가까이서 들려오는 도시의 소음을 유년에 시골에서 듣던 나무 켜는 소리로 환치시키며 지냈다면 투르니에는 사제관에 사는 유령들과 교우하며 몽상의 날개를 펼치고 있다.

그러나 독신의 현자들이라고 해서 이들이 딱딱한 금욕주의자인 것은 아니다. 바슐라르도 그렇지만 투르니에의 글에서 우리는 에피큐리언의 흔적을 어렵지 않게 찾아볼 수 있다. 삶이 허용하는 감각의 향연에 대한 탐욕스러운 희구가 행간에서 자연스럽게 배어나온다. 그가 한 글에서 현대인은 사진·영화·텔레비전에 의하여 시각적 이미지 일색이 된 세상에 살고 있으며 그 결과 촉각·미각·후각 등과 같은 직접적 접촉의 감각들을 터무니없이 도외시함으로써 삶을 가난하게 만들고 있다고 탄식하는 대목은 이 점을 극명하게 드러내주고 있다. 그의 글 곳곳에서 만나볼 수 있는 은근하면서도 생명력 있는 에로티시즘은 한 고독한 은둔자의 오랜 사색에서 태어난 것이다.

그의 글을 읽으며 나는 중얼거린다. 이처럼 아름답게 늙어갈 수만 있다면 나이가 드는 게 괜찮을 수도 있지 않을까…… (1998)

작가의 말

올페는 죽을 때
나의 직업은 시라고 하였다
후세 사람들이 만든 얘기다

나는 죽어서도
나의 직업은 시가 못 된다

우주복처럼 월곡(月谷)에 둥둥 떠 있다
귀환 시각 미정
―김종삼, 「올페」

그 시절 대학생들이라면 대개 다 그랬지만 헌책방이 늘어서 있는 청
계천 거리는 내겐 일주일에 한두 번씩은 들르는 명소였다. 강의가 일찍
끝나는 날이면 몇몇 동급생들과 함께 버스와 지하철을 갈아타고 그곳
까지 찾아가곤 했다. 그 거리는 언제나 부산했고 더러웠고 을씨년스러
웠다. 헌책방 내부는 왜 그리 한결같이 어둠침침하고 퀴퀴했는지. 중년
이나 초로의 주인들은 가게 깊숙한 곳에 거미처럼 웅크리고 앉아서 신
문에 시선을 박고 있다가 젊은이들이 몰려와 사지도 않을 책을 이리저
리 뽑아서 들춰보는 모습을 가끔씩 못마땅한 듯 돋보기 너머로 쳐다보
곤 했다. 딱히 구하고 싶은 책이 있어서 그랬던 것은 아니었다. 그러나
먼지에 뒤덮인 채 삭아가고 있는 그 책더미를 뒤지다보면 가끔 그럴듯
한 절판된 책이나 잡지가 발견되곤 했다. 당시 정치상황 때문에 금서로

낙인찍힌 책들을 싼값에 살 수 있기라도 하면 그날은 횡재한 날이었다. 존경하는 시인의 친필 사인이 들어간 헌정본이 어느 한구석에서 모습을 드러낼 때도 있었다. 친구들 중 한 명은 그런 귀한 책을 귀신같이 잘 찾아내 주위 사람의 부러움을 사곤 했다. 이처럼 헌책방들을 한 번 죽 순례하고 나서야 근처의 소줏집에 몰려가 출출한 속에 쓰디쓴 술과 안주를 털어넣곤 했다.

어쩌다 외국 여행을 하게 되었을 때에도 번듯한 유명서점보다는 벼룩시장 한구석의 조그만 가판서점이나 한물간 책들이 쌓여 있는 할인서점에 더 시선이 가고 마음이 쏠리는 것을 느끼곤 한다. 지방도시를 들를 때에도 우연히 거리에서 헌책방이 발견되면 사고 싶은 책도 없고 또 특별한 책이 거기 있을 거라는 생각이 들지 않으면서도 종종 그 안으로 발을 들여놓게 되곤 한다. 쇠락해가고 소멸해가고 있는 그곳 내부의 풍경이 마음에 들어서일까. 독자들로부터 잊혀진 것은 물론이고 그 책을 쓴 저자도 그것을 펴낸 출판사도 이제는 다 사라지고 없는 그런 시간의 퇴적물들을 보며 나는 잠시 숨을 들이쉬었다가 내쉬곤 한다. 조금 과장하자면 한때 지구를 점령했다가 사라져간 거대한 초식공룡의 화석이라도 보는 듯한 쓸쓸함과 묘한 안도감을 그 책의 유적(遺跡)들은 내게 안겨주곤 하는 것이다.

이처럼 헌책방들을 찾아다니며 내가 찾으려던 것은 과연 무엇이었을까. 그 어떤 목마름이 젊은 날의 한때를 책을 찾아다니는 데 열중하게 만들었고 지금도 알 수 없는 향수로 가슴 설레게 하는 것일까. 이제 와 생각해보면 그 당시 내가 찾던 것은 어떤 구체적인 한 권의 책이 아니라 모든 책을 넘어서 존재하는 책의 환영이었던 것 같다. 마치 그 책을 펼쳐들면 내 삶과 이 세계의 비밀이 다 풀려나갈 것 같은 그런 책을 나는 무의식적으로 소망하고 있었던 듯하다. 어둑한 서가 한구석에서 숨죽이고 있다가 내게 다가서는 순간 나를 읽어줘요, 라며 내게 다가올 어떤 목소리를, 그리하여 그것을 펼쳐든 순간 내 정신을 온통 사로잡아버릴 전율에 찬 초대를 막연히 꿈꾸고 기다리고 있었던 듯하다. 그러나 정작 현실 속에서 우리가 만날 수 있는 것은 그런 '초월적 현존'으로서의 책이 아니라 이러저러한 개개의 무수한 책들이다. 이 책은 이런 점에서 의미가 있고, 저 책은 또 저런 점에서 가치가 있다. 책에게도 저마다 나름대로의 운명이 있고 표정이 있다. 그러나 그 어떤 책도 우리에게 삶과 세계에 대한 마지막 해답이 되어주진 않는다. 길이 길에 이어져 끝이 없듯 책은 책에 이어져 끝없으므로 우리는 계속 책의 미로 속을 헤매다 말 뿐이다.

천국을 거대한 도서관으로 상상할 만큼의 책벌레는 아니지만 문학과 출판에 관련된 일을 줄곧 해온 인연으로 나는 누구보다 책 가까이에서 지내왔다고 할 수 있다. 이른바 '활자밥'을 먹고 살아가는 사람에게, 책은 있어도 좋고 없어도 좋은 대상이 아니라 꼭 있어야 되는, 없으면 죽어버릴 것만 같은 그 무엇이다, 라고 해야 될 것 같은데 실제로는 그렇지 못하다. 어느새 나도 책에 대해서 초연할 수 있을 만큼의 나이를 먹었다. 내 가슴을 뛰게 만들고 내 정신을 혼미하게 만드는 언어의 충격을 나는 더이상 기대하지 않는다. 이제 복잡하기 이를 데 없는 세상의 갖가지 난문제를 일거에 해결해줄 복음이 어떤 책에 담겨 있을 것이라고는 생각하지 않는다. 다만 지켜볼 뿐이다. 무수한 책들이 형형색색의 지느러미를 흔들며 시간의 물살을 타고 흘러왔다가 내 곁을 스쳐 지나가는 모습을. 다만 그중 극소수의 어떤 책만이 내 시선에 상대적으로 더 오래 머물다 갈 뿐이다. 그리고 그 책도 조만간 추억의 어둠 속으로 사라져간다. 이처럼 책이 하나씩 나타났다 멀어져 갈 때마다 나는 그 자리에 서서 잠시 그 책이 나에게 남기고 간 흔적을 더듬어보곤 했다.

이 책에 실린 대다수 글들은 바로 그러한 흔적들을 모아본 것이다. 살이 팰 정도로 깊숙이 눌린 자국도 있고 그냥 미미하게 스치고 지나간 자국도 있다. 나는 그 흔적들을 되도록 생긴 그대로 언어의 주형으로 떠내는 데 주력했다.

소략한 분량의 메모인 만큼 여기 실린 글들이 개개의 책에 대한 최종적이고 권위 있는 판단이 될 수는 없을 것이다. 성급했던 평가나 신중치 못한 주장도 없지 않을 것이다. 논점의 예각성 때문에 더러 세인의 구설에 오르내리고 갑론을박의 대상이 된 글도 있다. 그러나 이러한 결점과 한계를 인정한다 하더라도 여기 실린 글들은 지난 시절 나의 독서와 사유의 자취를 일정 부분 담고 있을 뿐 아니라 우리 시대를 대표하는 주요 작가와 작품들에 대한 인상적 소묘가 되어줄 수 있으리라는 점에서 나름대로 의미가 있을 것으로 여겨진다. 모든 글쓰기가 결국 가닿는 지점은 허무일 것이다. 글쓰는 이 가운데 누군들 죽을 때 자기 직업이 시였노라고 자부하고 싶지 않겠는가. 그러나 그가 진정한 작가라면 그런 것은 후세 사람들이 지어낸 소문이라고 할 것이다. 아마도 나 또한 죽을 때 나의 직업이 시였노라고 하지는 못할 것 같다. 그런 부끄러움을 무릅쓰고 또 그런 부끄러움을 예감하며 이 책을 내기에 이르렀다. 좋은 기회를 마련해준 열림원 식구 여러분께 감사드린다.

2000년 봄
남진우

북 드링커

개정판 서문을 대신하여

그는 마신다
책을 펼치고 한 줄 한 줄 눈으로 마셔버린다
그의 머릿속에 불을 당기는 이 뜨겁고 향기로운 말들

책은 그의 몸속으로 흘러들고
그의 몸은 취기로 부풀어오른다
사방 어디에나 그윽하게
술내음을 풍기며 그를 유혹하는 책이 있다

아무리 마셔도 줄어들지 않는 갈증
이 책에서 저 책으로 옮겨가며
그는 점점 더 강하고 자극적인 책을 원한다
사다리가 놓인 서가 사이를 오가며 그는
자신을 죽여줄 결정적인 한 줄의 문장을 찾는다

선반 구석 오래된 책을 뽑아들다가
사다리와 함께 그는 나자빠진다
바닥에 나뒹구는 그의 몸 위로 덮쳐오는 책들의 해일
취해 쓰러진 그의 몸 위로 책들이 쏟아져내린다
책들이 부서지며 날카로운 모서리로 그를 찌른다

책더미에 뒤덮인 채 그는 미소짓는다
저 멀리 그가 그토록 보고 싶어했던 단 한 권의 책이
밝아오는 새벽빛 속으로 점차 멀어져가고 있기에
그가 그토록 마시고 싶어한 한 모금의 독이
가물가물 짙은 향기로 퍼져나가고 있기에

팔을 뻗으며 그는 손가락에 와닿는
책의 차갑고 단단한 몸을 느낀다 바닥에 등을 댄 채
그는 마개를 따고 거품이 흘러내리는 잔을 높이 치켜든다
이제 곧 축배의 시간이 다가올 것이다

2010년 봄
남진우

문학동네 문학산문
올페는 죽을 때
나의 직업은 시라고 하였다
ⓒ 남진우 2010

초판 인쇄 │ 2010년 3월 25일
초판 발행 │ 2010년 4월 10일

지은이 남진우
펴낸이 강병선
책임편집 김민정 성혜현 김고은 │ 디자인 한혜진 유현아
마케팅 장으뜸 이귀애 서유경 정소영 │ 온라인 마케팅 이상혁 한민아
제작 안정숙 서동관 김애진 │ 제작처 한영문화사

펴낸곳 (주)문학동네
출판등록 1993년 10월 22일 제406-2003-000045호
주소 413-756 경기도 파주시 교하읍 문발리 파주출판도시 513-8
전자우편 editor@munhak.com │ 대표전화 031)955-8888 │ 팩스 031)955-8855
문의전화 031) 955-8890(마케팅) 031) 955-2656(편집)
문학동네카페 http://cafe.naver.com/mhdn

ISBN 978-89-546-0961-6 03810

www.munhak.com